KB250180

신기루

蜃氣樓

신기루 7

허담 新무협 판타지 소설

초판 1쇄 찍은 날 § 2007년 5월 9일
초판 1쇄 펴낸 날 § 2007년 5월 18일

지은이 § 허담
펴낸이 § 서경석

편집장 § 문혜영
편집책임 § 이재권
편집 § 서지현 · 심재영

펴낸곳 § 도서출판 청어람
등록번호 § 제1081-1-89호
등록일자 § 1999. 5. 31
어람번호 § 제2-1192호

주소 § 경기도 부천시 원미구 심곡1동 350-1 남성B/D 3F (우) 420-011
전화 § 032-656-4452 팩스 § 032-656-4453
http://www.chungeoram.com
E-mail § eoram99@chollian.net

ⓒ 허담, 2006

ISBN 978-89-251-0686-1 04810
ISBN 89-251-0412-1 (세트)

※ 파본은 구입하신 서점에서 교환하여 드립니다.
※ 저자와 협의하여 인지를 붙이지 않습니다.

신기루(百人塔)

7 [완결]

· 백인탑(百人塔)

허담 新무협 판타지 소설

Fantastic Oriental Heroes

모든 일은 내가 태어나기 삼 년 전, 그러니까 지금으로부터 십오 년 전에 시작되었다. 내가 살고 있는 동해의 작은 어촌에서 배를 몰아 북쪽으로 오 일 정도 북상하면 수많은 섬으로 이루어진 성주군도(星珠群島)라는 다도해가 펼쳐진다. 물은 맑고 수초는 풍성해 한번 그물을 드리우면 그물이 찢어질 만큼 많은 고기를 잡을 수 있는,

도서출판 청어람

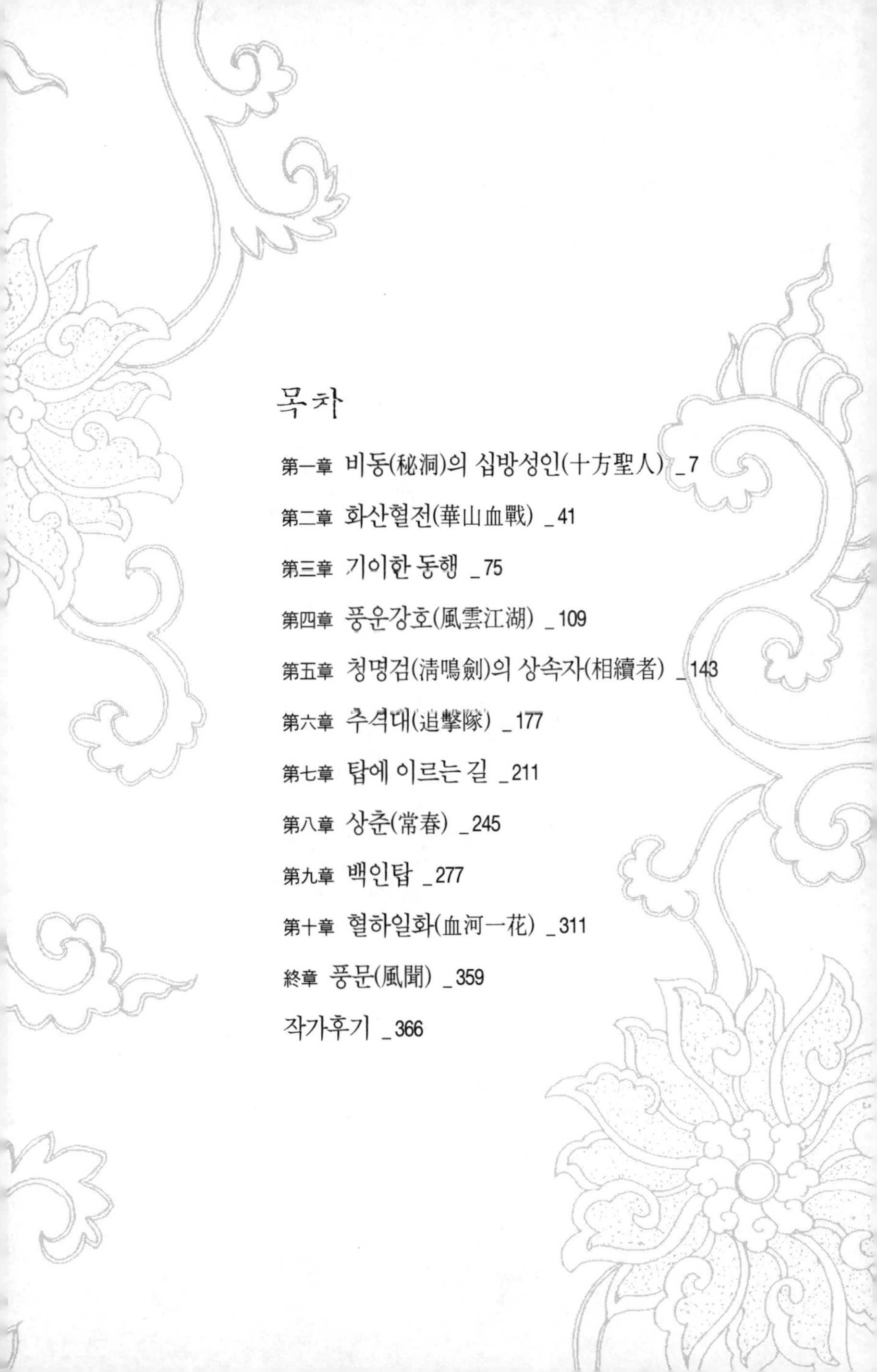

목차

第一章

비동(秘洞)의 십방성인(十方聖人)

바위 반 나무 반의 산비탈, 나무에 가린 바위에는 어김없이 검은 입구를 드러낸 동혈들이 들어서 있다. 언뜻 보면 그저 인적없는 화산의 여러 봉우리 중 하나에 지나지 않을 것 같은 풍경, 그러나 그 안에는 인간의 경지를 뛰어넘어 선계에 들고자 하는 수련자들이 들어앉아 있었다.

하지만 어쨌든 대화산파의 역사보다도 오래되었다는 화산 비동은 인적 끊긴 적막한 숲의 풍경으로 송문악 일행을 맞이했다.

"전 급한 일이 있어 그만 돌아가도록 하겠습니다. 저기 보이는 노송 아래에 도착하면 마중 나오는 사람이 있을 겁니다.

이미 기별을 해두었으니 비동에 드는 데 특별한 문제는 없을 겁니다. 좋은 결과 있으시길 바랍니다.”

화산비동으로 들어서는 계곡의 입구에서 송문악 등 삼 인을 안내해 온 형무는 다시 화산의 본문으로 돌아갔다. 송문악 등은 형무가 사라질 때까지 그 자리에 서서 형무의 뒷모습을 보고 있다가 그의 모습이 완전히 시야에서 사라지자 천천히 형무가 지목했던 노송을 향해 걸음을 옮겼다.

“서시오.”

비동으로 들어서는 입구의 노송 아래에 도착했을 때 형무의 말대로 소맷자락에 아름다운 매화 무늬가 수놓아진 흰색 무복을 단정하게 차려입은 삼십대 무사가 길을 막았다. 낮지만 단호한 어조, 수행자들의 수행을 방해하지 않으면서도 비동에 들어서려는 자의 걸음을 단번에 멈추게 만드는 힘이 들어 있는 목소리다.

“이곳은 화산의 성지, 무슨 일로 비동을 방문했소이까?”

비동의 입구를 지키는 화산제자의 질문이 이어졌다.

‘확실히 과거 무각 아저씨가 왔을 때와는 달라졌나 보군. 화산의 제자들이 비동의 입구를 지키고 있는 것을 보니⋯⋯.’

송문악이 비동의 변화를 실감하고는 내심 긴장을 하면서도 겉으로는 정중하게 화산제자의 질문에 대답을 했다.

“저흰 멀리 남해에서 화산비동의 영험함을 듣고 선도를 수련코자 온 사람들입니다. 어제 화산의 본문에 들러 비동에 들

것을 허락받았습니다만……."

그러자 화산제자가 천천히 고개를 끄덕였다.

"청옥패를 가지고 오신 분들이 비동에 들기를 청했다고 하더니 바로 손님들이셨구려. 새벽에 장 장로님께 연락을 받았소이다. 날 따라오시오."

여전히 낮은 목소리로 말을 건넨 화산제자가 송문악 등을 비동이 들어차 있는 계곡으로 이끌었다.

계곡에 들어서자 수직으로 치솟은 작고 큰 암벽들 사이에 수백 개의 동혈들이 입을 열고 있는 것이 눈에 들어왔다. 송문악과 호교상 등은 화산제자의 뒤를 따라 바쁘게 걸음을 움직이면서도 비동의 계곡 안쪽 사정을 세세히 살피고 있었다.

'저 서쪽 능선을 넘어가면 과거 도문오군자가 개척한 비도(秘道)가 있겠군.'

송문악이 무성한 수림이 우거진 계곡의 서쪽 비탈을 바라보며 무각이 일러준 비도를 떠올리고 있을 때 일행을 안내하던 화산제자의 발걸음이 다른 동굴들보다 두 배는 됨직한 커다란 동굴 앞에 멈춰졌다.

"들어오시구려."

화산제자가 짧게 말한 후 동굴 안으로 들어가자 잠시 시선을 교환한 송문악 등 삼 인이 화산제자의 뒤를 따라 동굴 안으로 들어섰다.

"청옥패를 가지고 오신 분들이라고?"

막 송문악 등이 동굴 안으로 들어서는 순간 안쪽에서 제법 나이 든 노인의 말소리가 들려왔다.

"그렇습니다. 장 장로님께서 입동을 허락하셨답니다."

노인의 물음에 송문악 등을 동굴로 안내한 화산제자의 답변이 이어질 무렵 송문악은 노인의 얼굴을 볼 수 있는 곳까지 들어서 있었다. 그리고 그 순간 노인과 송문악의 시선이 허공에서 부딪쳤다.

'그가 아니군.'

실망과 안도가 한순간에 교차했다. 동굴 안에서 송문악 등을 맞이한 노인은 송문악 등이 만나고자 했던 무극자 추백이 아니었다. 송문악은 상대의 기도에서 금세 그가 십방성인 추백이 아님을 파악했다.

'하긴 그는 비동의 수련자들이 내려놓고 간 기물들이 보관된 사당을 지키고 있다고 했지.'

송문악이 내심 머리를 굴리는 사이 동굴 안의 노인은 물끄러미 송문악과 호교상 등을 바라보더니 무심한 어조로 말을 건넸다.

"이곳에는 모두 일백육십 개의 동굴이 있소. 그중 대부분의 동굴은 이미 수도자들이 들어와 있고 비어 있는 동굴은 모두 서른두 개요. 물론 서른두 개의 동굴이 남아 있으니 적다고는 할 수 없으나 그 서른두 개의 동굴은 수련자가 머물기에는 좋지 않은 상태라오. 그렇다고 다른 사람이 들어 있는 곳을 비워 드릴 수도 없고… 그래도 한번 머물러 보시겠소?”

화산의 노고수가 분명해 보이는 노인이 살짝 눈을 위로 치뜬 모습으로 물었다.

“선도를 수련하는 자가 어찌 장소의 불편함을 따지겠습니까?”

송문악의 대답을 들은 화산 노고수가 살짝 고개를 저었다.

“그렇게 단순한 문제가 아닐 텐데… 뭐, 어쨌든 있겠다니 한번 둘러보시구려. 화청!”

“예, 사부!”

화산 노고수가 부르자 송문악 등을 그에게 데려왔던 젊은 화산제자기 공손하게 노고수 앞에 시립했다. 두 사람의 내화로 보건대 젊은 쪽이 늙은 쪽의 제자인 모양이었다.

“이분들에게 비어 있는 동굴들을 보여 드려라. 그리고 돌아오는 길에 주변을 지키는 아이들에게 경계를 철저히 하라 이르고 오거라. 요즘 들어 강호의 공기가 심상치 않다는 소식이 있었다.”

“알겠습니다, 사부. 따라들 오시오.”

화청이라 불린 화산제자가 사부의 명을 받아 다시 송문악 등을 밖으로 인도했다. 그들이 동굴 밖으로 나가자 화산의 노고수가 고개를 갸웃거리며 중얼거렸다.

“분명 젊은 쪽을 제외한 두 사람은 무공을 익힌 것 같은데… 정말 선도를 수련하기 위해 온 것일까? 청옥패를 가지고 왔으니 아니 들일 수도 없는 일이고……."

화산의 노고수가 혼잣말을 중얼거리며 다시 한 번 송문악 등이 나간 동굴의 입구를 깊은 눈으로 바라봤다.

"저곳은 뭘 하는 곳입니까?"

문득 길을 가다 송문악이 화산제자 화청에게 물었다. 그러자 화청이 고개를 돌려 송문악의 손이 가리키는 곳을 확인한 후 경고하듯 입을 열었다.

"저곳은 본 화산비동에서 선도를 수행한 역대의 도인들이 이곳에 들렀던 것을 기념하기 위해 놓고 간 신물들을 모아두는 곳이오. 비록 세간에서 그리 귀하게 여길 물건은 없으나 선도를 수련한 도인들의 유물들이 보관된 곳이니 함부로 접근하지 마시구려."

"한번 구경할 수 있을까요?"

송문악의 물음에 화청이 의문이 어린 시선으로 송문악을 바라봤다.

"뭐 어려운 일은 아니나 추 노사의 허락이 있어야 하는 일이오."

"추 노사라면?"

"저곳을 지키는 분이시라오. 비록 낡은 사당을 지키는 신분이시지만 이 화산비동의 산 중인과 같으신 어른으로 화산의 모든 문도들로부터 존경을 받는 분이시오."

"하면 어떻게 허락을 득해야 합니까?"

그러자 화청이 궁금한 듯 되물었다.

"음… 왜 저곳을 구경하고 싶으신 것이오?"

"저는 선도를 수련한 지 그리 오래되지 않아 아직 그 선기가 깊지 못합니다. 그런데 저곳에 있는 물건들은 옛부터 선도에 깊이 정진한 분들의 유물들이라니 그것들을 보며 제 스스로 이번 수련에 임하는 각오를 새롭게 하고 싶기 때문이지요."

송문악의 대답에 화청이 납득이 간다는 듯 고개를 끄덕였다.

"음… 일리가 있으신 말씀이오. 그럼 일단 머물 곳을 정하신 후 기다려 보시오. 내가 추 노사를 찾아뵙고 손님의 청을 말해보리다."

"그래 주시겠습니까? 정말 고맙습니다. 그런데 너무 번거롭게 해드리는 것이 아닌지……."

"괜찮소이다. 사실 이 비동을 지키는 일이란 그리 바쁜 것이 없는 일이라오. 과거 좀도둑이 들은 적이 있기는 하지만 대화산파의 영역에 누가 감히 침입하겠소이까?"

"당연한 일이지요."

송문악이 당연하다는 듯 고개를 끄덕이자 화청은 기분이 좋아졌는지 좀 더 부드러운 목소리로 입을 열었다.

"자, 다 도착했소이다. 이곳이 바로 현재 사람이 들어 있지 않은 서른두 개의 동굴이 있는 곳이오. 보시면 아시겠지만 이 동굴들은 서쪽을 향하고 있어 해가 뜨는 것을 볼 수 없는 방향이라오. 본시 선도를 수련하는 사람들은 일출을 볼 수 없는 장소를 꺼리는 바가 있어 이곳엔 사람들이 들지 않았던 것이오. 괜찮겠소이까?"

화청의 물음에 송문악이 호교상과 호종위를 돌아봤다. 그러자 호교상이 화산에 도착한 이후 굳게 닫고 있던 입을 열었다.

"해 뜨는 것을 보지는 못하겠지만 해 지는 아름다움은 만끽할 수 있으니 나쁜 자리만은 아닌 듯하군."

호종위도 말없이 고개를 끄덕였다. 그러자 송문악이 화청을 돌아보며 입을 열었다.

"저희들은 이곳에 머물도록 하겠습니다."

"좋소이다. 그럼 여장을 풀고 계시구려. 내 추 노사를 만나 뵙고 다시 들르겠소. 그리고 벽곡단은 준비해 오셨소이까? 혹 준비되지 않았다면 화산에서 내어드릴 수도 있소이다만."

"아닙니다. 자리를 내주신 것도 감사한 일인데 먹는 일까지 신세를 질 수야 있나요. 따로 준비를 해왔습니다."

송문악의 자신의 등 뒤에 걸머진 목함을 가볍게 손으로 두드리며 말하자 화청이 고개를 끄덕였다.

"선가에서는 본래 각각의 특성에 따라 다른 형태의 벽곡단을 준비하는 것이 보통이지요. 알겠소이다. 그럼 조금 후에 다시 오겠소.”

말을 마친 화산제자 화청이 송문악 등을 동굴 입구에 놓아 두고는 훌쩍 몸을 날려 올라올 때 보았던 작고 낡은 사당을 향해 움직였다.

“어쨌든 비동에 들어오는 데에는 성공했군.”

화청의 신형이 멀어지자 호교상이 입을 열었다.

“하지만 무 형이 들렀을 때와는 역시 다르군요. 화산 고수들이 주변을 경계하고 있는 모양입니다.”

호종위가 걱정스런 눈으로 동굴 주변을 훑어보며 말했다.

“예상했던 일이 아니더냐. 그나마 경계가 그리 단단해 보이지 않는 것이 다행이구나.”

“하지만 그들은 화산의 제자들입니다. 화산의 제자라면 일개 말단 제자라도 조심하지 않을 수 없지요.”

“응? 우리 대해남검파의 파랑검께서 겁을 집어먹으신 것인가? 역시 화산의 이름이 무섭긴 무섭구나!”

호교상이 장난스런 목소리로 놀리듯 말하자 파랑검 호종위가 진지한 목소리로 대답했다.

“물론 전 약간 긴장이 되는군요. 좀 전 우리를 이곳까지 데리고 온 화청이라는 화산 고수 역시 만만해 보이는 상대가 아니었습니다.”

그러자 이번에는 송문악이 조용히 입을 열었다.

“그도 그이지만 산 아래 동굴에서 보았던 그 노고수는 정말 대단한 무공을 지니고 있더군요."

"그리 보았나?"

송문악의 말에 호교상이 눈빛을 빛내며 되물었다.

"그렇습니다. 그는 아마도 화산에서도 대단한 위치에 있는 사람일 겁니다. 그에게서 흘러나오는 기운은 현묘하기 이를 데 없더군요."

"음, 나도 그리 보았네. 결국 무극자 추백 말고도 또 하나의 고수를 상대해야 할 수도 있겠군."

그러자 송문악이 잠시 생각에 잠겼다가 입을 열었다.

"어쩌면 그를 밖에서 상대해야 할지도 모르겠습니다."

"장소를 옮긴다?"

"그렇습니다. 이곳에서 그와 일전을 벌이기에는 너무 시선이 많군요. 그를 끌어내 천학 어르신이 계신 곳까지만 유인할 수 있다면 우리는 천학 어르신의 진 안에서 그를 상대할 수 있을 겁니다."

"하지만 그를 어떻게 끌어낸단 말인가? 그것도 다른 사람들의 눈을 피해서 말일세."

그러자 송문악이 살짝 미소를 지어 보였다.

"그는 신기루의 십방성인이지요. 하지만 이곳을 지키는 화산의 제자들 중 그 사실을 아는 자는 없을 겁니다. 그리고 그는 그 사실이 다른 사람들에게 알려지는 것을 원치 않을 테고요. 만약 형산선검 검무위가 우리 손에 죽었다는 것을 모르고 있다면 그는 당연히 우릴 따라나설 겁니다.”

“그가 형산선검이 죽었다는 사실을 알 리가 없지 않은가?”

호교상의 말에 송문악이 고개를 저었다.

“그야 모르는 일이지요. 형산선검은 형산을 대표하는 인물이었습니다. 사람들은 그가 신기루의 십방성인이라는 사실은 모르지만, 형산선검이란 이름은 강호에 모르는 사람이 없지요. 형산파의 누군가가 그 절곡에 들어가 형산선검의 죽음을 확인한다면 필시 그의 죽음은 순식간에 다른 십방성인의 귀에 들어갈 겁니다.”

“그러나 우린 그의 거처를 떠나기 전 그와 그 소년의 시신을 화장해 말끔히 그 흔적을 없애지 않았는가?”

“하지만 그의 모습이 발견되지 않는다면 결국 그에 대한 소문이 흘러나오지 않겠습니까?”

“하지만 그러려면 꽤 오랜 시간이 필요할 걸세. 형산파에서는 그가 잠시 강호로 나갔다고 생각할 수도 있을 것이네.”

“물론 저도 그걸 기대하고 있습니다. 형산파에서 그의 부재를 심각하게 받아들일 때쯤에는 더 이상 그의 죽음을 숨길 필요가 없을 만큼 신기루에 가깝게 다가가 있기를 바랄 뿐이지요.”

“음… 어쨌든 무극자 추백에게는 아직 그의 소식이 전해지지 않았을 걸세.”

“그렇다면 우린 그를 우리가 원하는 장소에서 상대할 수 있을 겁니다."

그때 호종위가 두 사람의 대화에 끼어들었다.

"일단 자리를 잡도록 하죠. 그래야 화산제자가 돌아와도 별 의심을 안 할 겁니다."

"그게 좋겠군. 얼마 머물진 않을지라도 선도를 수련하는 도인 흉내는 내야 하니까. 난 이쪽으로 들어감세."

호교상이 먼저 하나의 동굴을 잡아 안으로 들어가자 송문악과 호종위도 각자 하나씩의 동굴 안으로 들어가 정말 한동안 동굴 속에서 선도를 수련할 사람들처럼 주변을 정리하기 시작했다.

화산제자 화청이 다시 일행을 찾아온 것은 그가 무극자 추백을 찾아간 지 반 시진 만의 일이었다.

"추 노사가 손님들의 방문을 허락했소이다. 그분께서는 비록 평생을 그 낡은 사당을 지키고 살아오신 분이지만 이 비동의 터줏대감이나 마찬가지인 분이니 부디 예를 갖춰주시기 바라오."

화청은 혹여라도 무극자 추백의 모습을 보고 송문악 등이 그에게 실수를 할까 걱정이 되는지 특별히 주의를 주었다.

"걱정 마십시오. 그분께서는 대화산파의 어른이신데 어찌 저희들이 결례를 할 수 있겠습니까?"

송문악이 정색을 하고 대답하자 그제야 화청은 마음이 놓이는지 부드러운 목소리로 입을 열었다.

"그리 생각하신다니 다행이오다. 자, 그럼 전 이만 가보겠소. 그런데 이곳에는 얼마나 머무실 생각이외까?"

"글쎄요. 수련이라는 것이 시간을 정해놓고 하는 것은 아니라서……."

"음, 알겠소이다. 그럼 내가 오 일 후에 다시 들러보리다. 필요한 것이 있으면 그때 말씀해 주시구려."

"신경 써주셔서 감사합니다."

"감사는 무슨, 화산의 명성을 듣고 찾아온 분들에게 주인 된 입장에서 당연히 해야 할 일들이외다. 그럼 이만!"

화정이 살싹 고개를 끄넉여 보인 후 이내 숲 속으로 난 길을 따라 자취를 감추었다. 그의 모습이 사라지자 호교상과 호종위가 송문악의 동굴로 들어왔다.

"그가 뭐라고 하던가?"

"무극자 추백이 방문을 허락했다고 하더군요."

"흠, 잘된 일이군. 그래, 언제 가시려는가?"

질문하는 호교상의 얼굴이 조금 상기된 듯 보였다. 비록 형산선검 검무위를 만난 이후이기는 했으나, 여전히 십방성인을 만난다는 것은 긴장되는 일이 분명했다.

"그를 만나 유인해 내는 일은 저 혼자 하도록 하겠습니다."

"아니, 그게 무슨 말인가. 홀로 그를 만나러 가다니? 물론 송 소협의 무공을 모르는 것은 아니나, 그를 홀로 상대할 수는 없는 일 아닌가?"

호교상이 펄쩍 뛰며 되물었다.

"저 혼자 그를 상대하겠다는 것은 아닙니다. 다만 그를 우리가 원하는 곳까지 데리고 나오는 일에는 저 혼자 움직이는 것이 오히려 좋을 것 같아 드리는 말씀입니다."

"음… 그런 면이 있기는 하지만… 그럼 우린 어떻게 하면 좋겠나?"

"두 분께서는 날이 어둡기를 기다려 미리 천학 어르신 등이 계신 곳으로 이동해 주십시오. 그리고 그곳에서 다른 분들과 함께 그를 상대할 준비를 해주십시오."

"음, 알겠네. 하지만 송 소협 혼자 그를 만나러 간다니 정말 걱정스럽구만."

"저 혼자 그를 제압할 자신은 없지만 그의 손에서 벗어나 그를 유인할 자신은 있습니다."

"알겠네. 하지만 조심하게. 그는 십방성인이야."

"알겠습니다, 어르신."

걱정스런 표정으로 자신을 바라보는 호교상과 호종위에게 송문악이 밝은 미소를 지어 보였다. 그의 표정에서는 홀로 십방성인을 만나러 가는 것에 대한 일말의 두려움도 느껴지지 않았다. 그러자 호교상과 호종위도 안심한 표정을 지어 보이고는 자신들의 동굴로 들어가 휴식을 취하기 시작했다.

　호교상의 말대로 송문악 등이 머무는 동굴은 일출을 보기
는 어려운 곳이지만 석양을 감상하기엔 더할 나위 없이 좋은
자리였다. 송문악은 동굴 속에 조용히 앉아 화산의 봉우리들
위에 붉은 바다를 만들어내며 그 너머로 사라지는 태양을 조
용히 응시하고 있었다.

　'그를 만나러 가기 전 이렇게 마음을 가라앉힐 기회가 생
겨서 다행이야.'

　물론 자신있다고 말하기는 했지만 그로서도 홀로 십방성
인의 일인을 만나는 것은 극도로 긴장되는 일이었다. 송문악
은 천천히 마음을 가라앉히곤 오늘 밤 자신의 행보를 찬찬히
머릿속에 떠올렸다. 그리곤 잠시 후 생각을 마치자 천천히 자
리에서 일어나 자신이 무극자 추백을 유인해 가야 할 서쪽 능
선을 조용히 응시했다.

　석양이 모두 지자 순식간에 어둠이 찾아들었다. 송문악이
동굴을 나서자 어느새 호교상과 호종위가 그의 곁으로 다가
섰다.

　"조심하시게."

　"어르신과 호 대협께서도 조심하십시오. 비동의 경계에는
많지는 않지만 화산의 제자들이 지키고 있습니다."

　"알고 있네. 충분히 조심하도록 하겠네. 하지만 그들에게
발각될 일은 없을 걸세. 왜냐하면 낮에 우리를 안내했던 화청
이라는 화산제자의 태도를 보건대 그는 강호에 감히 화산의

경계를 넘을 인물은 없을 거란 자신감에 차 있더군. 아마도 화산의 다른 제자들도 마찬가질 걸세. 자만은 이미 그들도 모르는 사이에 그들의 머릿속을 채우고 있을 걸세.”

“알겠습니다. 그럼 전 이제 그를 만나러 가보겠습니다.”

“좋아. 그럼 우리도 움직이도록 하지. 다시 말하지만 조심하시게.”

“송 소협, 조심하시오.”

호교상과 호종위가 진득한 정을 담은 눈으로 송문악을 바라봤다.

“하하, 제 걱정은 마십시오. 반드시 오늘 밤 안으로 그를 데리고 가겠습니다.”

“알겠네. 자네를 믿네. 그럼!”

말을 마친 세 사람이 동시에 움직였다. 호교상과 호종위는 서쪽의 어두운 능선 쪽으로, 송문악은 비동들이 모여 있는 절곡의 중심 부근에 있는 작은 사당을 향해…….

건물은 작고 오래돼 보였지만 무척 단단한 모습을 하고 있었다. 본래 나무로 지은 집이란 세월이 지나면 낡게 마련이지만 무극자 추백이 도문의 도인들이 남기고 간 유물을 지키며 살아가는 사당은 오히려 흐르는 세월 속에 단단한 바위로 변한 듯 견고해 보였다.

어둠이 내린 그 단단한 건물 앞에는 사방 이십여 장의 공터가 있었는데, 희미한 달빛만이 내리고 있던 그 공터에 조용히 사람의 모습이 나타났다. 송문악이었다.

그런데 우연인가. 막 송문악이 건물 앞 공터에 도착하는 순간 건물 안에서 한줄기 빛줄기가 새어 나왔다. 누군가 건물 안에서 불을 밝힌 것이었다. 그리고 들려오는 한마디,

"손님은 안으로 들어오시게."

송문악이 잠시 멈칫했다. 건물 안에서 밝혀진 불은 자신을 맞아들이기 위한 것이 분명했다.

'역시 십방성인인가?'

송문악은 잠시 서서 요동치려는 심장을 가라앉히고 천천히 손삽이가 반들거리는 나무 문을 열고 안으로 들어갔다.

"어서 오시게. 낮에 연락을 받고 언제나 오려나 기다리고 있었네."

부드러운 눈매, 백설이 내린 듯한 눈썹은 양쪽 눈꼬리를 따라 길게 자라 있다. 옷차림 또한 수수했다. 화산파 본문에서 만났던 화산의 문도들은 하나같이 백설처럼 하얀 무복을 입은 모습이어서 세간의 소문처럼 그들이 선계에 사는 사람들이라 하여도 믿을 만큼 고고한 것이었으나, 건물 안의 노인은 너무 오래되어 순결한 흰빛을 잃고 회색빛이 감도는 옷을 걸치고 있었다. 그래서 그의 겉모습만으로 판단하자면 노인은 화산의 노고수가 아닌, 그저 사당을 지키고 있는 문지기라고 해도 좋을 듯 보였다.

　하지만 그의 깊은 눈동자와 그 눈에서 자연스럽게 흘러나오는 기운은 그의 추레한 외모에서 느껴지는 모든 선입견을 한순간에 앗아가기에 충분했다. 사당 안으로 들어서는 송문악을 바라보는 시선에서는 어딘지 모르게 범접할 수 없는 위엄이 느껴지는 것이었다.

　"늦은 시각에 어르신의 휴식을 방해드려 죄송합니다."

　송문악이 공손히 건물 안의 노인에게 허리를 굽혔다.

　"뭐, 그리 방해될 것은 없네. 하루 종일 하는 일이라고는 이 낡은 건물을 지켜보는 것이 전부라 그리 피곤할 것도 없다네. 그래, 선대의 도인들이 남긴 예물을 보고 싶어한다고?"

　"그렇습니다."

　"음, 수련에 들어가기에 앞서 선대 도인들의 향기를 느껴보는 것도 좋겠지. 소동아!"

　노인이 고개를 끄덕이고는 누군가를 부르자 안쪽으로 난 다섯 개의 문 중 하나가 열리면서 작은 소년이 두 사람이 있는 곳으로 걸어나왔다.

　"부르셨습니까, 어르신!"

　'아이답지 않다. 역시 형산에서 보았던 그 아이와 같은 아이인가?'

　소년이 십방성인 추백이 분명한 노인을 대하는 태도는 무척이나 조심스럽고 정중해 실제 소년의 나이보다 두세 살쯤은 더 들어 보이게 만들고 있었다.

“이 손님에게 유물들이 있는 방들을 안내해 드려라.”

“예, 어르신.”

소동이라 불린 아이가 공손하게 노인의 말에 대답하자 노인이 다시 송문악에게로 시선을 돌렸다.

“난 이 낡은 건물을 지키고 있는 추백이라는 사람일세. 유물을 보겠다는 손님이라면 당연히 내가 안내하는 것이 맞겠지만 나이가 들어 몸을 움직이는 것이 불편하니 이 아이에게 안내를 맡기겠네. 허물치 마시게.”

“괘념치 마십시오. 오히려 번거롭게 해드린 제가 죄송할 뿐입니다.”

“음… 좋아. 그럼 소동아, 손님을 모시고 가거라.”

“예, 어르신. 손님께서는 이쪽으로 오시지요.”

송문악은 소동의 안내에 따라 건물 안쪽에 있는 다섯 개의 문 중 가장 왼쪽에 있는 문을 향해 걸음을 옮겼다. 그리고 잠시 후 송문악과 소년의 모습의 그 문 안으로 사라졌다.

“흐흠, 젊은 나이에 비동에 들어 선도를 수련한다라… 재미있는 청년이야. 그리고… 기도가 참 좋군.”

두 사람의 신형이 문 안쪽으로 사라지자 노인이 송문악이 사라진 문 쪽을 보며 중얼거리고는 빙그레 미소를 지어 보였다. 그는 이미 송문악이 무공을 지니고 있음을 파악해 냈던 것이다.

"이 방부터 이어진 세 개의 방에 선대 도인들이 남긴 유물들이 있습니다. 천천히 구경하세요. 유물들은 오래된 것부터 보관되어 있습니다. 아주 오래된 유물은 너무 낡아서 부서지기 쉬우니 만지시면 안 됩니다."

소동이라 불린 소년이 송문악에게 조심할 것을 당부했다.

"제가 어찌 귀한 유물에 손을 대겠습니까? 걱정하지 마십시오."

송문악의 조심스런 대답에 소년이 만족했는지 살짝 미소를 지어 보였다.

"어르신이 안내하라고 하셨지만 사실 안내할 것도 없지요. 방 세 개가 연달아 이어져 있으니까요. 충분히 보시고 나오십시오."

"알겠습니다."

"그럼 전 그만 들어가 보겠습니다."

소년이 송문악에게 살짝 고개를 숙여 보이고는 첫 번째 방에서 세 번째 방까지 이어진 방문들을 죽 열어놓고는 밖으로 나가 버렸다.

"흠, 왔으니 일단 구경이나 해볼까?"

송문악이 잠시 그 자리에서 서성거리다가 이내 방의 사면을 가득 채우고 있는 유물들을 천천히 돌아보기 시작했다.

첫 번째 방에서 세 번째 방까지 이어져 있는 유물들을 구경

하는 것에는 그리 오랜 시간이 걸리지 않았다. 그래서 송문악
은 유물이 있는 방으로 들어온 지 채 반 시진이 지나지 않아
세 번째 방의 마지막 유물을 감상하고 있었다. 그때 세 번째
방에서 밖으로 이어지는 문이 열리며 소년이 들어왔다.

"손님, 다 보셨는지요?"

"덕분에 잘 보았습니다. 선대 도인들의 자취를 더듬다 보
니 한결 수련에 대한 의욕이 솟아나는군요."

그러자 소년이 살짝 미소를 지었다.

"그러셨다면 다행이지요. 밖에 차가 준비되어 있습니다.
어르신께서 함께 차를 들기를 청하십니다."

소년의 말에 송문악의 눈빛이 반짝였다.

'그가 차를 청한다?'

어쩌면 이미 상대는 자신을 의심하고 있을지도 몰랐다. 하
지만 다음 순간 송문악의 입가에 작은 미소가 걸렸다.

'의심하는 것이 오히려 좋겠지. 그래야 그가 나를 따라올
테니까. 그래서 일부러 완전하게 내 공력을 숨기지 않았던 것
이 아닌가.'

"불청객에게 차까지 내주시겠다니 감사할 따름입니다."

"그럼 이쪽으로……."

소년이 송문악을 이끌고 세 번째 방문을 나서 다시 무극자
추백이 앉아 있는 곳으로 인도했다.

"그래, 유물들을 잘 보았소?"

어느새 탁자 위에는 두 잔의 차가 놓여 있어 그윽한 다향이 작은 공간을 가득 메우고 있었다.

"덕분에 뜻 깊은 시간을 보냈습니다."

송문악이 가볍게 고개를 숙여 보였다.

"자, 그럼 차나 한잔하고 가시구려."

무극자 추백이 깊은 눈으로 송문악을 바라보며 손을 들어 자신의 맞은편에 앉기를 권했다.

"차까지 주시다니 감사합니다."

송문악이 추백의 권유를 사양치 않고 그의 맞은편에 자리를 잡고 앉았다. 그리곤 탁자 위에 놓인 찻잔을 들어 따뜻한 차를 한 모금 입에 머금었다.

"좋군요."

"본래 화산의 차도 제법 명성이 있다오. 그나저나 이 비동에는 얼마나 머무실 요량이신가?"

"글쎄요. 수련이란 것이 어찌 시간을 기약할 수 있겠습니까? 몇 년이 걸릴 수도 있고, 제대로 수행이 이루어지지 않으면 내일이라도 떠날 수 있는 것이지요."

"허허, 그렇군. 내가 멍청한 질문을 했군. 그나저나 요즘 강호무림의 정세는 어떻소?"

순간 송문악의 눈빛이 반짝였다. 지나가는 말처럼 물었지만 이 질문은 무척 많은 의미를 담고 있었다. 선도를 수련하러 온 도인에게 강호의 소식을 물은 추백의 의도는 무엇일까?

하지만 송문악은 입가에 지은 미소를 지우지 않은 채 담담하게 대답했다.

"도를 추구하는 사람이 어찌 세속의 일에 관심을 가질 수 있겠습니까? 더군다나 무림의 이야기라면 더더욱 알 수가 없군요."

송문악의 대답에 추백이 자신의 이마를 짚으며 탄식을 했다.

"아이고, 이런, 내가 정말 늙었나 보군. 멍청한 질문을 두 번씩이나 하다니. 선도를 수련하기 위해 비동에 든 도인에게 강호무림의 일을 물었으니 이거 보통 실례가 아니군. 하지만 그래도 혹 지나가는 소리로 들은 것은 없소? 난 평생을 이곳에 틀어박혀 살다 보니 이런 기회가 아니면 바깥세상 소식을 들을 일이 없다오."

"그러셨군요. 하지만 저도 딱히 별다른 소식을 들은 것은 없습니다. 아! 그러고 보니 제가 있던 남쪽 바닷가에서 소란이 일어났다는 이야기는 들은 것 같습니다만……."

"남쪽 바다라면……?"

"제가 있던 곳은 광동성의 대도 광주와 인접한 곳이었는데 그곳을 떠나기 전 남해의 무림 대파인 해남검문에 적지 않은 분란이 있었다고 하더군요."

"그래, 어떤 일이 일어났는지는 모르시고?"

"막 그곳을 떠날 때 들려온 소식이라 자세한 것은 모르겠습니다만……."

　그러자 무극자 추백이 아쉬운 표정을 지으면서도 고개를 끄덕였다.

　"음, 모른다면 어쩔 수 없지. 하지만 해남검문의 일이라면 제법 재미있는 일이 벌어졌을 텐데 아쉽군 그래."

　"죄송합니다."

　"뭐, 손님께서 죄송할 것까지야 없는 일이지. 커험!"

　무극자 추백이 손사래를 한 번 치고는 찻잔을 들어 남아 있던 차를 훌쩍 마셔 버렸다.

　'이제 움직여야 할 때군.'

　무극자 추백이 찻잔을 비우는 것을 본 송문악도 잔을 들어 단숨에 차를 들이켰다. 그리곤 천천히 자리에서 일어났다.

　"그럼 전 이만 돌아가 보도록 하겠습니다. 유물들을 볼 수 있게 허락해 주시고 차까지 주시니 정말 감사했습니다."

　"뭘 그런 것 가지고 그러시는가. 그나저나 혹여라도 수련을 하다가 심심하면 다시 들러주시게나. 이곳은 통 이야기를 나눌 사람이 없어."

　"알겠습니다. 그렇게 하지요. 그리고……."

　"뭐 더 하고 싶은 이야기가 있는가?"

　"외람되지만 좋은 구경과 향기로운 차를 주신 것에 대한 답례로 저도 이곳에 한 가지 물건을 남겨놓고 싶습니다만, 허락해 주실는지요?"

"오, 그러신가? 그런 일에 무슨 허락이 필요하겠는가? 비동에 들어 선도를 수련하는 사람이라면 누구라도 이곳에 자신의 물건 하나쯤 놓아두는 것이 전통이지. 그렇게 하게나."

무극자 추백이 송문악의 요구를 흔쾌히 허락하자 송문악이 품속에서 작은 목함 하나를 꺼내놓았다.

"전 이것을 놓아두도록 하겠습니다."

"음, 그게 뭔가?"

"그리 중한 것은 아니어서 직접 물건을 보여 드리기에는 창피스럽군요. 혹 궁금하시면 나중에라도 한번 열어보시기 바랍니다."

"허? 대체 무슨 물건인데 그러시나?"

추백의 얼굴에 적지 않은 호기심이 드러났으나 송문악은 그의 앞에서 목함을 열지 않았다. 그리곤 천천히 자리에서 일어나 추백에게 공손하게 작별 인사를 했다.

"그럼 어르신, 전 이만 올라가 보겠습니다. 다시 뵙지요."

"험험, 그러시게. 나중에 다시 보세."

추백은 여전히 송문악이 탁자 위에 올려놓은 목함에서 눈을 떼지 않으며 송문악의 인사를 받았다. 송문악은 그런 추백을 향해 살짝 미소를 지어 보인 후 재빨리 사당을 벗어났다.

'자, 이제 시작인가?'

사당을 벗어난 송문악이 힐끗 문 쪽을 돌아보고는 이내 자신이 끌어올릴 수 있는 최대한의 공력을 끌어올려 신형을 날리기 시작했다.

무극자 추백은 송문악이 밖으로 나서는 것을 물끄러미 바라보다가 송문악의 신형이 완전히 사당을 벗어나자 혼잣말을 중얼거리며 송문악이 내려놓은 목함을 집어갔다.

"알 수 없는 젊은이군. 분명 평범한 수도자가 아닌 것은 분명한데… 왜 비동에 들어온 것일까? 어디, 이 목함에 그 답이 있으려나."

무극자 추백이 천천히 목함의 뚜껑을 열었다. 그런데 호기심 어린 표정으로 막 목함의 뚜껑을 열던 무극자 추백의 얼굴이 천천히 굳어지기 시작했다. 그리고 다음 순간 그의 눈에서 한줄기 차가운 한광이 번쩍였다.

"소동아!"

무극자 추백의 입에서 낮은 목소리가 흘러나왔다. 그러자 안쪽의 문이 열리며 예의 그 소년이 모습을 드러냈다.

"예, 어르신."

"검을 가져오너라."

"예?"

"검을!"

무극자 추백이 다시 짧게 재촉하자 소년의 얼굴이 딱딱하게 굳어지더니 순식간에 다시 문안으로 사라졌다가 이내 한 자루 고색창연한 검을 들고 나타났다.

“무슨 일이신지……?”

소년의 표정이 그 어느 때보다도 조심스러웠다. 그러자 무극자 추백이 무표정한 표정으로 입을 열었다.

“그럴 일은 없겠지만 내일 아침까지 내가 돌아오지 않으면 전서구를 날려라.”

“전서구를요?”

“오냐.”

“전서구에는 뭐라 적을까요?”

“신기루 십방성인을 찾아온 불청객이 있었다고 적거라. 그리고 내가 그를 만나러 나가서 돌아오지 못했다는 말을 덧붙이거라.”

“그런 일을 없겠지요?”

소동의 물음에 추백의 입가에 살짝 미소가 머금어졌다.

“글쎄, 세상일은 모르는 거니까. 다녀오마!”

말을 마친 무극자 추백의 신형이 흐릿해지더니 순식간에 장내에서 모습을 감추었다. 그러자 홀로 남겨진 소동이 중얼거렸다.

“도대체 이 목함에 무엇이 있길래 어르신이 저렇게 급히 움직이신 걸까?”

소동이 송문악이 남기고 간 목함을 들어 올렸다. 그리고 그의 시선이 목함 안으로 이어졌다.

“이건!”

　목함 안을 확인한 소동의 입에서 한마디 탄성이 흘러나왔다. 목함 안에는 그 어떤 물건도 들어 있지 않았다. 그곳에는 오직 열네 개의 글자만이 있을 뿐이었다.

　신기루 십방성인 무극자 추백지관(蜃氣樓 十方聖人 無極子 秋白之棺).

　산은 서쪽 능선을 넘어서자 급격하게 기울어지기 시작했다. 송문악의 신형이 순간 멈칫했다. 절벽보다 급한 경사, 도저히 내려갈 방도가 없어 보이는 낭떠러지였다.
　"모르는 사람이라면 도저히 길을 찾을 수 없겠군."
　송문악이 혼잣말을 중얼거리더니 이내 낭떠러지의 한쪽으로 신형을 옮겼다. 그리곤 훌쩍 몸을 날려 낭떠러지 아래로 떨어져 내렸다, 마치 자결이라도 하는 사람처럼.
　송문악이 낭떠러지 아래로 몸을 날린 지 채 반 각이 되지 않아 무극자 추백의 모습이 송문악이 서 있던 자리에 홀연히 나타났다. 그리곤 송문악과 마찬가지로 신형을 세운 그가 고개를 갸웃거렸다.
　"음, 이 길은 오래전 강호제일의 도둑이라고 자처하던 녀석들이 이용했던 길이 아닌가? 그런데 그 도둑들은 지난번 운남에서 모두 죽은 것으로 알려졌었는데 어떻게 가짜 도인이 이 길을 알게 된 것일까?"

말을 하면서도 무극자 추백의 눈은 매섭게 송문악의 자취를 찾고 있었다.

"음, 역시 비도(秘道)를 알고 있는 녀석이었군. 그렇다면 결국 도문의 그 도둑들과 연관이 있다는 이야긴데… 허허, 이 추백이 사람들의 이목을 피해 강호행을 할 때 이용하기 위해 만든 길이었는데… 이 길을 이제는 제법 많은 자들이 알게 되었군. 오늘 일이 끝나면 길을 바꿔야 할 것 같아."

무극자 추백이 조용히 혼잣말을 중얼거리고는 송문악이 떨어져 내린 낭떠러지 아래로 훌쩍 몸을 날렸다.

"왔느냐?"

천학 장사성이 불쑥 송문악 앞에 모습을 드러냈다.

"준비는 어찌 되었는지요?"

"이곳은 모든 준비가 끝났다. 그런데 그는?"

"아마도 제 뒤를 따라오고 있을 겁니다. 시간이 그리 많지는 않을 겁니다."

"좋아. 그럼 그를 맞이하도록 하자."

천학의 입에서 굳은 음성이 흘러나오자 어느새 모습을 드러냈던 일행들이 다시 사방으로 흩어지며 모습을 숨겼다. 그리고 잠시 후 그들이 머물렀던 자리에 사람 무릎 높이로 엷은 안개가 깔리기 시작했다.

송문악과 그의 동료들이 모습을 숨긴 지 얼마 지나지 않아 검은 물체가 어른거리는가 싶더니 어느새 추백의 신형이 뿌연 안개를 밟고 송문악과 천학이 이야기를 나누던 공터에 서 있었다.

"안개라… 비록 강이 그리 멀리 있는 것은 아니지만 안개가 어울리는 장소는 아니군. 그렇다면 결국 이곳에서 날 기다리고 있다는 이야기군."

무극자 추백이 여유있는 독백을 흘려내며 천천히 주위를 살폈다. 그리곤 어느 순간 살짝 얼굴을 찌푸렸다.

"대단한 진(陣)이군. 허허, 제법 준비를 한 모양이야."

그의 입에서 한마디 실소가 흘러나오더니 순식간에 파란 안광이 그의 눈에서 폭사했다. 그리곤 조용한 밤공기를 타고 무극자 추백의 냉엄한 목소리가 천천히 흘러나갔다.

"자, 이제 너희들이 원하는 곳까지 날 데려왔으니 모습을 보이거라. 누가 감히 신기루의 십방성인을 만나러 왔느냐?"

그의 목소리는 높지 않았으나 충만한 진기를 담고 있어 그 서슬에 주변 나뭇잎들이 사시나무 떨듯 흔들렸다. 더불어 차가운 살기가 숲 전체를 감싸듯 휘감았다.

그러자 잠시 후 추백의 말에 대답이라도 하듯 차가운 살기를 헤치며 송문악과 그의 다섯 동료가 모습을 드러냈다. 동시에 송문악과 무극자 추백의 시선이 허공에서 맹렬하게 엉켜들어갔다.

"비동에 들어 선도를 닦겠다던 자네가 이곳엔 무슨 일인가?"

　모든 것을 알고 있으면서도 아무것도 모르는 듯 물어대는 천연덕스러움, 송문악 역시 입가에 엷은 미소를 흘리며 대답했다.

　"한평생 비동의 오두막을 지켜왔다던 당신이 강호의 전설 신기루의 주재란 사실에 비하면 나의 변신이야 그리 놀라운 것도 아니지 않겠소?"

　그러자 무극자 추백이 대답하지 않고 무심한 눈으로 송문악을 응시하다 불쑥 입을 열었다.

　"긴 이야기는 나중에 해도 되겠지. 결국 원하는 것은 생사결이겠지?"

　무극자 추백의 말에 송문악이 말없이 고개를 끄덕였다. 그러자 무극자 추백이 천천히 검을 빼 들며 말했다.

　"좋아. 어디 얼마나 대단한 재주를 가지고 있기에 감히 날 찾아왔는지 알아보겠다. 오라!"

第二章

화산혈전(華山血戰)

무극자 추백이 자신의 검을 들어 송문악을 가리켰을 때 송문악과 호종위는 서로 눈빛을 교환하고 있었다. 그리고 호종위가 몸을 뒤로 빼 어두운 숲 속으로 숨어들었다.

"한 놈쯤 살려두는 것도 그리 나쁜 일은 아니야. 사냥개를 풀어 사냥감을 추적하는 것도 제법 재미있는 일이니까."

추백이 사라지는 호종위를 보며 중얼거렸다.

"그는 사냥감이 아니라 사냥꾼이오. 그는 지금 한 사람을 사냥하러 간 것이오."

그러자 추백이 고개를 갸웃거렸다.

"나 말고 노리는 사람이 또 있었나?"

그러자 송문악의 입가에 살짝 미소가 걸렸다.

"우린 이미 한 명의 신기루 십방성인으로부터 십방성인들이 움직이는 모양을 보아두었소. 지금 나의 동료는 당신이 뒷일을 맡겨놓았을 사람을 찾아가는 것이오."

하지만 추백은 여전히 송문악의 말을 이해하지 못했다.

"무슨 말인지 통 모르겠구나. 그나저나 이곳에 오기 전 이미 다른 십방성인을 만났다고?"

추백의 눈동자에 드러난 의혹, 자신이 아닌 다른 십방성인을 만나고도 자신 앞에 나타났다는 것은 이들이 이곳에 오기 전에 만난 십방성인을 제압했다는 의미이기도 했다.

"그렇소."

"누굴 만났느냐?"

상대의 거짓말을 확인하려는 듯 추백이 추궁했다.

"우린 형산 천주봉 아래에서 형산선검 검무위를 만나고 이곳으로 오는 길이오."

순간 추백의 눈동자가 흔들렸다. 송문악에게서 흘러나온 이름, 형산선검 검무위는 십방성인 중 일인이 분명했다. 그렇다면 이 불청객들은 정말 신기루 십방성인을 사냥하고 있는 인물들인 것이다.

"그는 어찌 되었느냐?"

결과를 알고 하는 질문이기 때문인지 추백의 목소리에 약간 힘이 빠져 보였다.

“죽었소.”

“음…….”

송문악의 대답에 추백의 입에서 낮은 신음성이 흘러나왔다. 그리곤 어느 한순간 차갑게 되물었다.

“앞서 사라진 자가 노리는 사람은?”

“바로 그대의 오두막에서 보았던 그 소동이란 아이!”

순간 추백의 눈에서 차가운 살광이 번득였다.

“놈! 마귀들의 종자가 분명하구나. 그 아이는 이제 겨우 열세 살에 지나지 않는 어린아이다.”

그러자 송문악의 얼굴도 차갑게 굳어졌다.

“그 아이가 어릴지는 몰라도 오늘의 일을 다른 십방성인에게 알리기에는 충분한 나이오. 마귀라… 마귀라면 오늘 당신을 찾아온 우리가 아니라 백 년 동안 신기루를 만들어 강호를 농락해 온 그대들 십방성인에게 어울리는 말이 아니겠소?”

그러자 추백이 냉엄한 목소리로 대답했다.

“놈, 너희 같은 종자들이 어찌 우리의 깊은 뜻을 알겠느냐? 강호의 평화를 위해 신기루를 만들어낸 우리의 뜻을 헤아릴 줄 모르는 자들과 더 이상 말을 섞고 싶지 않다. 오너라. 형산선검이 어찌하다 너희 같은 종자들에게 당했는지는 모르겠으나, 이 추백의 검은 결코 너희들을 살려 보내지 않을 것이다.”

추백의 얼굴은 여전히 냉엄했으나 그의 말에서는 약간의 조급함이 느껴졌다. 아마도 비동계곡의 사당을 향해 움직인 호종위가 계속 신경 쓰이는 모양이었다.

"우리 또한 당신의 궤변을 더 이상 듣고 싶은 생각은 없소. 당신들이 신기루를 만들고 강호에 혈풍을 일으킨 이유는 어떤 대의명분을 가져다 붙여도 궤변에 지나지 않을 것이오. 그러니 그저 솔직하게 인정하시오. 신기루를 만들어낸 목적이 구파일방의 아성에 도전할 수 있는 고수와 무림 문파들을 제거하는 것이라고 말이오. 그리고 그 비밀을 알고 있는 우리를 오늘 반드시 죽여야겠다고 말이오. 그게 더 자칭 강호의 지배자로 살아온 그대에게 어울리는 태도요."

송문악이 추백을 날카롭게 추궁하며 허리춤에서 청명검을 뽑아 들자 빙 둘러 추백을 둘러싸고 있던 다른 일행들도 제각기 병기 든 손을 들어 올렸다.

"좋아. 굳이 네가 말한 것들을 부인하지 않겠다. 또한 너희들을 오늘 결코 살려 보내지 않을 것이란 것도 약속하지. 자, 얼마나 대단한 놈들이기에 감히 신기루 십방성인에게 도전을 했는지 보자."

말과 동시에 무극자 추백의 검이 순식간에 다섯 번의 검로를 그려냈다. 그러자 그의 검끝에서 완벽하게 재현된 매화 문양의 진기가 만들어지더니 이내 무서운 속도로 자신을 둘러싼 다섯 사람을 향해 닥쳐들었다.

따다당!

조용한 밤공기를 타고 울려 퍼지는 다섯 개의 격돌음. 송문악 역시 자신을 향해 닥쳐드는 매화 문양의 진기덩어리를 청명검을 들어 비껴내고 있었다.

'역시 십방성인!'

송문악이 자신도 모르게 고개를 끄덕였다. 다섯 사람에게 동시에 공세를 취하면서도 그 위력은 마치 한 사람에게 전력을 다하는 것만큼 강했다.

"예전부터 화산의 매화검이 극도의 경지에 이르면 검환의 경지에 오른다고 전해지더니, 오늘 과연 그 말이 사실임을 알겠구나!"

한쪽에서 역시 무극자 추백의 공격을 맨손으로 받아내던 주마왕 풍석동이 감탄사를 내뱉었다. 그러자 그런 주마왕의 모습을 물끄러미 바라보던 무극자 추백이 의혹 어린 음성으로 물었다.

"맨손으로 나의 검환을 받아내는 자가 있다니, 그대의 이름은 무엇인가?"

그러자 주마왕 풍석동이 호탕한 웃음을 터뜨리며 입을 열었다.

"하하하, 난 주마왕 풍석동이라는 사람이다! 물론 그대와 같이 고고한 화산의 문인이 나와 같은 술주정뱅이를 알고 있을지는 모르겠지만."

주마왕 풍석동이 큰 목소리로 자신을 소개하자 무극자 추백의 눈이 살짝 빛났다.

"주마왕 풍석동! 어찌 강호에 몸담고 있는 사람치고 그 이름을 모르는 사람이 있을까. 강호십대괴객의 명성이 무림에 전해진 것은 이미 오래전의 일. 오늘 보니 과연 강호십대괴객의 명성이 그냥 얻어진 것은 아니군."

"설마 백 년 동안 강호를 주물러 온 신기루 십대성인에 비하겠소이까?"

비웃음이 담긴 주마왕 풍석동의 대답에도 무극자 추백은 전혀 흔들리지 않았다. 그리곤 주마왕에게서 고개를 돌려 자신을 둘러싸고 있는 나머지 사 인의 모습을 찬찬히 바라봤다.

천학 장사성과 호교상, 그리고 추백의 공격에 혼비백산하여 이미 장내에서 멀찍이 멀어져 있는 무각까지. 한 명 한 명의 얼굴을 유심히 살핀 후 추백이 천천히 입을 열었다.

"정말 만만치 않은 자들이군. 오늘 이 추백이 제법 강적을 만난 것이 확실해. 밑천을 드러내야겠어. 단단히 각오들 해야 할 것이야."

말이 끝나는 것과 동시에 추백의 신형이 그 자리에서 둥실 떠올랐다. 한순간에 허공으로 떠오른 그의 신형이 송문악을 향해 죽 밀려왔다.

"머리를 먼저 자른다!"

어느새 추백은 이 다섯 사람의 적 중 송문악이 가장 강한 인물이란 것을 파악해 낸 듯싶었다. 하지만 다음 순간 송문악을 향해 날아오던 무극자 추백의 신형이 번개처럼 자신이 서 있던 자리로 되돌아갔다. 그리고 가벼운 침음성을 흘려냈다.

"음, 보통 진이 아니라고 생각은 했지만… 감히 이 추백의 움직임을 방해할 만한 진이라니 놀랍구나."

추백의 시선이 송문악에게로 향했다. 그러자 그의 시선을 받은 송문악이 담담한 목소리로 대답했다.

"천하의 십방성인을 상대하는 데 준비를 소홀히 할 수는 없는 일이 아니겠소."

그러자 추백이 서늘한 눈빛을 발하며 낮게 깔려 있는 안개를 살피다가 감탄이 서린 목소리로 물었다.

"누가 이 진을 펼쳤느냐? 정말 놀라운 진이구나. 진 안에 든 자의 움직임을 절반 이상 늦출 수 있는 진이라니……."

그러자 천학 장사성이 한 발 앞으로 나서며 대답했다.

"천학 장사성이라 하외다. 이 진이 대단하다고는 하나 그대의 무공에 비하면 그리 대단할 것도 없소이다. 본시 이 진에 든 사람은 단 일 장도 이동하기 쉽지 않은데 그대에게는 겨우 움직임을 방해하는 정도의 효과밖에는 보지 못하는구려."

"천학 장사성이라. 역시 만만치 않은 이름이지. 천학 장사성이 펼친 진이라면 무시할 수 없지. 하지만 이 진으로 날 가두지는 못해!"

무극자 추백의 단호한 말에 송문악이 어느새 청명검을 검집에 넣은 후 빼어 든 마창을 꼬나 들며 대답했다.

“물론 당신을 이 진(陣)만으로 상대할 생각은 애초부터 하지 않았소. 우린 단지 당신의 움직임에 약간의 불편함만 주는 것으로도 만족할 수 있소. 그것만으로도 우리에겐 무척 큰 힘이 되니까.”

동시에 송문악의 손에 들려 있던 마창이 번개처럼 앞으로 뻗어나갔다.

“창이라!”

따앙!

경쾌한 충돌음과 함께 한순간 장내를 밝히는 불빛이 번쩍였다. 무극자 추백을 향해 날아간 송문악의 마창이 무극자의 검에 튕겨져 다시 송문악에게로 날아들었다. 자신을 공격하는 상대의 창을 한 번의 검 초식으로 적에게 되돌려보내는 추백의 능력은 경악할 만한 것이라 할 수 있었다.

송문악이 재빨리 몸을 비틀면서 자신을 꿰뚫고 지나가려는 마창을 허공에서 낚아챘다. 마창을 사이에 둔 송문악과 추백의 격돌이 만든 틈을 타 추백의 등 뒤로 주마왕 풍석동의 강맹한 일권이 휘몰아쳐 갔다.

우우웅!

깊은 산 대호의 울음소리와도 같은 파공음이 주마왕 풍석동의 권에서 흘러나왔다. 그러나 추백은 자신의 뒤를 공격하는 주마왕의 공격에도 전혀 당황하지 않고 슬쩍 몸을 틀어 주마왕의 일권을 피해낸 후 앞으로 뻗어낸 주마왕의 팔을 향해 매서운 일초를 내리긋는 것이었다.

"흡!"

순간 주마왕이 다급성을 발하며 급히 신형을 돌려 안개 밖으로 몸을 뺐다.

"이런, 옷을 새로 장만해야겠는걸?"

뒤로 물러난 주마왕이 잔뜩 긴장한 표정을 지으면서도 입으로는 퉁명스런 말을 뱉어냈다. 그의 오른팔 옷자락이 추백의 검에 길게 베어져 바람에 펄럭이고 있었다.

"오너라. 신기루에 도전한 것이 얼마나 무모한 일인지 가르쳐 주겠다!"

추백이 검을 치켜들고 도도한 기세로 외쳤다.

"흥! 세상에 무너지지 않는 성(城)은 없다는 것을 오늘 알게 될 것이다."

어느새 주마왕의 뒤를 이어 호교상의 검이 추백을 향해 매서운 검초를 뿜어냈다.

"기개는 좋다만, 오늘 너희들은 신기루가 왜 강호를 지배하는지 확실하게 알게 될 것이다."

추백이 자신의 가슴을 금세라도 꿰뚫을 것 같은 호교상의 검끝을 냉막한 눈으로 응시하며 차가운 목소리로 일갈하고는 이내 자신의 검을 휘두르기 시작했다. 그렇게 한 명의 신기루 십방성인과 다섯 명의 송문악 일행의 싸움이 희미한 달빛 아래 본격적으로 펼쳐지기 시작했다.

절정의 고수들이 펼치는 생사결은 치열했다. 그 치열함이 지나쳐 오히려 아름답기까지 했다. 그래서인지 백설아의 머리를 공황 상태로 몰아넣었던 무극자 추백이 간직한 비밀까지도 절정고수들이 만들어내는 장관 앞에서 무뎌져 가고 있었다.

화산파 장문인의 딸로 태어나 화산의 검을 수련하고 화산만이 천하제일의 검공을 지니고 있다는 자부심을 가지고 살아온 백설아였다. 그런데 그런 백설아에게조차도 지금 자신의 눈앞에서 펼쳐지는 한 판의 장대한 생사결은 크나큰 충격일 수밖에 없었다.

그동안 비동의 사당을 지키는 노인으로만 여겼던 무극자 추백이 펼쳐 내는 수많은 매화꽃 문양의 검환은 얼마나 아름다운가. 화산파에 절정의 경지에 도달한 검객들이 많다고 하지만 무극자 추백과 같은 화산검을 펼칠 수 있는 사람을 백설아는 단연코 본 적이 없었다.

하지만 그것은 그래도 괜찮았다. 자신의 정체를 숨기고 있었다고는 하지만 어쨌든 무극자 추백은 화산의 검공을 익힌 사람이므로, 그의 숨겨진 신분에 놀랄지언정 그가 선보이는 무공의 깊이는 이해할 수도 있는 문제였다.

그런데 그 절대의 경지에 이른 무극자 추백의 검을 받아내고 있는 다섯 명의 인물은 또 뭐란 말인가? 아니, 백설아는 그중에서도 오직 한 사람에게 시선이 고정되어 있었다.

비록 다섯 사람이 힘을 합쳐 추백에게 대항하고 있지만 그 싸움의 중심에서 무극자와의 싸움을 이끌고 있는 젊은 청년 고수, 십여 년 전 스치듯 지나치는 인연으로 자신도 모르게 화산의 기물 청옥패를 전했던 그 아이, 그 아이가 지금 절대 경지에 이른 추백의 화산검을 맞아 대등한 싸움을 이끌고 있는 것이다.

'아아, 도대체 저 사람은 어떻게 저런 무공을 익힐 수 있었던 것일까?'

어느새 백설아의 손에는 흥건히 땀이 배어나고 있었다.

번쩍!

그때였다. 갑자기 다섯 명의 고수에게 둘러싸여 있던 추백의 검에서 보는 사람의 눈을 멀게 할 정도로 강렬한 빛이 발해졌다. 그리고 다음 순간 그의 검이 투명한 유리로 변하는가 싶더니 어느새 한줄기 빛으로 화해 송문악의 몸통을 향해 무서운 속도로 꽂혀들었다.

'안 돼!'

순간 백설아의 내부로부터 무의식중에 한마디 경고음이 터져 나왔다. 그 와중에도 퍼뜩 정신을 차린 그녀가 스스로의 입을 막았기에 그나마 입 밖으로 소리를 내지 않을 수 있었다.

그리고 그녀가 자신의 입을 틀어막고 있는 사이, 어느새 추백의 투명한 검은 송문악을 관통하고 있었다.

"아!"

안타까운 탄성이 흘러나왔다. 이제 곧 터져 나올 송문악의 붉은 피를 차마 볼 수 없다는 듯 백설아가 고개를 돌렸다. 그러나 다음 순간 전혀 예상치 못한 음성이 그녀의 귀에 들려왔다.

"대단하구나. 이 일 초식을 피해낼 인물은 당금 천하에 없으리라 자신했었건만!"

목소리의 주인공은 무극자 추백이었다. 뜻밖의 말에 놀란 백설아가 다시 고개를 돌려 여섯 고수가 충돌하고 있는 전장을 바라봤다. 그리고 그 순간 그녀의 눈에 길게 찢어진 옷자락을 휘날리며 무극자 추백을 향해 일검을 뻗어내는 송문악의 모습이 들어왔다.

'살았구나! 그런데 도대체 어떻게……?'

한편으로는 안도의 한숨이, 그리고 한편으로는 여지없이 추백의 검에 죽임을 당할 것 같았던 송문악이 옷깃만 찢긴 채 살아나 반격을 가하고 있는 것에 대한 의문이 떠올랐다.

하지만 다음 순간 그녀는 앞선 의문보다 좀 더 심각한 의문에 직면해야 했다.

'난 왜 그를 걱정하는 것일까?'

이 질문을 스스로에게 던져 놓고 백설아는 잠시 당황했다. 그녀는 이미 무극자 추백의 진실한 신분을 알고 있었다. 그녀가 송문악과 무극자 추백의 뒤를 따르는 것은 그리 쉬운 일이 아니었기에 그들의 대화를 모두 들을 수는 없었다. 하지만 무극자 추백이 십방성인으로 불리며 신기루를 강호에 드러내는 주재자들 중 한 명이란 사실, 그리고 그 신기루가 강호의 전설이 아니라 하나의 큰 음모라는 사실을 전해 듣기에는 그리 늦은 것도 아니었다.

신기루의 진실은 그녀에게도 큰 충격이었다. 그래서 그녀는 장내의 여섯 사람이 싸움을 시작할 때까지도 도대체 지금 자신이 알게 된 진실이 그녀 자신에게 어떤 의미인지를 명확하게 깨닫지 못하고 있었다.

그런데 그 와중에도 송문악이 위기에 처하는 순간 그녀는 자신도 모르는 사이에 본능적으로 송문악의 안위를 걱정하고 있었다. 그리고 그것은 이성적인 판단과는 거리가 있는 행동이었다.

'화산의 제자인 내가 왜 추백 어른과 맞서는 그를 걱정한 것일까? 난 화산 장문인의 딸이다. 옳고 그름을 떠나 어쨌든 신기루는 구파일방을 위해 존재해 왔다면, 그리고 당금 구파일방의 성세는 그 신기루의 도움에 의해 이룩된 것이라면 난 당연히 추백 어른의 승리를 바라야 하는 것이 아닐까?'

강호무림에서 의(義)와 협(俠)은 모든 강호무인들이 앞세우는 명분이기는 하지만 현실의 세계에서 그 의(義)와 협(俠)이 반드시 모든 것에 앞서는 것은 아니었다. 수많은 무림 문파들

이 자파의 이익 앞에서 의(義)와 협(俠)이라는 단어를 가차없
이 던져 버리는 곳이 무림이었다. 그리고 그것은 구파일방이
라 하여 다르지 않았다.

지금은 비록 구파일방이 고고한 무림의 열 개의 기둥으로
서 무림 위의 무림으로 군림하고 있지만, 지금의 자리에 이르
기 위해 그들은 의(義)와 협(俠)의 이름에 반하는 결정을 수없
이 많이 내려왔던 것이다. 그리고 백설아는 그런 무림 문파들
의 생리를 충분히 알고 있는 여인이었다.

그러므로 그녀는 자신이 단순히 무극자 추백이 신기루의
이름으로 행해온 일들이 정의롭지 않은 일들이었기에 송문악
의 패배를 걱정했다고는 말할 수 없었다.

'그럼 난 왜 그를 걱정한 것일까?

어쩌면 단순히 죽음 앞에 선 인간에 대한 동정심 때문이었
을 수도 있었다. 혹은 그 옛날 안개에 휩싸인 호수에서 그를
처음 보았을 때 느꼈던 알 수 없는 그 강렬한 인상 때문이었
을지도……. 하지만,

'그래, 이건 그냥 죽음의 위기에 처한 사람을 볼 때 누구나
가질 수밖에 없는 단순한 반응이었을 뿐이야.'

백설아가 자신의 행동에 대한 답을 스스로 내리고는 다시
금 격렬한 싸움이 이어지는 곳으로 시선을 돌렸을 때 장내의
상황은 조금 변해 있었다.

완벽에 가까운 검공으로 전세를 장악하고 있던 무극자 추백의 얼굴에 언제부터인가 한 줌 그늘이 들어섰다. 그것은 아마도 무극자가 펼친 회심의 일격을 피해낸 송문악이 고절한 쾌검을 전개하여 반격을 시도하면서부터 생긴 현상인 듯 보였다.

투명함에 가까운 무극자의 일검은 장내에 있는 고수들이 전혀 경험해 보지 못한 신묘한 일초였지만, 그 일초에 쏟아넣은 무극자 추백의 공력 또한 작은 것이 아니었으므로 그 일격이 무위로 돌아가자 추백은 심적으로나 육체적으로 적지 않은 피로를 느끼기 시작했던 것이다.

더군다나 처음부터 그의 주변에 펼쳐져 있던 천학 장사성의 진은 마치 끈적이는 깊은 늪처럼 조금씩 조금씩 그의 발을 잡아끌어 추백 자신도 모르는 사이에 그의 공력을 평소보다 훨씬 많이 소비하게 만들었던 것이다.

그리하여 결국 추백은 어느 순간 불현듯 자신이 이 싸움의 지배자가 아니라는 사실을 깨달았다.

"정말 대단한 함정을 파고 기다렸구나. 과연 천학 장사성이다. 그대가 아니라면 천하의 그 누가 이런 절묘한 진을 펼칠 수 있었겠는가?"

추백이 진의 한 중앙에 멈춰 서서 장사성을 노려보며 말했다. 그러자 장사성이 여기저기 찢긴 옷깃을 흩날리며 담담하게 대답했다.

"그대 역시 대단하오. 천하에 십방성인이 아니라면 그 누가 나의 진과 우리 다섯 사람의 합공을 받고도 오히려 우위를 점할 수 있겠소? 물론 당신이 이 싸움을 주도하는 것도 이제는 거의 끝나가고 있지만 말이오."

그러자 추백의 눈에 찰나지간 분노의 빛이 스치고 지나갔다. 하지만 이내 담담한 기색을 회복하고는 입가에 싸늘한 미소를 지었다.

"이 진은 무슨 진인가? 나도 제법 견식이 많다고 자부하는 사람인데 도통 이 진의 정체를 알 수가 없군. 없는 듯하면서도 은연중에 사람의 발목을 얽어매어 진 안에 갇힌 사람은 자신도 모르는 사이에 진기가 고갈되어 죽게 만드는 이 진의 이름이 궁금하군."

"진의 이름은 천망(天網)이라 하오. 형산선검을 대적할 때는 미처 시간이 없어 천망의 효능을 모두 발휘할 수 없었으나, 당신을 상대로는 시간이 충분했기에 오랜만에 완벽한 천망을 펼쳐 보았소이다."

"후후. 천망이라… 어울리는 이름이군. 하늘을 가두는 그물이니 바람이 아니면 이 진을 벗어나기란 불가능한 일이겠군."

"나 또한 다른 것은 몰라도 그 진에 대해서만큼은 제법 자부심을 가지고 있소이다."

"그러신가? 그렇다면 그대의 자부심은 어쩌면 오늘 조금

금이 갈지도 모르겠군."

추백의 입가에 작은 미소가 걸렸다.

"그대가 그 진을 빠져나올 수 있다는 말처럼 들리는구려. 하지만 그대는 지금껏 그 진을 벗어나지 못하지 않았소?"

장사성의 대꾸에 추백이 천천히 고개를 저었다.

"물론, 난 이 진을 빠져나갈 길을 찾지 못했다. 내가 바람이 아닌 이상 이 진을 벗어나긴 어렵겠군. 하지만……!"

갑자기 추백의 눈에서 차가운 푸른빛 한광이 번져 나왔다. 동시에 그의 검이 다시 예의 그 투명한 빛깔을 흘려내며 머리 위로 세워졌다.

"벗어나지 못한다면 깨뜨려 주겠다. 나의 검은 하늘을 가두는 그물일지라도 찢어버릴 수 있다."

추백의 검에서 한줄기 검기가 뻗어 나오더니 하늘을 찌를 듯한 속도로 허공을 향해 솟구쳤다. 다음 순간 하늘을 향해 뻗어나간 그의 검기가 묘한 움직임을 보이더니, 그를 중심으로 팔방의 방위를 점하며 허공에 여덟 개의 매화 문양을 만들어냈다. 검기를 닮아 투명함에 가까운 매화 송이들.

"세상에 그 어떤 그물도 날 가둘 수는 없다!"

쿠쿠쿵!

천지를 진동시키는 굉음, 동시에 추백의 발밑에 은은히 깔려 있던 안개들이 사방으로 비산하기 시작했다.

"조심들 하시오! 진이 흔들리기 시작했소."

진의 움직임을 조종하고 있던 장사성의 입에서 급박한 경고성이 터져 나왔다. 추백의 움직임을 제어하고 있던 진이 깨진다면 추백은 우리에서 풀려난 맹수처럼 일행들을 노릴 것이기 때문이었다.

그리고 장사성의 경고는 이내 현실로 드러났다. 강력한 검공에 흐트러진 진세의 빈틈을 타고 추백의 신형이 바람처럼 움직였다. 그리고 그가 일단 한 번 움직이기 시작하자 그를 단단히 얽어맸던 장사성의 진은 더 이상 그의 움직임을 방해하지 못했다.

슈아악!

그를 둘러싸고 있던 연무들이 좌우로 갈라지면서 묘한 파공음을 일으켰다. 그 와중에 추백의 신형은 어느새 주마왕 풍석동 앞에 이르러 있었다.

"산속에서 술이나 마시고 있는 것이 더 좋을 것을 그랬다!"

한마디 빈정거림을 토해내며 추백의 검이 그대로 주마왕의 목을 찔러갔다. 하지만 주마왕 풍석동은 이미 추백의 공격에 대비하고 있었다.

"제길, 나도 그러고 싶었지만, 너희 십방성인이란 작자들 때문에 이렇게 강호로 나오게 된 것이 아니더냐? 이크!"

비록 장사성의 경고에 미리 준비를 하고 있었다지만 진의 방해를 벗어난 추백의 공격을 아무리 주마왕 풍석동이리 하여도 온전히 막아낼 수는 없었다. 입에서 다급성이 터져 나오

며 두 손을 들어 다급하게 장력을 쳐낸 풍석동의 신형이 급히
옆으로 회전했다.

"스삭!

기괴한 파공음과 함께 추백의 검이 풍석동의 몸을 스치고
지나갔다. 순간 허공중에 시뻘건 혈무가 솟아났다. 주마왕 풍
석동은 재빠른 반응으로 목을 내주는 것은 간신히 피했으나,
한쪽 팔뚝에 깊은 검상을 입는 것은 어쩔 수 없었다.

"젠장!"

풍석동의 입에서 한마디 욕설이 터져 나오며 그의 신형이
급하게 뒤로 물러났다. 이어지는 추백의 공격을 감당할 자신
이 없었던 것이다.

"느려!"

하지만 추백의 입에서 싸늘한 음성이 흘러나오는가 싶은
순간 어느새 추백의 검은 풍석동의 오른쪽 어깨 위로 떨어져
내리고 있었다. 주마왕 풍석동은 강호십대괴객 중 가장 무공
이 고강하다고 알려진 인물이었지만 진의 압박에서 벗어난
신기루 십방성인 추백의 공격에는 여지없이 자신의 목을 내
줄 위기에 몰려 버리고 마는 것이었다. 그리하여 추백의 검이
주마왕 풍석동의 어깨를 파고들려는 찰나, 갑자기 추백이 검
을 거둬들이며 허공으로 솟구쳤다. 그리고 그가 서 있던 자리
로 송문악의 청명검이 스쳐 지나고 있었다.

"송 소협 덕에 살았구만. 두고 보자, 노괴!"

　가까스로 위기에서 벗어난 주마왕 풍석동이 이를 갈며 허공으로 솟구친 추백을 향해 두 주먹을 내뻗었다.

　꽈릉!

　순간 천지를 진동시키는 소음이 터져 나오며 그의 두 주먹에서 희뿌연 물체가 추백을 향해 뻗어나갔다.

　“놀랍구나, 권강의 이치를 깨달았다니. 하지만 아직 겨우 그 맛만 보았구나.”

　허공에 몸을 솟구친 채 자신을 향해 날아오는 희미한 강기 덩어리를 보며 추백이 탄성을 자아냈다. 그러면서도 그의 검은 정확하게 자신을 향해 다가드는 희미한 강기덩어리를 일직선으로 내리긋고 있었다.

　퍽!

　그러자 주마왕 풍석동이 혼신의 힘을 다해 만들어낸 불완전한 권강이 허공에서 그대로 파열되고 말았다.

　“젠장!”

　“음……!”

　동시에 두 마디 신음성이 두 사람의 입에서 흘러나왔다.

　주마왕 풍석동은 땅속 깊이 두 발을 파묻은 채 시뻘겋게 달궈진 얼굴을 찌푸리며 입가에서 붉은 선혈을 흘려냈고, 추백은 작은 신음성을 흘려내며 살짝 몸을 비틀었다. 언뜻 보아도 승패가 분명히 갈린 격돌이었다. 하지만 이 한 번의 격돌에서 승리한 추백이 받은 충격은 그 강약에 상관없이 승자인 그에게 무척 불리한 상황을 만들어내고 있었다.

파앗!

그리고 그것은 이내 현실로 드러났다. 어느새 호교상의 거친 검초가 한순간 몸의 중심을 흐트러뜨린 추백의 배후를 노리고 무섭게 닥쳐들었던 것이다.

"어딜!"

추백의 입에서 노성이 터져 나왔다. 동시에 자신의 허점을 파고드는 호교상의 검을 가볍게 튕겨내며 호교상을 향해 자신의 검을 직선으로 내리그었다.

뿌연 검기가 그대로 호교상의 몸을 일직선으로 잘라가려는 찰나 호교상의 몸이 흔들거리는가 싶더니 무서운 속도로 추백의 검기에서 벗어났다.

"흥!"

하지만 추백은 자신의 검기를 벗어나는 호교상을 보면서 가볍게 콧방귀를 뀌더니 호교상을 직각으로 베어내던 검을 급격하게 수평으로 꺾어 옆으로 흘러가는 호교상의 뒤를 공격했다.

"과연 십방성인!"

호교상이 자신의 허리를 잘라오는 추백의 검기를 보며 감탄사를 터뜨렸다. 아무리 고수라도 일단 펼쳐진 초식을 중간에 다른 초식으로 변화시키는 것은 쉬운 일이 아니었다. 자신의 검에 대한 완벽한 통제와 막강한 공력이 뒷받침되어야 가능한 한 수.

하지만 그런 추백의 무공에 감탄하는 호교상의 얼굴에는 득의의 기운이 깃들어 있었다.

추백이 살짝 눈살을 찌푸렸다. 호교상의 표정에서 그가 미처 깨닫지 못한 일이 지금 자신에게 벌어지고 있다는 것을 눈치 챘던 것이다. 그리고 그 상황은 여지없이 추백을 찾아들었다.

"엇!"

천하의 십방성인 추백의 입에서 예상치 못한 다급성이 터져 나왔다. 동시에 그의 시선이 물러나는 호교상에게서 벗어나 급히 처음 호교상이 자신을 상대하던 곳으로 향했다. 그러자 어느새 그곳에는 청명검을 든 송문악이 기다리고 있었다.

영보(影步)는 천하에 가장 은밀한 보법이다. 송문악은 영보를 펼쳐 추백을 향해 공격을 펼치는 호교상의 바로 뒤쪽에 몸을 숨긴 채 추백에게 접근했던 것이다. 그리고 추백의 시선이 호교상을 따라 움직이는 사이 송문악은 호교상이 있던 곳에서 추백을 공격할 완벽한 기회를 맞이하고 있었다.

"그대는 졌소."

동시에 송문악의 입에서 냉막한 음성이 흘러나오더니 어느새 추백을 향하고 있던 송문악의 청명검에서 한줄기 부드러운 검기가 흘러나와 추백의 심장을 향해 다가오는 것이었다.

"놈!"

추백의 입에서 거친 욕설이 흘러나왔다. 이미 천하를 오시하던 신기루 십방성인의 권위는 사라진 지 오래였다. 지금 그에게 남아 있는 것은 살기 위해 적을 죽여야 한다는 절박함과 자신을 이런 지경에 이르게 한 적에 대한 분노밖에 없었다.

추백이 자신을 향해 부드럽게 다가오고 있는 송문악의 검기를 향해 전광석화처럼 검을 휘둘렀다. 그 한 수는 그의 몸에 남아 있던 공력의 전부를 쏟아 부은 것이었다. 덕분에 그의 얼굴이 시뻘겋게 달아올라 있었다.

자신의 모든 공력을 기울인 일 초식, 그리하여 추백은 자신이 비록 송문악의 술수에 발려들기는 했지만 송문악의 기습을 막아내리라는 것을 의심치 않았다.

하지만 다음 순간 그가 전혀 예상치 못한 상황이 벌어졌다. 무서운 속도로 송문악의 검기를 막아가던 추백의 가슴에서 한줄기 시뻘건 선혈이 분수처럼 터져 나오기 시작했던 것이다.

"이, 이건……?"

추백은 자신의 가슴에서 뿜어져 나오는 핏줄기를 바라보며 도저히 믿을 수 없다는 듯 두 눈을 부릅떴다.

"이렇게 빠를 수가……?"

전력을 기울인 자신의 검이 상대의 검기를 차단하기 전에 이미 자신의 가슴을 꿰뚫어 버린 상대의 검기, 더군다나 그는 명확하게 자신을 향해 다가오는 상대의 검기를 보고 있었다.

"바람은 시작하는 동시에 이미 그곳에 도착해 있게 마련이오."

송문악이 천천히 땅 위로 떨어져 내리는 추백을 보며 담담한 목소리로 말했다.

"시작하는 동시에 도착해 있다고⋯⋯?"

"그렇소."

송문악이 고개를 끄덕였다. 그러자 무극자 추백의 얼굴에 수긍의 빛이 보였다.

"맞아. 바람은 시작하는 동시에 도착해 있지. 이 초식의 이름은?"

"풍검(風劍)이라 하오."

"좋은 이름이다. 아! 신기루 백 년의 역사가 흔들리기 시작하는구나. 하긴 오래되었지. 하지만 조심하라. 신기루의 뿌리는 깊다."

추백이 생의 마지막 눈빛을 번쩍이며 송문악에게 말했다.

"조언 고맙소. 편히 가시오."

송문악이 추백의 시선을 피하지 않고 가볍게 고개를 끄덕이자 그 순간 추백의 신형이 완전히 땅 위로 허물어져 내렸다. 그렇게 또 한 명의 십방성인이 죽음을 맞이하고 있었다.

"너무 늦는 것이 아닌가?"

주마왕 풍석동이 걱정스런 눈빛으로 비동이 있는 계곡 쪽을 바라보며 말했다. 추백의 시신은 이미 오래전에 땅속에 묻은 뒤였다.

"그러게 말이외다. 충분히 돌아올 시간이 지났는데……?"

호교상 역시 어두운 낯빛으로 풍석동의 말을 받았다. 일행은 호종위를 기다리고 있었다. 무극자 추백을 제거하는 것으로 일차적인 목적은 달성했지만 호종위가 맡은 일, 무극자 추백과 함께 생활하던 소년을 제거하는 일 또한 무극자 추백을 제거하는 일 못지않게 중요했다.

이미 형산에서 형산선검 검무위를 제거할 때, 그들이 데리고 있는 시동늘이 자신늘이 모시던 십방성인이 죽임을 당했을 때 어떤 행동을 할 것인지 알게 된 일행이었다. 만약 호종위가 소년이 다른 십방성인에게 전서구를 날리는 것을 막지 못한다면 향후 신기루를 상대하는 일은 지금까지와 전혀 다른 상황으로 전개될 터였다.

그런데 그 일을 맡고 비동으로 잠입해 들어간 호종위가 충분히 돌아올 시간이 되었음에도 돌아오지 않고 있는 것이다.

"좀 더 기다려 보시지요. 호 대협은 충분히 맡은 일을 해낼 수 있는 사람입니다."

장사성이 사람들의 불안감을 덜어내기 위해 부드러운 목소리로 말했지만 사람들의 표정은 좀체 밝아지지 않았다.

그렇게 다시 시간이 흘러갔다. 반 시진 정도의 시간이 흐르자 호교상의 입에서 다시 긴장된 목소리가 흘러나왔다.

"더 이상 기다리기는 무리인 듯하외다. 이제 곧 날이 밝을 텐데, 날이 밝으면 이 화산을 벗어나기가 쉽지 않을 것이오. 지금 떠날지 아니면 비동으로 파랑검을 찾으러 들어갈지 결정을 해야 할 때인 것 같소이다."

이번에는 장사성도 호교상의 말에 동의했다. 호종위를 못 믿는 것은 아니지만 시간은 더 이상 그를 기다릴 여유를 주고 있지 않았다. 사람들의 시선이 송문악에게 모여졌다.

노련한 강호의 고수들이 대부분인 일행이었지만 진퇴를 결정할 수 있는 사람은 송문악이었다. 그때 송문악은 여전히 호종위가 돌아올 길에 시선을 두고 있었다.

"문악아!"

그런 송문악을 장사성이 불렀다. 결정을 내려야 할 때라는 독촉이었다. 그런데 그렇게 가만히 호종위가 돌아올 길을 응시하고 있던 송문악의 입에서 불현듯 뜻밖의 소리가 흘러나왔다.

"준비를 해야 할 듯싶습니다."

기대했던 것과는 다른 엉뚱한 응답에 사람들의 눈에 의혹이 서릴 때 불현듯 사람들은 송문악이 한 말의 의미를 깨달았다. 그들이 지금까지 주시하고 있던 호종위의 퇴로, 그러니까 비동이 있는 곳으로부터 그들이 있는 곳으로 이어지는 그 비밀스런 길 쪽에서 이제는 그들 모두의 귀에도 명확하게 들려오는 소음이 일어나고 있었던 것이다. 송문악은 그 소리를 다른 사람보다 조금 일찍 들었던 것이다.

"호 대협일까요?"

무각이 불안스런 목소리로 누구에겐지 모를 질문을 던졌다.

"파랑검이 맞을 걸세. 또한 파랑검이라면 누군가에게 쫓기고 있는 것이 분명하겠고……."

호교상이 걱정스런 목소리로 무각의 질문에 대답했다. 그리고 호교상의 대답이 끝나는 순간 송문악의 입이 다시 열렸다.

"호 대협이 누군가에게 쫓기고 있다면 이곳에서 그들을 따돌려야 합니다. 어르신!"

송문악이 장사성을 바라봤다. 그러자 장사성이 고개를 끄덕였다.

"비록 무극자 추백에 의해 깨어지긴 했지만 조금만 손을 보면 천망은 다시 발동할 것이다. 물론 이번에는 조금 다른 효과를 볼 수 있게 변형을 해야겠지만… 시간이 필요하다."

"얼마나?"

"대략 일각 정도면 그런대로……."

"그럼 그렇게 해주십시오. 다른 분들은 일단 얼굴을 가리시고 호 대협의 뒤를 쫓는 자들의 걸음을 늦추어야 할 듯싶습니다."

“흐흐, 얼굴을 가리는 것이 마음에 들지는 않지만 일단 파
랑검의 뒤를 쫓는 자들이 화산의 문도들이라면 추백이라는
늙은이에게 당한 것을 한바탕 화풀이할 수 있는 좋은 기회라
고 할 수 있지.”

주마왕 풍석동이 천천히 앞으로 걸어나오며 눈빛을 빛냈
다.

“무 아저씨는 퇴로를 살펴봐 주세요.”

송문악이 무각을 돌아보며 말하자 무각이 고개를 끄덕였
다.

“알겠네, 송 공자. 내 미리 가서 준비를 하겠네.”

대답을 마친 무각이 순식간에 장내에서 벗어났다.

“그럼 가볼까요?”

송문악이 호교상과 주마왕에게 말을 건네고는 자신이 먼
저 소리가 들려오는 쪽을 향해 신형을 날렸다. 그러자 주마왕
과 호교상이 송문악을 따라 순식간에 어두운 숲 속으로 사라
졌다.

“바쁘게 되었구나. 서둘러야겠어.”

장사성이 세 사람이 모습을 감추는 것을 보고 있다가 서둘
러 흐트러진 천망을 손보기 시작했다.

“감히 화산파의 경내에서 소란을 일으키다니, 반드시 잡아
들이도록 하라!”

화산문도 특유의 복장을 한 다섯 명의 고수가 바람 같은 속도로 검은 옷을 차려입은 한 명의 사내를 추격하고 있었다. 일행의 가장 뒤에서 몸을 날리며 노성을 터뜨린 노인은 송문악 등이 비동을 찾아왔을 때 대면했던 화청이라는 화산제자의 사부였다.

노인의 노성에 앞서 불청객을 추격하고 있던 화산제자들이 좀 더 공력을 뽑아 올려 속도를 높이기 시작했다. 하지만 도주하는 사람 또한 뛰어난 무공을 지니고 있어 화산제자들이 속도를 높이며 거리를 좁히자 그 또한 좀 더 빠른 움직임을 보이기 시작하는 것이었다.

"정말 대단한 실력이군. 하긴 그러니까 감히 화산의 경내를 침범했겠지. 하지만 네놈은 오늘 반드시 내 손에 잡힐 것이다. 감히 화산제자의 목숨을 취하다니, 그것도 이제 겨우 열세 살밖에 되지 않은 아이를!"

노인의 입에서 재차 차가운 노성이 흘러나오더니 순식간에 그의 신형이 훌쩍 허공으로 떠올라 앞서 가던 화산제자들의 앞쪽에 떨어져 내렸다. 그리곤 이내 경공을 펼쳐 순식간에 젊은 화산제자들과의 거리를 벌리더니 어느새 불청객의 오장 안쪽으로 거리를 좁히는 것이었다.

"섯거라! 어떻게 생겨먹은 놈이기에 감히 대화산파를 침범했는지 얼굴을 한번 봐야겠구나!"

화산 노고수가 맹렬한 기세로 불청객을 향해 닥쳐들며 소리쳤다. 그리곤 상대의 대답도 듣지 않고 들고 있던 검을 앞으로 죽 뻗어냈다. 그러자 매서운 그의 검초가 도주하는 상대의 등을 향해 폭사했다. 순간 무서운 속도로 도주하던 불청객의 신형이 순식간에 방향을 틀어 허공으로 솟구쳤다. 덕분에 화산 노고수의 일격은 허무하게 허공을 갈랐다.

"여기까지가 네가 갈 수 있는 마지막이다."

자신의 일격이 빗나갔음에도 화산 노고수의 입가에는 흡족한 미소가 걸려 있었다. 드디어 불청객의 걸음을 멈춰 세웠던 것이다. 그런데 다음 순간 두 눈을 빼놓고는 얼굴을 온통 검은 천으로 가린 불청객과 눈빛을 마주한 화산 노고수의 얼굴에 작은 의혹이 떠올랐다.

"눈빛이 눈에 익다. 언제 우리가 만난 적이 있다는 말인데……?"

하지만 눈빛만으로는 불청객을 어디에서 만났는지 기억해낼 수가 없는 듯 슬쩍 고개를 갸웃거리는 그였다. 그러나 불청객은 화산 노고수의 질문에 아무런 답변을 하지 않았다. 대신 그는 흐트러진 자세를 바로잡고 자신의 검을 들어 천천히 화산의 노고수를 겨눌 뿐이었다. 순간 화산 노고수의 얼굴에 이번에는 감탄의 기색이 어렸다.

"좋은 자세에 훌륭한 기도! 비록 어둠을 타고 화산의 경계를 침범한 자이지만 나와 일검을 겨루기에 충분한 자로구나!"

상대를 칭찬하면서도 승패에 대한 자신감이 깃든 목소리. 그러자 굳게 닫혀 있던 불청객의 입이 무겁게 열렸다.

"무림의 승패는 결과를 봐야 아는 것, 너무 방심하지 마시구려."

불청객의 입에서 흘러나온 목소리가 도도하다. 순간 화산 노고수의 눈에 다시 한 번 이채가 서렸다.

"그저 강호를 떠도는 자가 아니구나. 그 무거운 기도 하며 어려운 상황에서도 꺾이지 않는 기개! 너의 정체가 더욱 궁금해지는군."

"날 꺾을 수 있다면 나의 얼굴을 보게 될 것이오."

상대의 대답에 화산 노고수의 입가에 슬쩍 미소가 걸렸다.

"너의 기개는 가상하다만 넌 이미 벗어날 수 없는 지경에 빠져 버렸다. 네가 설혹 나를 상대해 얼마간 버텨낼 능력을 지니고 있다고 하더라도 이미 화산의 제자들이 이곳에 도착했으니 어찌 네가 이곳을 벗어날 수 있겠느냐?"

화산 노고수의 말처럼 어느새 불청객의 뒤를 쫓던 화산문도들이 장내에 도착하고 있었다. 그런데 그 와중에서도 불청객은 전혀 흔들림이 없었다. 복면에 가려진 그의 얼굴에는 작은 미소마저 지어진 듯했다.

"후후, 말했듯이 강호에서는 항상 결과를 놓고 말해야 하는 것. 어찌 이 싸움의 승패가 이미 갈렸다고 말하시오? 화산의 고수치고는 경솔한 인물이구려."

그러면서 불청객의 시선이 자신의 앞을 가로막은 화산 노고수의 어깨 너머로 향했다. 순간 화산 노고수의 눈에서 파란 안광이 폭사했다. 동시에 그의 시선이 불청객의 시선이 향한 곳으로 돌려졌다.

"조력자가 있었구나!"

어두운 숲 저쪽에서 거무스름한 삼 인의 인영이 무서운 속도로 닥쳐들고 있었다.

第三章
기이한 동행

"이제부터는 우리가 맡으마!"

호교상이 지친 기색이 역력한 호종위를 발견하고는 망설이지 않고 호종위를 둘러싸고 있는 화산제자들을 향해 뛰어들며 소리쳤다.

"아직 제게도 힘이 남아 있습니다!"

하지만 호종위는 당당한 자세로 호기롭게 소리치며 송문악 등에 의해 분산된 화산제자 중 한 명을 상대로 매서운 검초를 뻗어냈다.

차차창!

순식간에 주변이 병기의 충돌음으로 소란스러워졌다.

“이놈들!”

화산 노고수의 입에서 노성이 터져 나왔다. 동시에 그의 검이 시퍼런 검기를 만들어내더니 이내 자신의 앞을 가로막는 또 한 명의 복면인, 송문악을 향해 뻗어나갔다.

통!

하지만 일신의 공력을 모아 담은 화산 노고수의 일초는 송문악의 흑도에 막혀 허공으로 튕겨져 나갔다. 무극자 추백을 상대할 때와는 달리 송문악은 청명검 대신 흑도를 꺼내 들고 있었다.

화산 노고수의 일초를 비껴낸 송문악이 재빨리 흑도를 사선으로 내리그었다. 순간 한줄기 묵빛 도기가 흘러나와 화산 노고수의 신형을 대각선으로 갈라갔다.

“음!”

화산 노고수의 입에서 자신도 모르는 사이에 침중한 신음성이 흘러나왔다. 그의 신형은 순식간에 이 장여 뒤로 물러나 있었지만 그의 가슴 어림 옷자락은 길게 베어져 차가운 밤공기가 그 틈을 비집고 몰려들고 있었다.

“네놈들은 도대체 누구냐?”

화산 노고수의 입에서 무거운 음성이 흘러나왔다. 그는 드디어 오늘 화산비동을 방문한 이 일단의 고수들이 절정의 경지에 다다른 자들이라는 것을 깨닫고 있었다. 그리고 그 결과는 바로 지금 이 싸움터에서 그대로 드러나고 있었다.

송문악과 호교상, 그리고 주마왕 풍석동이 싸움에 관여하자 전세는 순식간에 급변했다. 비동에 든 흉수를 추격하던 화산제자들이 오히려 뒤로 밀리며 자신의 목숨을 지키는 데 급급한 실정이었던 것이다.

"화산과 분란을 일으키고 싶은 생각은 없소. 오늘의 일은 피치 못할 사정이 있어 그리된 것. 더 이상 우리의 뒤를 쫓지 마시오. 만약 이 경고를 무시하고 계속 우리의 뒤를 따른다면 오늘 화산은 적지 않은 피를 흘려야 할 것이오."

송문악이 무심한 눈으로 화산 노고수를 바라보며 몇 마디 경고를 남기고는 자신들이 왔던 길을 되짚어 물러나기 시작했다. 그러자 곁에서 화산제자들을 몰아치고 있던 호교상 등도 얼른 공격을 멈추고 송문악의 뒤를 따라 장내를 벗어나는 것이었다.

하지만 화산의 노고수와 젊은 제자들은 송문악 등이 물러남에도 그들을 추격할 생각을 하지 못하고 멍하니 멀어져 가는 적들을 바라보고 있을 뿐이었다. 그러다 문득 젊은 제자 한 명이 화산 노고수의 곁으로 다가오며 입을 열었다.

"사부, 저들을 그냥 저대로 보낼 것입니까?"

안광이 형형한 것이 마음에 이는 분노를 애써 억누르는 기색이 역력한 모습이었다. 그러자 화산 노고수가 천천히 고개를 저었다.

"물론 화산의 경내를 침범해 사람을 해친 자들을 그냥 보낼 수는 없다. 하지만 그렇다고 우리들만으로 저들을 잡을 수도 없다. 거리를 두고 저들을 추적한다. 화청, 넌 지금 즉시 본문에 이곳의 소식을 알리고 지원을 요청하라."

"알겠습니다, 사부!"

"가서 분명히 전달하라. 이 일단의 침입자들은 모두 강호절정의 무공을 지닌 자들이라고. 그들 중 하나를 이 송추가 감히 감당하지 못했다고! 분명히 그리 이르거라."

"명심하겠습니다, 사부!"

재차 고개를 숙여 대답을 한 화산제자 화청이 급히 몸을 날려 다시 비동 쪽으로 되돌아가기 시작했다. 자신을 송추라 지칭한 화산 노고수가 멀어지는 화청을 보고 있다가 그의 모습이 사라지자 몸을 돌려 송문악 등이 사라진 방향을 무거운 표정으로 응시했다.

"강호에 바람이 부는가? 지난 수십 년간 화산을 포함한 구파일방의 경계를 침범한 자들은 없었다. 구파일방은 그야말로 구름 속의 선계였지. 그런데 오늘 이 송추마저도 감당하지 못할 고수들이 본 파를 침범했다. 그들이 누구인가에 상관없이 이것은 결코 간단한 문제가 아니야."

송추가 다시 한 번 송문악 등이 사라진 방향을 바라봤다. 그리곤 천천히 고개를 저었다.

"강호에서 하나의 세력이 일백 년 동안 무소불위의 성세를 유지해 온 것만 해도 기적이지. 그러니 이제 구파일방을 향해 누군가의 도전이 시작된다고 해서 이상할 것도 없다. 하지만 당금 구파일방의 힘은 역사상 유례가 없을 만큼 최고치에 달해 있다. 그 누구라도 구파일방의 아성에 도전하여 성공을 거두기는 어려우리라. 모두 준비해라! 저들을 추격한다. 단, 거리를 두고 그들이 움직이는 곳만 확인한다. 저들을 잡는 것은 본문의 고수들이 도착한 이후라도 늦지 않다. 가라!"

화산 노고수 송추의 명이 떨어지자 어느새 침착함을 회복한 화산제자 셋이 은밀한 신법으로 송문악 등이 사라진 방향으로 몸을 날리기 시작했다.

송문악 일행은 어두운 숲에 몸을 숨기고 멀리서 다가오고 있는 사 인의 화산문도를 바라보고 있었다.

"화산이니 구파일방이니 하더니 별것도 아닌 것들이……!"

주마왕 풍석동이 다가오는 화산문도들을 바라보며 콧방귀를 뀌었다.

"하지만 저들은 아직 무공을 수련하고 있는 어린애들이 아니겠소이까? 화산의 진짜 고수들은 아직 나서지 않았지요."

호교상이 풍석동의 말을 받자 풍석동이 고개를 끄덕였다.

"물론 그렇기는 하지만, 요즘 구파일방은 어린 녀석들까지도 자신들이 무슨 강호의 대단한 고수라도 된 듯 행동을 하니 하는 말 아니겠소. 비록 신기루 때문에 구파일방의 성세가 시작되었다곤 해도 구파일방이 계속 무림의 강자로 남으려면 젊은 녀석들에게 겸손이라는 것도 가르쳐야 할 거외다."

그러자 호교상이 가볍게 웃음을 흘렸다.

"하하, 맞는 말씀입니다. 꼭 구파일방만이 아니라 어느 문파라도 무공을 배우는 후기지수들에게는 반드시 그 겸손이라는 것을 가르쳐야 하지요. 그런 면에서 보자면 오늘 저기 오는 화산의 제자들은 좋은 경험을 하게 된 것이라고 할 수 있지요."

"흠, 그렇구려. 오늘 고생을 좀 하면 강호가 그리 호락호락하지 않다는 것을 알게 되겠지."

호교상과 풍석동이 이런저런 이야기를 나누는 사이 네 명의 화산문도가 어느새 송문악 등이 무극자 추백과 결전을 벌이던 공터에 도착했다. 그리고 잠시 후 묘한 일이 발생했다. 막 공터의 중앙에 도착한 네 사람이 갑자기 더 이상 앞으로 전진하지 못하고 그 자리에서 빙빙 원을 그리며 공터를 배회하기 시작한 것이었다.

"걸려들었군."

호교상이 흡족한 미소를 지으며 입을 열었다.

"젊은 녀석들은 그렇다 하더라도, 저 늙은이는 제법 대단해 보이던데 어찌 저렇게 쉽게 함정에 빠져들었을까? 쯧쯔."

풍석동이 화산 노고수 송추까지 진에 빠져 헤매는 모습을 보며 혀를 찼다.

"하하, 그거야 당연히 여기 천학 선생의 진법이 워낙 현묘하기 때문이 아니겠소이까?"

"호 노사의 말이 맞소. 천학의 진법이야말로 하늘을 가두는 그물인데 저들이 걸려들지 않을 수가 없지. 자, 우리는 이제 그만 가야 할 시간이 되었구려."

풍석동의 말에 곁에서 잔잔한 미소를 지으며 서 있던 장사성이 입을 열었다.

"생각대로 일이 잘 진행되었습니다. 문악아, 그만 가자꾸나."

장사성이 바라보자 송문악이 대답했다.

"알겠습니다. 그럼 이동을 하도록 하지요. 일단 화산의 서쪽 아래에 있는 호숫가로 이동하겠습니다. 그곳에 도착하면 아마도 무 아저씨가 호숫가에 배를 준비해 두었을 겁니다."

"음, 흔적을 남기지 않으려면 역시 배로 이동하는 것이 편하겠지."

풍석동이 천천히 고개를 끄덕였다.

"앞은 제가 맡지요."

묵묵히 사람들의 이야기를 듣고 있던 호종위가 앞으로 나서며 걸음을 옮기기 시작했다.

"허? 역시 젊은 사람이라 다르군. 그 난리를 치르고도 지친 기색이 없으니."

풍석동이 그런 호종위를 보며 감탄사를 발했다. 그러자 호교상이 천천히 입을 열었다.

"그는 파랑검 호종위니까요."

철렁이는 물결 소리가 호수가 가까워졌다는 것을 말해주고 있었다. 물소리가 들려오자 일행의 발걸음이 조금 빨라졌다. 화산의 추격자들을 천학 장사성이 펼친 진 속에 묶어두고 밤길을 달린 송문악 일행이 두 시진여의 이동 끝에 화산 남서쪽의 호숫가에 다다른 것이었다.

"어디쯤인가?"

앞서 길을 가는 호종위를 향해 풍석동이 물었다. 호숫가에 가까이 갈수록 안개가 짙어지고 있어 채 십여 장 앞이 안 보일 정도로 시야가 좋지 않았다.

"이제 거의 다 왔습니다. 이 근처에 수백 년 묵은 은행나무 한 그루가 있는데, 그곳에서 무 형이 기다리고 있을 겁니다."

호종위의 대답에 풍석동이 고개를 끄덕이며 대답했다.

"음, 길을 잃을 염려는 없겠군."

그리고 그의 말처럼 풍석동의 말이 끝났을 즈음 일행은 안개 위로 비쭉이 솟은 노란 은행잎을 볼 수 있었다.

"저곳인 모양이군."

호교상이 은행나무 끝을 손으로 가리키며 말하자 일행이 급히 은행나무가 있는 쪽으로 걸음을 옮기기 시작했다. 그렇게 삼십여 장을 이동하자 과연 안개가 엷어지면서 이십여 장 높이의 거대한 은행나무가 눈에 들어왔다. 그리고 그 앞쪽 십여 장 밖에 한 척의 소형 선박이 새벽 물결에 흔들리고 있었다.

"다 왔군. 그런데 무 형제는 어딜 간 거지? 또 배는 왜 저렇게 멀리 떨어뜨려 놓은 건가? 이거 배에 오르자면 젖 먹던 힘까지 내야 할 판이 아닌가?"

호교상이 고개를 갸웃거리며 일행을 돌아봤다. 그러자 일행의 눈에도 언뜻 의혹의 빛이 서렸다. 배를 준비하고 일행을 기다리기로 한 무각의 모습이 배 위에서도, 은행나무 근처에서도 보이지 않았던 것이다.

"무슨 일이 있는 것인가?"

풍석동의 낮은 음성과 함께 장내의 분위기가 차갑게 식어내렸다. 갑작스런 긴장이 일행들 사이를 파고들었다. 그 와중에 송문악이 앞으로 나서며 배를 향해 입을 열었다.

"무 아저씨, 배 안에 계신 겁니까?"

하지만 배에서는 아무런 소리가 들려오지 않았다. 그러자 송문악이 눈을 빛내며 은밀한 손길로 허리춤에서 흑도를 빼들었다. 그리곤 막 십여 장 떨어진 배를 향해 몸을 날리려는 순간, 갑자기 배 안쪽에서 날카로운 여인의 목소리가 들려왔다.

"거기 멈춰요. 그렇지 않으며 당신들의 동료는 죽게 될 거예요."

순간 배를 향해 움직이려던 송문악의 신형이 뚝 멈추며 배 위로 시선을 돌렸다. 그러자 작은 흑선의 선미에 두 명의 신형이 모습을 나타냈다.

"음, 일이 잘못됐군."

두 명의 신형이 나타나자 풍석동의 입에서 침음성이 흘렀다. 그도 그럴 것이 일행의 앞에 모습을 드러낸 두 사람 중 한 사람은 바로 무각이었는데 그는 한 명의 여인에게 제압되어 있었던 것이다.

"낭자는 누구요? 누군데 무 아저씨를 제압한 것이오?"

송문악이 냉엄한 목소리로 무각의 목 뒤에 검을 들이대고 있는 여인을 보며 물었다. 그러자 여인의 입에서 날카로운 목소리가 흘러나왔다.

"흥! 그 질문은 오히려 내가 하고 싶군요. 당신들은 누군데 감히 본 화산파에 침입하여 사람을 해친 것인가요?"

여인의 날카로운 반박이 흘러나온 순간 일행의 표정이 전보다도 더욱 무겁게 굳어졌다. 자신들의 동료 무각을 제압한 여인은 바로 화산파의 문도였던 것이다. 그리고 송문악은 이 여인의 이름을 알고 있었다.

'백설아라고 했었지?'

송문악은 일이 무척 어렵게 꼬여가고 있다고 생각했다. 이 백설아라는 여인은 그저 평범한 화산문도가 아니었다. 그녀는 바로 화산 장문인 백운봉의 무남독녀가 아니던가? 그녀가 이곳에 나타났다는 것은 곧 다른 화산의 고수들도 근처에 있을 가능성이 높다는 것을 의미했다.

'애써 저들의 발걸음을 잡아놓았다고 생각했는데……'

송문악의 입 안에 쓴 침이 고였다. 그때 배 위에서 무각의 목에 검을 들이대고 있던 백설아의 시선이 송문악에게로 향했다.

"당신은 날 알고 있지요?"

냉기가 흐르는 목소리다.

"당신은 날 알고 있소?"

송문악이 되물었다.

"물론 난 당신을 잘 알고 있지요. 당신은 그 옛날 유행촌에서 닐 만난 적이 있어요. 그리고 삼분협과 낙양에서도 우린 본 적이 있지요. 물론 당신은 그 당시 날 모른다고 했지만 이제 난 당신이 과거 유행촌의 그 소년이라는 것을 확신할 수 있어요."

그러자 송문악이 천천히 고개를 끄덕였다.

"맞소. 내가 바로 유행촌에서 당신을 만났던 그 소년이오."

그러자 백설아의 눈꼬리가 살짝 위로 말려 올라갔다. 그리고는 차갑게 외쳤다.

"화산의 형제를 해치라고 당신에게 청옥패를 주었던 것이 아니에요!"

순간 송문악의 눈빛도 반짝였다. 그녀는 자신이 청옥패를

이용해 비동에 들어간 것을 알고 있었다. 그렇다면 백설아라
는 이 화산의 여인이 자신과 호교상 등이 비동에 든 것을 처
음부터 알고 있었다는 말이 되었다.

“그대는 처음부터 모든 것을 보고 있었소?”

어느새 송문악의 목소리가 침착하게 가라앉아 있었다.

“그래요. 난 당신들이 본 화산파의 비동에서 저지른 일들
을 모두 살피고 있었어요.”

“그렇다면 참 이상한 일이구려.”

“뭐가 이상하단 거죠?”

백설아가 송문악의 말에 따지듯 되물었다.

“그 모든 것을 보고 있었던 당신이 왜 지금 이곳에 이런 모
습으로 있는 것이오?”

“그게 뭐가 이상하다는 건가요? 난 당신의 동료를 제압하
고 화산에서 당신과 당신 일행들이 벌인 일을 따지기 위해 이
곳에서 기다리고 있었던 거예요. 자, 이제 당신은 당신들이
저지른 일에 대해 변명을 늘어나 봐요.”

그러자 송문악이 천천히 고개를 저었다.

“당신은 지금 당신의 행동이 무척 잘못되었다는 것을 모르
겠소?”

“도대체 무슨 말을 하고 싶은 거죠?”

백설아가 앙칼진 목소리로 소리쳤다.

“당신도 이미 알고 있을 것이오. 당신의 지금 행동은 무척

사리에 맞지 않는 행동이란 것을 말이오. 당신이 정말 화산에서 우리가 벌인 일에 대해 책임을 묻기를 원했다면 당신은 이곳에서 무 아저씨를 제압하고 우리를 기다릴 것이 아니라, 우리가 무극자 추백과 일전을 벌이는 동안 화산의 본문으로 돌아가 화산고수들을 데리고 왔어야 했소. 내 말이 틀렸소?"

날카로운 송문악의 지적에 백설아가 일순 말문이 막힌 듯 아무런 대답을 하지 못했다. 그녀는 그저 그녀 스스로도 자신의 지금 행동을 이해할 수 없어 답답한 듯 입술을 깨물며 손에 든 검을 좀 더 무각 쪽으로 밀어 넣을 뿐이었다.

"조심하시구려, 소저. 그러다가는 소저가 잡고 있는 무 대협이 소서의 섬에 큰 상처를 입겠소이다."

뒤에서 송문악과 백설아의 대화를 듣고 있던 장사성이 앞으로 나서며 말했다.

"흥, 어차피 당신들이 내 지시에 따르지 않는다면 이 사람은 살아나기 힘들 거예요."

그러자 장사성이 천천히 고개를 끄덕였다.

"아, 물론 우리는 소저의 말에 따를 것이오. 그런데 두 사람은 서로를 알고 있는 듯한데… 문악아, 저 소저는 대체 누구냐?"

그러자 송문악이 백설아에게서 시선을 거두지 않은 채로 대답했다.

"그녀는 바로 현 화산 장문인의 무남독녀인 백설아 소저입니다. 전 과거 유행촌에 살던 당시 우연히 그녀에게서 청옥패를 받았었지요. 그리고 어르신께서도 그녀를 보신 적이 있으실 겁니다. 옛날 귀령파파 어른과 함께 낙양으로 갔을 때 그 삼문협에서……."

순간 장사성이 눈을 크게 뜨며 백설아를 바라봤다. 그리곤 가볍게 자신의 무릎을 쳤다.

"아, 이제 보니 그렇구나! 바로 그때의 그 소저로군. 허! 그렇다면 이건 정말 이해하기 어려운 일이군. 어찌 대화산 장문인의 무남독녀께서 이곳에서 홀로 무 대협을 사로잡고 계신단 말인가?"

"저도 그게 궁금한 것입니다."

송문악이 장사성의 말에 대답하며 다시 한 번 의혹 어린 눈빛으로 백설아를 응시했다. 하지만 여전히 백설아는 입을 열지 않았다. 그러자 장내에 침묵이 찾아들었다.

그렇게 잠시의 시간이 흐른 후 장사성이 천천히 입을 열었다. 그의 깊은 눈이 맑게 빛나고 있었다.

"하지만 곰곰이 생각해 보니 백 소저가 이곳에 있는 이유를 알 것도 같군."

장사성의 말에 송문악 일행들뿐만 아니라 백설아 자신도 장사성의 다음 말이 궁금한지 송문악에게 가 있던 시선을 장사성에게 돌렸다. 그러자 장사성이 살짝 미소를 지은 후 천천히 자신의 생각을 입 밖으로 내기 시작했다.

“백 소저는 문악이 청옥패를 제시하고 비동에 드는 순간부터 지금까지 모든 것을 지켜보고 있었다고 했소. 맞소?”

“맞아요. 난 당신들이 본 화산에서 벌이는 일들을 하나도 빠뜨리지 않고 보았어요.”

“흐흠, 그렇다면 백 소저는 결국 그 무극자 추백이라는 사람의 진실한 정체와 신기루에 대해서도 알게 되었겠구려.”

장사성이 눈에서 한줄기 밝은 빛이 흘러나와 백설아의 눈에 가 닿았다. 백설아는 장사성의 눈빛을 대하는 순간 자신도 모르는 사이에 장사성의 말에 고개를 끄덕였다.

“그래요. 난 그 모든 이야기를 들었어요.”

“그 후 백 소저는 화산에서 벌어지는 일을 화산 본분에 알리지 않고, 무 대협을 따라 이곳으로 와서 무 대협을 제압한 후 우리를 기다리고 있었던 것이고. 맞소?”

“……?”

장사성의 물음에 이번에는 백설아가 대답을 하지 않았다. 그녀 스스로도 자신의 행동을 완전하게 설명할 수 없는 입장이었기 때문이다.

“백 소저, 소저는 이제 그 검을 거두시구려.”

장사성이 마치 어린 손녀를 타이르듯 부드럽게 말했다.

“그게 무슨 말이죠? 이 사람을 놓아주고 순순히 그대들의 포로가 되란 말인가요?”

백설아의 반발에 장사성이 천천히 고개를 저었다.

"그게 아니오, 백 소저. 백 소저는 이미 우리와 한편이 되었소이다. 그리니 한편인 사람들끼리 어찌 검을 겨누겠소이까?"

"말도 안 되는 소리! 당신들은 본 문의 적일 뿐이에요!"

백설아가 매서운 목소리로 소리쳤다. 그런 백설아를 장사성이 안타까운 눈으로 바라보다 다시 입을 열었다.

"이보시오, 백 소저. 더 이상 스스로의 마음을 속이지 마시구려. 백 소저가 우리와 무극자 추백과의 싸움이 벌어지는 동안 화산 본문의 고수들을 불러 우리를 제압하려 했다면 충분히 그럴 여유가 있었소이다. 그런데 백 소저는 그렇게 하지 않았소. 또한 우리가 그곳을 떠난 뒤에라도 화산 고수들과 함께 우리를 추격할 수 있었음에도 불구하고 백 소저는 스스로 홀로 이곳에서 우리를 기다리고 있었소. 그 이유가 무엇이겠소? 소저가 부인한다 하더라도 그 이유는 명백한 것이오. 백 소저는 우리가 하는 일이 옳은 일이라는 것을 알고 있기 때문에 그렇게 행동한 것이오. 물론 내심 고민도 많이 했을 것이오. 지난 세월 동안 신기루가 강호에 저지른 일은 말로 형언할 수 없이 추악한 것들이었소. 하지만 덕분에 백 소저가 속한 화산을 포함해 구파일방은 백 년 동안 강호를 지배할 수 있었소이다. 그러니 어찌 백 소저가 화려한 구파일방의 성세를 만들어낸 신기루를 마냥 비난만 할 수 있었겠소. 아마도 이곳에 와서 무 대협을 제압한 이유도 아직 백 소저가 명확한

마음의 결정을 내리지 못했기 때문일 것이오. 하지만 결국 백 소저는 이곳에서 우리를 기다리고 있었소. 그 어떤 화산문도 들도 부르지 않은 채 말이오. 우리가 도착하면 비록 무 대협 이 소저의 손에 잡혀 있다고 하더라도 결코 우리 전부를 제압 할 수 없을 것이란 것을 소저 역시 모르진 않았을 텐데 말이 외다. 그러니 백 소저의 이런 행동을 어떻게 설명할 수 있겠 소? 결국 백 소저는 신기루의 전설을 끝내려는 우리의 행동에 이미 무의식중에 동참하고 있었던 것이오. 내 말을 부인할 수 있겠소?"

장사성의 말이 이어지는 동안 백설아의 눈동자는 끊임없 이 흔들리고 있었다. 그녀 자신도 모르고 있던 자신의 마음을 장사성은 마치 스스로 그녀가 된 듯 세세하게 그녀 앞에 꺼내 놓고 있었다.

그렇게 또 잠시의 시간이 흘렀다. 어느새 무각을 겨누고 있 던 백설아의 검이 천천히 지면을 향해 내려왔다. 뭍에서 십여 장 떨어져 있던 배는 어느새 물결에 밀려 송문악 등이 서 있 는 곳으로 다가와 있었다.

장사성이 슬쩍 송문악에게 눈짓을 보냈다. 그러자 송문악 이 허공으로 한차례 도약을 하더니 가볍게 흑선 위로 올라섰 다. 하지만 검을 내려뜨린 백설아는 송문악이 배 위에 올라섰 음에도 불구하고 아무런 반응을 보이지 않았다. 송문악은 그 런 백설아를 한차례 바라보고는 이내 무각에게 다가가 점혈되어 있던 그의 혈도를 풀어주었다.

"휴우!"

혈도가 풀리자 닫혀 있던 무각의 입이 열리면서 깊은 한숨이 토해졌다.

"고생하셨습니다."

"고생은 무슨. 백 소저는 그리 험하게 날 대하지 않았네."

무각이 대신 백설아를 변명하듯 말했다. 하지만 백설아는 여전히 멍한 시선으로 찰랑거리는 물결만 바라보고 있었다.

송문악이 배 위로 올라갔음에도 특별한 분란이 일어나지 않자 뭍에 있던 장사성 등도 하나둘 배 위로 올라왔다. 그러면서도 그들은 하나같이 백설아에게 어떤 말이나 행동도 하지 않았다. 그들은 오히려 무각을 제압하고 있던 백설아에게 동정 어린 시선을 보내며 조심스럽게 배를 띄울 준비를 하는 것이었다.

"문악, 가야 할 시간이다."

장사성이 송문악을 보며 말을 건넸을 때에야 송문악은 천천히 백설아에게 다가갔다.

"우린 지금 떠나야 하오."

하지만 백설아는 여전히 말이 없다. 송문악의 얼굴에 곤혹스런 표정이 지어졌다.

"배에서 내리려면 지금 내려야 하오."

다시 송문악이 말했다. 그러자 백설아가 천천히 고개를 돌려 송문악을 바라봤다.

"왜 날 죽이지 않죠?"

"왜 소저를 죽여야 하오?"

"난 당신들이 누군지 알고 있어요. 내가 이곳에 남게 되면 난 아버님과 화산의 어른들께 당신들에 대해 말할 수밖에 없을 거예요. 그런 날 살려두고 가겠단 말인가요?"

그러자 송문악이 백설아의 눈을 정면으로 응시하며 대답했다.

"오늘이 아닌 어제였다면 그대를 죽였을 것이오. 우린 우리의 움직임이 가능한 오랫동안 신기루의 이목에 띄지 않기를 바라니까 말이오. 하지만 오늘 우린 더 이상 우리의 존재를 그들에게 숨길 수 없는 처지가 되어버렸소. 아마도 지금쯤 화산의 고수들이 하산을 시작했을 거요. 그대와 상관없이 결국 오늘 이후 우리에 대한 소식은 신기루에 알려질 거요. 단지 시간의 문제일 뿐."

"지금 날 죽인다면 조금이라도 더 시간을 얻을 수 있지 않나요?"

"그 정도의 시간은… 의미가 없소."

순간 송문악과 백설아의 시선이 허공에서 부딪쳤다. 송문악은 백설아의 눈동자가 잃었던 생기를 되찾고 있다고 느꼈다. 그리고 백설아 입에서 의외의 말이 흘러나왔다.

"전 배에서 내리지 않겠어요."

그러자 막 배를 출발시킬 준비를 하던 일행의 시선이 모두 백설아에게 모아졌다.

"우리와 함께 신기루와 싸우겠다는 말이오?"

송문악이 의아한 표정을 지으며 물었다. 그러자 백설아가 고개를 저었다.

"아니요. 전 그들과 싸우고 싶지 않아요. 그들 중 일부는 나와 같은 화산 출신들일 테니까요."

"그렇다면 소저는 도대체 어떻게 하겠다는 것이오?"

"전 당신들과 동행은 하겠지만 그들과 싸우지는 않겠어요."

그러자 송문악의 눈빛이 차갑게 굳어졌다.

"백 소저, 우린 무척 위험한 일을 하고 있소. 아마도 우린 단 한순간의 방심으로도 전멸을 면치 못할 상황에 처하게 될 것이오. 그러므로 함께 신기루와 싸워 나갈 동료가 아니라면 타인을 우리 일행에 들일 수 없소."

송문악의 말은 단호했다. 함께 목숨을 걸고 신기루와 싸울 사람이 아니라면 그 누구도 자신들과의 동행을 허락할 수 없다는 확고한 의지가 송문악의 말과 행동에서 드러났다. 하지만 백설아는 전혀 물러날 생각을 하지 않았다.

"방해가 되진 않을 거예요. 전 그저 당신들이 그들과 싸워 나가는 것을 지켜보기만 할 거예요."

"도대체 이유가 뭐요?"

"전 제 눈으로 확인하고 싶어요. 신기루를 움직이는 사람들이 과연 당신들이 말하는 것처럼 그렇게 악한 사람들인지, 또한 그곳에 있는 화산의 형제들은 어떤 사람들인지… 그리고 그들이 정말 악인들이라면 이 싸움의 끝이 어떻게 종결되는지 제 눈으로 보아야겠어요."

그러자 송문악이 어두운 눈빛을 드러내며 말했다.

"그 끝은 그렇게 아름답지 못할 거요."

그러자 백설아가 아주 오랜만에 피식 웃음을 흘렸다.

"지금도 그렇게 보기 좋은 상황은 아니죠."

송문악이 몸을 돌려 자신과 백설아를 바라보고 있는 그의 일행들을 바라봤다. 이 문제는 자신 혼자 결정할 수 있는 문제가 아니었다. 그러자 장사성이 고개를 끄덕였다. 장사성은 오히려 백설아의 동행을 기대했었는지 밝은 얼굴이다.

"지금은 이곳을 떠나는 것이 급하다."

그렇게 말함으로써 장사성은 백설아의 동행에 동의했다. 그러자 그의 곁에 있던 호교상과 풍석동도 고개를 끄덕였다.

"하긴, 여기서 화산 장문인의 딸을 죽이고 갈 수도 없는 문제니까."

"내리기 싫다면 함께 갈밖에……."

호교상과 풍석동의 동의가 있자 송문악이 호종위를 보며 고개를 끄덕였다. 그러자 호종위가 힘차게 배의 돛을 펼쳤다.

새벽이라 바람은 그리 강하지 않았지만 배는 천천히 호수변을 떠나 호수의 중심으로 나아가기 시작했다.

그렇게 기이한 동행이 한 명 더 늘어난 송문악 일행이 안개에 휩싸인 호수의 중심으로 사라져 갈 때 호숫가에 수십 명의 인물들이 급하게 닥쳐들었다.

"이미 떠난 모양이군."

장사성이 펼쳐 놓은 진에 잡혀 있던 송추가 노한 눈으로 호수를 바라보며 말했다. 그러자 그의 곁에 서 있던 한 명의 장년 장한이 입을 열었다.

"대담한 자들입니다. 감히 화산을 상대로 도발을 하고 이렇게 유유히 사라져 가다니 말입니다."

"이제 어떻게 하면 좋겠는가?"

나이로 보자면 송추가 장년사내보다 훨씬 많아 보였지만 송추는 조심스럽게 향후의 일을 장년사내에게 물었다. 장년사내가 화산파에서 차지하는 비중이 적지 않음을 말해주는 행동이었다.

"일단 본문으로 돌아가도록 하시지요. 하지만 곧 다시 강호로 나와야겠지요. 감히 화산의 문도를 해친 자들을 그냥 둘 수는 없는 일이니 말입니다."

"음, 그래야겠지. 직접 강호로 나갈 생각이신가?"

"장문인께서 허락하신다면 그럴 생각입니다."

"화산대호 위표가 출도한다면 저들은 이미 죽은 목숨이나 마찬가지라고 할 수 있겠지."

송추의 입에서 사내의 이름이 흘러나왔다. 화산대호 위표, 이 이름은 당금 화산을 대표하는 이름 중 하나였다. 그는 바로 화산 장문인 백운봉의 대제자로 차기 화산 장문인의 경쟁에서 가장 앞서 있는 인물이었던 것이다.

그때였다. 갑자기 화산문도들의 뒤쪽으로 다시 대여섯 명의 인물이 날아 내렸다. 그리고 그중 한 명이 재빨리 화산대호 위표와 송추의 곁으로 다가왔다.

"사형!"

"류 사제, 어서 오게. 그래, 사매의 행방은?"

"주변을 샅샅이 뒤졌지만 사매를 찾을 수는 없었습니다. 무슨 일이 빌어진 것이 분녕합니다."

"음… 심상치가 않구나. 어서 돌아가서 사부님을 만나야겠네. 강호 출도를 한시라도 늦출 수가 없겠어. 사매에게 아무 일도 없어야 할 터인데……. 돌아간다."

위표가 걱정스런 표정을 지어 보인 후 급히 걸음을 옮기기 시작했다. 그러자 호수 주변을 살피던 화산의 제자들이 일제히 위표의 뒤를 따라 숲 속으로 신형을 날리기 시작했다.

"으음, 강호가 시끄럽겠군. 공식적으로 화산이 강호에 출도하는 것이 얼마만이던가? 그나저나 이번 출도는 여러 가지로 의미가 크겠군. 장문인의 대제자 위표와 이제자 류소기의 경쟁은 아마도 이번 출도에서 그 승부가 가려질 테니까."

송추가 앞서 몸을 날리는 화산제자들을 물끄러미 바라보

다 가장 늦게 호숫가를 떠났다.

*　　　　*　　　　*

　낮고 무거운 구름이 하늘을 가득 메웠다. 흐린 하늘은 땅과 하늘의 간격을 가깝게 만들어 호수의 물살을 가르며 움직이는 작은 흑선을 마치 전혀 다른 세계로 인도하는 듯한 분위기를 만들어내고 있었다.

　그 흑선 위, 일곱 명의 고수가 여기저기 흩어져서 어두워져가는 하늘을 바라보고 있었다. 화산에서 십방성인 무극자 추백을 제거한 후 배를 타고 화산의 경계를 벗어난 송문악 일행이었다.

　"한바탕 쏟아지겠는걸?"

　이어지는 침묵이 지루했는지 호교상이 불쑥 입을 열었다.

　"폭우라도 쏟아지면 배를 몰기가 어렵지 않겠소?"

　주마왕 풍석동이 호교상의 말을 받았다. 그러자 호교상이 키를 잡고 있는 호종위를 가리켰다.

　"물론 이곳은 바다가 아니지만, 배를 모는 것이라면 파랑검은 누구에게도 뒤떨어지지 않을 거외다."

　"하긴, 해남검문 출신이니 오죽하겠소."

　무심결에 말을 하고는 풍석동이 흘낏 저 멀리 앉아 있는 백설아를 바라봤다. 비록 백설아와 동행하고는 있지만 아직 그녀에게 일행들의 진실한 신분을 알리지 않은 상태였기 때문이다.

"어차피 알게 될 일, 굳이 숨길 이유가 없지요."

그런 풍석동을 보며 호교상이 손을 저었다.

"뭐, 그렇긴 하지만 그래도 뭔가 꺼림칙한 것은 어쩔 수 없구려."

풍석동은 고개를 끄덕이면서도 다시 한 번 백설아를 바라봤다.

"흠, 그나저나 송 공자!"

호교상이 말꼬리를 송문악에게 돌리자 송문악이 호교상을 바라봤나.

"이제 우린 어디로 가야 하는 것인가? 계속 구파일방의 성인들을 찾아다닐 생각이신가?"

그러자 송문악이 잠시 생각에 잠겼다가 천천히 고개를 저었다.

"아마도 이제는 지금처럼 은밀하게 그들에게 접근하기가 어려울 것입니다. 비록 무극자 추백을 모시던 소동이 다른 십방성인에게 전서구를 날리는 것을 막기는 했지만 화산에서 변고가 생겼다는 소식이 강호에 퍼지면 결국 나머지 십방성인들도 곧 십방성인 중 두 명에게 문제가 발생했다는 것을 알게 될 겁니다. 신기루의 저력을 생각한다면 그것도 무척 빠른 시일 내에 알게 되겠지요. 아마도 우리가 누군가를 찾아가기 전에 그들이 먼저 움직일 것입니다."

"음… 그럼 이젠 정말 어려운 싸움이 되겠군. 화산 고수들의 추격을 받으면서 또한 신기루의 추격도 받아야 할 테니 말이야."

호교상의 말에 멀리서 키를 잡고 있던 호종위가 입을 열었다.

"하지만 신기루 내에 분란이 발생했으니 그들이 과거와 같이 무서운 힘으로 우릴 추적할 수는 없을 겁니다."

그러자 호교상이 고개를 저었다.

"그건 모르는 일이야. 비록 분란이 일어났다고는 하나 십방성인이나 대업을 꿈꾸는 자들이나 신기루가 지금과 같은 강력한 존재로 남기를 원하는 것은 마찬가지니까. 또한 지금 살아 있는 여덟 명의 신기루 십방성인은 신기루 내에서 일어나고 있는 변란을 아직 모르고 있을 가능성이 많아. 그러니 변란을 일으킨 사령들이나 신기루 십방성인 모두 일단 두 명의 십방성인에게 일어난 혈사를 해결하는 데 힘을 쏟을 이유는 충분하다고 할 수 있지."

"그렇다면 큰일이군요. 신기루가 움직이면 결국 구파일방 전체가 움직인다고 봐야 하는 것 아닙니까?"

이번에는 무각이 걱정스런 얼굴로 입을 열었다.

"구파일방은 이미 움직였을 걸세. 아마도 화산파의 고수들은 이미 하산(下山)하였을 것이야. 그리고 화산이 움직인다면

다른 구파일방도 어떤 형태로든 강호에 발을 들여놓을 걸
세.”

“결국 우리는 강호 전체에게 쫓기는 신세가 되고 말았군
요.”

“왜, 겁이 나시는가?”

호교상이 짓궂은 표정으로 묻자 무각이 미소를 지어 보였
다.

“저야 본시 다른 사람들에게 쫓기는 것이 직업이었으니까
별다를 것은 없지요.”

“하하하! 듣고 보니 그도 그렇군.”

무각의 말에 호교상을 포함한 일행이 오랜만에 호탕한 웃
음을 터뜨렸다. 그렇게 한바탕 웃음이 지나가자 지금껏 잠자
코 있던 천학 장사성이 신중한 목소리로 입을 열었다.

“어쨌든 이제부터 지금까지와는 전혀 다른 상황을 맞이하
게 된 것은 사실입니다. 결국 모든 일을 새롭게 정비할 시기
가 된 것이지요.”

“음, 천학의 말이 맞는 것 같구려. 아직까지는 우리가 저들
에게 완벽하게 드러나지는 않았지만 지금처럼 십방성인들을
찾아다닐 수는 없는 일이니 말이오. 그렇다고 이대로 강호에
서 종적을 감춘 후 세월을 보낼 수도 없는 일이고.”

풍석동이 평소와 달리 심각한 표정을 지으며 말했다.

“네 생각은 어떠냐? 무슨 다른 생각을 가지고 있는 것이 있

느냐?”

장사성이 송문악을 보며 묻자 송문악이 잠시 생각에 잠겼다가 장사성에게 되물었다.

“신기루 사령들의 뒤를 밟아간 천비문의 형제들에게서는 연락이 없었나요?”

“음, 화산에 들면서부터는 연락을 받지 못했다. 하지만 일단 장안에 도착을 하게 되면 그들로부터 소식이 올 것이다.”

“그분들이 최종적으로 도착한 곳이 어디일까요?”

“글쎄… 그건 예측하기 힘든 일인걸?”

“광주에서 물러난 신기루 사령들이 갈 곳이 어디일까요?”

재차 송문악이 질문을 던졌다.

“아마도 자신의 동료들, 그러니까 신기루의 변화를 꾀하는 사령들만의 공간이 있지 않겠느냐?”

“아무래도 그런 곳이 존재하기는 하겠지요?”

“그렇겠지. 그런 큰일을 도모하자면 어쨌든 자신들만의 거점이 필요할 테니까. 혹은 아직 제대로 된 거점이 없을 수도 있다. 그들이 해남검문에 욕심을 낸 이유는 바로 해남검문을 거점으로 자신들만의 신기루를 만들려는 이유 때문이었으니까 말이다. 그런데 그런 것은 왜 묻는 것이냐?”

그러자 잠시 송문악이 말문을 닫았다. 사람들의 시선은 모두 송문악에게 모여져 있었으나 송문악은 쉽게 입을 열지 않았다.

"문악, 무슨 생각을 하고 있는 것이냐?"

송문악의 침묵에 장사성이 호기심 가득한 얼굴로 물었다.

"더 이상 은밀하게 십방성인을 상대하는 것이 어렵다면, 이번에는 모든 것을 드러내 놓고 신기루를 압박하는 것은 어떨까 합니다."

"모든 것을 드러내 놓는다고? 강호에 우리의 존재를 드러내잔 말이냐?"

그러자 송문악이 고개를 저었다.

"우리의 존재를 드러내는 것이 아니라 신기루의 존재를 드러내자는 것이지요. 모두가 모인 곳에서……."

"모두가 모인 곳에서 신기루의 존재를 드러낸다……? 아!"

장사성이 송문악의 말을 듣다가 문득 무엇인가를 생각해 낸 듯 눈빛을 빛내며 탄성을 흘렸다.

"그래, 무슨 좋은 방법이라도 있는 거요?"

주마왕 풍석동이 송문악과 장사성을 번갈아 바라보며 궁금한 듯 물었다. 그러자 장사성이 빙그레 미소를 지으며 풍석동의 말에는 대답을 않고 송문악을 보며 말했다.

"그렇다면 역시 장소가 중요하겠구나."

그러자 송문악이 천천히 고개를 끄덕였다.

"역시 어르신께서는 제 생각을 읽으셨군요."

"네가 천비문의 형제들이 추적해 간 신기루 사령들이 도착한 곳에 관심을 보이는 이유는 바로 그것 때문일 테니까."

"맞습니다. 어르신, 전 지금 적당한 장소를 찾고 있던 중이었습니다."

"도대체 무슨 말들을 하고 있는 것이오? 우리도 좀 끼워주시구려!"

송문악과 장사성의 대화를 듣고 있던 호교상이 더 이상 궁금함을 참지 못하고 큰 소리로 외쳤다. 그러자 송문악이 장사성과 한 번 시선을 교환한 후 천천히 입을 열었다.

"이번에는 저희가 신기루의 주재자가 한 번 되어보면 어떨까 하는 것이지요."

"그게 무슨 말인가. 우리가 신기루의 주재자가 되다니?"

그러자 송문악이 잠시 말을 멈췄다가 천천히, 그러나 모두의 귀에 명확하게 들리는 목소리로 자신의 생각을 말하기 시작했다.

"말 그대로입니다. 우리가 강호에 신기루를 만들어내자는 말입니다. 이제 더 이상 은밀히 신기루의 십방성인이나 사령들을 제거하기 어렵게 되었습니다. 또한 우리의 인원을 가지고 신기루의 세력과 전면적으로 부딪칠 수도 없는 실정이지요. 그래서 전 신기루의 주재자들이 지금껏 사용한 방법을 그대로 써보려고 합니다. 즉, 우리가 신기루를 강호에 등장시키는 것이지요."

"우리가 신기루를……?"

"그렇습니다. 운남 하구에 신기루가 나타난 지 이미 십여 년이 지나고 있습니다. 그러니 다시 강호에 신기루가 나타난다고 하여 이상할 것은 없지요. 단지 이번에 신기루를 만들어내는 것은 십방성인들이 아니라 바로 우리가 되는 것입니다. 그 장소 또한 우리가 결정해서 말입니다. 천하의 강호인들은 지금까지와 마찬가지로 신기루를 향해 모여들게 될 겁니다. 그리고 그 자리에서 그들은 백 년을 이어온 신기루의 진실을 알게 될 것입니다!"

번쩍!

우르르릉!

갑자기 번개가 번쩍이고 천둥이 으르렁거렸다. 그러더니 금세 사위가 어두워지고 굵은 빗줄기가 쏟아져 내리기 시작했다. 그 폭우 속에서 일행을 태운 배는 막 호수를 벗어나고 있었다.

第四章

풍운강호(風雲江湖)

언제 비가 왔느냐는 듯 화창하게 갠 어느 날 오후, 송문악과 그의 일행들을 태운 마차가 유유히 장안성으로 들어서고 있었다. 일행은 모두 한 무리의 상인들로 변복하고 있었다. 그것은 동행을 하면서도 송문악 등과 일정한 거리를 두고 있는 백설아 역시 마찬가지였다.

마차는 성내로 들어서자 한적한 성의 외곽 쪽 길을 따라 돌다가 수수한 장원으로 들어섰다. 장원은 사람들의 눈길을 끌 만큼 화려하진 않지만 잘 관리되어 있어 번거로운 것을 싫어하는 사람이라면 한동안 기거하기에 흡족해할 만한 모습이었다.

"역시 도문에는 재물이 많군. 이 장안(長安)에서 이만한 장원을 준비하려면 적지 않은 돈이 들었을 텐데 말씀이야. 설마 이런 장원을 천하 곳곳에 사놓은 것은 아니겠지?"

호교상이 마차에서 내려 장원을 둘러보면서 무각에게 물었다. 아마도 이 장원은 도문의 재물로 마련된 모양이었다.

"본래 저희 도문에서는 이런 장원을 사들이지 않지요. 이 장원은 저희 도문의 재물을 들여 사들인 것이기는 하나 천학 어르신께서 준비해 놓으신 겁니다."

무각이 호교상의 말에 고개를 저으며 대답했다. 그러자 호교상이 천학을 보며 물었다.

"그렇다면 분명 천학께서는 무슨 목적이 있어서 이 장원을 구입하셨겠구려. 천학과 같은 분이 본인이 기거하시려 도문의 재물을 끌어다 장원을 마련하지는 않으셨을 테니 말입니다."

"하하하, 맞습니다. 나 같은 위인이 어찌 이런 좋은 장원을 욕심낼 수 있겠습니까. 그동안 천비문의 문도들은 특별한 거처없이 천하를 떠돌며 살아왔습니다. 그런데 본격적으로 신기루를 상대하려니 자연히 그 구심점이 필요했지요. 해서 이 장원을 마련한 것입니다. 이 장안은 천하의 중심이랄 수 있는 곳이지요. 당연히 천하무림의 소식을 가장 쉽게 접할 수 있는 곳입니다. 해서 이곳에 천비문의 터를 잡은 것입니다."

"그렇구려. 하긴 장안은 강호의 모든 소문이 몰려드는 곳이긴 하지."

호교상이 천천히 고개를 끄덕였다.

"해남에서 신기루 사령들의 뒤를 쫓기 시작한 천비문의 형제들이 소식을 전해올 곳도 바로 이곳이 될 겁니다."

"그래서 천학께서 장안으로 오자고 하신 것이구려?"

호교상의 말에 장사성이 고개를 끄덕이고는 송문악을 보며 말했다.

"일단 우린 이곳에서 천비문 형제들의 소식을 기다리기로 하자. 그동안 네가 말한 계획들을 세세히 다시 점검해 보기로 하고 말이다."

"알겠습니다, 어르신. 그렇게 하도록 하지요."

"자, 그럼 일단 모두 안으로 들어가 여장을 푸시도록 하십시오. 화산에서부터 쉬지 않고 이동을 했으니 모두 피곤들 하실 겁니다."

천학 장사성이 마차에서 내린 일행들을 안내해 장원 안쪽으로 이동하기 시작했다.

장안이 강호의 온갖 소문들이 몰려드는 곳이란 장사성의 말은 하루가 지나지 않아 증명되었다. 고즈넉한 장원에서 편안한 하루를 보낸 송문악 일행이 다음날 제법 넓은 방에 모여 앉았을 때 장사성의 입을 통해 강호의 여러 소식들이 전해진 것이다.

"강호가 시끄러워지기 시작했습니다."

아마도 천학 장사성은 지난밤 장원에 머물고 있는 천비문 문도들을 동원해 강호의 소식을 끌어 모은 모양이었다.

"역시 화산에서 우리가 벌인 일 때문이겠구려."

주마왕 풍석동이 장사성을 보며 묻자 장사성이 천천히 고개를 끄덕였다.

"물론 그것도 그것이지만 화산에서의 일 말고도 제법 큰 사건들이 일어난 듯합니다."

"아니, 우리가 화산에서 벌인 일 말고도 또 어떤 일이 강호의 이목을 끌고 있단 말이오?"

"현재 강호에서 가장 큰 이야깃거리가 되고 있는 소식은 세 가지라 할 수 있더군요. 그 첫째는 역시 우리가 관여된 것으로 광주에서 발생한 해남검문과 하가장과의 분쟁입니다."

"아! 그 광동의 일은 어찌 되었습니까?"

호교상이 눈빛을 빛내며 물었다. 호종위 역시 몹시 궁금한 눈초리로 장사성을 바라봤다. 광주를 떠난 후 그들은 해남검문의 소식을 전혀 듣지 못하고 있었던 것이다.

"결국 하가장은 해남검문에게 무릎을 꿇은 모양입니다. 하가장주가 직접 해남검문으로 건너가 해남검문주께 사죄를 하였다는군요."

그러자 호교상과 호종위의 얼굴에 안도의 빛이 떠올랐다.

"그것참 다행이구려. 하긴, 하가장으로서는 어쩔 수 없는 선택이었을 거외다. 적어도 남해에서 해남검문과 대적할 무력을 지닌 자들은 없으니까 말입니다."

"그렇지요. 덕분에 광동에서의 해남검문의 입지는 더욱 공고해진 듯합니다. 더군다나 해남검문의 강력한 적 하나가 큰 곤경에 처했더군요."

"아니, 그건 무슨 말씀이오? 해남검문의 강력한 적이 곤경에 빠졌다니요?"

호교상과 호종위뿐 아니라 다른 일행들도 장사성의 입에 시선을 모았다. 그러자 장사성이 입가에 미소를 머금으며 대답했다.

"그것이 바로 현재 강호무림의 관심을 받고 있는 세 가지 소식 중 두 번째 소식입니다. 바로 해남검문과 포양호 싸움을 벌였던 남궁세가에 관한 소식이지요."

"남궁세가에 무슨 일이 생겼소이까?"

"큰일이라면 큰일이고 작은 일이라면 작은 일이지만 매우 곤란한 지경에 처하게 된 것은 사실이지요."

"도대체 남궁세가에 어떤 일이 일어났다는 것입니까?"

"지난번 포양호 싸움으로 남궁세가는 강서의 중부까지 그 세력을 넓혔지요. 특히 포양호 남쪽의 대도인 남창은 완전히 남궁세가의 세력권에 들어갔지요. 남궁세가는 일단 남창을 접수하면서 남창의 여러 상가들을 자신들의 세력으로 받아들였는데 그중에서도 남창 관씨표국을 얻은 것을 가장 기뻐했다고 하더군요."

"관씨표국이라면 남궁세가에서 확실히 욕심을 낼 만한 곳
이지요. 관씨표국은 중원 이남에서는 가장 강력한 상로를 확
보하고 있는 표국 중 하나니까요."

호종위가 장사성의 말에 고개를 끄덕였다. 호종위는 포양
호에서 천자방을 이끌고 삼 년이나 군룡회와 싸움을 했던 사
람이었으므로 포양호 인근의 정세에 대해서는 누구보다도 잘
알고 있는 인물이었다.

"듣자 하니 호 대협의 말씀처럼 관씨표국은 남창에서는 독
보적인 위치에 있는 표국이라고 하더군요. 또한 그들도 남궁
세가와 손을 잡는 것을 기꺼워했다고 합니다."

"당연하지요. 그들이 남궁세가와 손을 잡으면 안휘, 절강,
복건은 물론 멀리는 하남에 이르기까지 남궁세가의 이름을
빌어 상로를 넓힐 수 있을 테니까요."

"그런데 두 문파가 그렇게 서로 친밀한 관계를 시작하려는
찰나 문제가 발생했다고 합니다."

"두 문파 모두에게 큰 이득이 되는 일인데 무슨 문제가 발
생했다는 겁니까?"

"바로 관씨표국의 총표두인 관두인이 이끄는 표행에 문제
가 발생한 것이지요."

"관두인이라면 관씨표국 최고의 고수로 알려진 자지요. 그
가 이끄는 표행은 지난 수십 년간 단 한 번의 실패도 없었는

데… 더군다나 강서 인근에서는 관두인의 표행에 시비를 걸 세력이 존재하지 않는 것으로 알고 있습니다만… 도대체 어느 간 큰 무리가 그들의 표행을 방해했다는 겁니까?"

"하하, 그들은 간이 클 뿐만 아니라 그만한 능력도 지니고 있는 자들이지요. 바로 호남의 형산파가 관두인의 표행을 막았으니까요."

"엇?"

"형산파가 말입니까?"

장사성의 말에 호종위뿐만 아니라 장사성의 이야기를 듣고 있던 모든 사람들이 화들짝 놀라며 장사성을 바라봤다.

"그렇습니다. 자세한 내용은 모르겠지만, 어쨌든 형산의 제자들과 관두인이 이끄는 표사들 간에 분란이 벌어져 관두인은 거의 재기하기 어려울 정도의 부상을 입었고, 표행도 실패로 돌아갔다고 합니다. 더군다나 그 일이 있은 후 형산파에서는 장로 주천향과 일단의 제자들을 남창으로 보내 오히려 관씨표국의 책임을 추궁했다고 합니다."

"그렇다면 관두인이 형산파에 어떤 실수를 했단 말이구려."

호교상이 묻자 장사성이 고개를 저었다.

"그거야 모르는 일이지요. 어느 쪽이 먼저 실수를 했는지에 상관없이 일단 형산파의 이름을 앞세운다면 상대 쪽이야 형산과 말씨름을 할 수는 없었을 겁니다."

"하긴, 감히 일개 표국이 구파일방의 한 곳인 대형산파와 시비를 논쟁할 수는 없을 거외다. 그래서 일이 어떻게 되었소이까?"

"당연히 관씨표국이 손을 들고 말았지요. 결국 관씨표국은 형산의 수중에 들어가게 되었답니다."

"방법이 없었을 거외다, 형산파를 상대로는……."

"그런데 그렇게 관씨표국이 사죄를 하는 것으로 일이 마무리되니까 남창의 상황이 묘하게 변하게 되었지요."

"음… 남궁세가의 처지가 매우 불편해졌겠구려. 관씨표국이 형산파에게 추궁당할 때 어떤 도움도 주지 못했을 테니 말이외다."

"맞습니다. 반면에 관씨표국은 오히려 전화위복이 되었지요. 형산파에 머리를 숙이는 대가로 오히려 형산의 이름을 등에 업게 되었으니까 말입니다. 형산의 이름을 등에 업은 관씨표국은 더 이상 남궁세가의 힘이 필요하거나 그들을 두려워할 필요가 없게 된 것이지요. 오히려 남창의 주도권을 놓고 남궁세가와 힘겨루기를 할 만큼 커버린 것입니다."

"허허, 정말 남궁세가가 곤란한 지경에 처했구려. 그대로 남창에서 물러나자니 강서 전체를 포기해야 할 것인데. 그렇다면 실리도 실리지만 문파의 체면이 말이 아니게 될 거고, 물러나지 않자니 형산과의 관계가 불편해질 것이 분명하고……."

“그래서 지금 그 남창의 판세가 강호의 두 번째 관심사가
된 것입니다.”

그때 송문악이 조용한 목소리로 입을 열었다.

“과거 포양호에서 퇴각할 때 해남검문의 황충 장로께서 하
신 말씀이 생각나는군요. 당시 황 장로께서는 천자방이 포양
호에서 물러난 것이 오히려 해남검문에게는 잘된 일인지도
모르겠다고 말씀하셨지요.”

그러자 장사성이 고개를 끄덕였다.

“누구신지 모르지만 정말 좋은 혜안을 가지고 계신 양반인
가 보군. 작금의 상황을 보건대 그 황 장로라는 분의 예상은
적중한 것 같구나.”

“그 말씀은 역시 형산에서 의도적으로 관씨표국을 건드렸
다는 말이군요.”

“형산파는 구파일방 중 가장 세속의 일에 욕심이 많은 문
파지. 당연히 강서가 남궁세가의 권역에 들어가는 것을 두고
볼 수 없었을 거야.”

그러자 호교상이 호종위를 보며 입을 열었다.

“이렇게 되고 보니 파랑검 자네가 포양호에서 퇴각한 것이
우리 해남검문에는 정말 다행스런 일이군. 만약에 우리가 포
양호를 차지한 후 형산파와 부딪쳤다면 형산파는 광주까지
밀고 내려왔을 걸세.”

“황 장로님의 말대로라면 애초부터 실익이 없는 싸움이었

지요. 그나저나 남궁세가의 처지가 참으로 곤궁하게 되었군
요. 남창에서 물러나는 순간 남궁세가의 세는 급격하게 위축
되게 될 것입니다. 남궁세가와 연대했던 상가들도 남궁세가
의 약세를 보면 더 이상 그들 곁에 머물러 있지 않으려 할 테
니까요. 아, 그리되면 결국 대륙의 남동쪽은 완전히 형산파의
천하가 되고 말겠습니다. 우리 해남검문에도 결코 좋은 일은
아니군요.”

호종위가 걱정스런 표정으로 말했다. 그러자 천학 장사성
이 고개를 저으며 입을 열었다.

“그건 지나친 속단이외다, 호 대협!”

“속단이라 하시면 천학께서는 다른 고견이 있으신지요?”

“뭐 고견이랄 것은 없고, 바로 당금 강호를 진동시키는 세
가지 소문 중 마지막 소문, 즉 우리가 화산에서 일으킨 소동
으로 인해 형산은 더 이상 자신들의 세력을 넓히는 데 힘을
쏟을 여력이 없을 거란 말이지요. 이미 화산에서는 대제자 위
표를 비롯한 절정고수 삼십여 명이 출도했다고 합니다. 그 소
식이 이미 이 장안에 퍼졌으니 곧 다른 구파일방에게도 전해
질 겁니다. 그럼 다른 곳도 고수를 강호로 내려보내지 않을
수 없겠지요. 결국 형산은 광동에 관심을 기울일 여유가 없을
겁니다.”

그러자 이번에는 송문악이 장사성의 말을 이었다.

“그리고 화산의 움직임을 살피는 동안 그들은 더욱 헤어날

수 없는 상황에 직면하게 되겠지요. 바로 강호에 신기루가 나타날 테니 말입니다."

그러자 그 말을 듣고 있던 호종위가 호탕한 웃음을 터뜨렸다.

"하하! 과연 그렇군요. 알고 보니 해남의 일은 크게 걱정할 필요가 없는 것이었군요."

장사성의 말에 의해 찾아든 안도감이 호종위와 호교상의 얼굴을 밝게 했다.

"그런데 그 신기루 사령들을 쫓고 있다던 분들에게선 아직 연락이 없는 거요?"

주마왕 풍석동이 장사성을 보며 묻자 장내의 분위기가 다시 무거워졌다. 광주에서부터 신기루 사령들의 뒤를 쫓기 시작한 천비문 고수들의 소식은 일행들이 지금 가장 기다리고 있는 소식이었다. 풍석동의 질문에 장사성이 천천히 고개를 저었다.

"마지막으로 소식을 전해온 것이 한 달 전이었지요. 그 소식은 이미 우리도 알고 있는 것입니다. 운남에서 보냈던 것이니까요."

"음, 그분들에게서 얼른 소식이 와야 우리도 세밀한 계획을 세울 텐데……."

풍석동의 말에 장사성이 어두운 표정으로 입을 열었다.

"그렇지 않아도 걱정입니다. 이렇게 오랫동안 소식이 전해지지 않는 경우는 없었는데…….”

　평소 여유를 잃지 않던 장사성까지 우려하는 모습을 보이자 장내의 분위기가 순식간에 가라앉았다.

　소식이 당도한 것은 그로부터 오 일이 지난 후였다. 깊은 밤 한 마리 전서구가 천비문의 장원으로 날아들었고 일행은 다시 한자리에 모였다. 그리고 우려는 현실로 나타났다.

　몇 장의 얇은 기름종이를 들고 있는 장사성의 손끝이 잘게 떨려왔다. 천학이라는 별호의 인물에게 어울리지 않는 모습이었다. 그래서인지 그 모습을 지켜보고 있는 사람들의 가슴에 한 가닥 까닭 모를 불안감이 스치고 지나갔다.

　“어찌 되었소이까?”

　침묵의 무게를 참지 못한 호교상이 장사성을 보며 물었다.

　“결국 우려하던 일이 발생했군요.”

　“우려하던 일이라면……?”

　“신기루의 사령들을 쫓았던 천비문의 형제들 다섯 명은 모두 죽었습니다.”

　“음…….”

　“으음…….”

　순간 누구의 입에서랄 것도 없이 동시에 신음성이 흘러나왔다. 장내에 있는 사람들 모두 천비문 문도들의 지난 삶을 알고 있었다. 강호가 오직 신기루의 전설이라는 환상에 빠져 있을 때 오직 그들만이 신기루에 대적하고 있었다.

"하면 전서구는 누가?"

풍석동이 평소의 그답지 않게 조심스러운 목소리로 물었다.

"천비문의 형제 중 마지막으로 생존한 사람이 죽어가며 보낸 것입니다."

"역시 신기루 사령들에게 당한 것이오?"

"아마도 천비문의 식구들은 그들에게 발각되는 순간 스스로 목숨들을 끊었을 겁니다."

"으음… 이런 비통한 일이……."

다시 침묵이 찾아들었다. 방문 밖에서 들려오는 서늘한 밤바람 소리만이 장내에서 들려오는 유일한 소리였다. 그렇게 얼마간의 침묵이 지났을 때 문득 송문악의 입이 열렸다.

"전서구의 내용은 무엇입니까?"

송문악의 말에 퍼뜩 사람들이 정신을 차렸다. 그러고 보니 장내의 사람들은 천비문 문도들의 죽음에 상심하여 정작 전서구에 적힌 내용에는 미처 관심을 가지지 못했던 것이다.

"별 내용은 없다. 광주를 떠난 신기루 사령들은 운남 대리에 집결한 후 일단의 신기루 사령들과 합류해 대리의 서쪽으로 이동했다는 것이다."

"마지막으로 전서를 보낸 곳은 어딘지요."

"쓰여 있기로는 마지막으로 살아 있던 천비문 형제가 죽음을 맞이한 곳은 천담(天潭)이라는 곳이라고 하는구나.”

“천담(天潭)!”

송문악의 눈빛이 반짝였다.

“그리고 천담까지 이동한 상세한 경로가 그려진 한 장의 지도가 함께 왔구나. 아마도 그들을 추격하는 틈틈이 만들어진 지도인 듯하다.”

장사성의 손에는 매미 날개와 같이 얇고 투명하며 손바닥 반절 크기의 종이가 들려져 있었다. 그 투명한 종이에는 머리카락보다 가는 선들이 빼곡히 그려져 있었다.

“그런데 천담이라면 형산선검 검무위가 말한 백인탑에 이르는 길 중 한 곳의 지명이 아니외까?”

호교상이 장사성을 보며 묻자 장사성이 고개를 끄덕였다.

“그렇습니다. 형산선검 검무위가 말한 여섯 개의 마을, 즉 대리, 점창, 나목, 독림, 천담, 상춘에 포함된 마을 이름이지요.”

“그렇다면 그들은 결국 백인탑으로 이동했다는 말이 되는구려.”

“그렇다고 봐야지요. 또한 대리에서 합류한 신기루 사령의 숫자가 십여 명에 이르렀다고 합니다. 그렇다면 신기루의 변화를 꾀하는 신기루 사령들은 현재 백인탑으로 집결하고 있다고 보는 것이 맞을 겁니다.”

“음, 그렇다면!”

호교상이 송문악을 바라봤다. 그러자 송문악이 고개를 끄덕였다.

"우리도 역시 백인탑으로 가야겠지요."

"결국 그곳으로 정하는 것인가?"

"가장 어울리는 장소가 되리라 처음부터 생각을 하고는 있었습니다. 단지 강호의 고수들을 불러 모으기에는 그 위치가 너무 불명확했기에 망설였던 것이지요. 하지만 오늘 천비문의 형제 분들이 죽음을 무릅쓰고 백인탑에 이르는 마을 중 다섯 번째인 천담까지의 지도를 보내주셨으니 이제 강호인들을 신기루의 본산으로 불러 모을 수 있게 된 것이지요. 강호인들이 몰려들면 아마도 십방성인도 백인탑으로 오지 않을 수 없을 겁니다."

"음… 적지 않은 피가 흐르겠군."

"하지만 그 덕분에 무림은 백 년 만에 자유를 찾겠지요."

"백 년 만의 자유라……!"

호교상의 조용한 뇌까림이 깊은 밤공기 속으로 퍼져 나갔다. 백 년 만의 자유란 말이 일으키는 알 수 없는 흥분으로 그들의 눈에 붉은 빛들이 일렁이고 있었다.

*　　　*　　　*

어느 때부터인지 누구도 확실히 말을 할 수는 없었다. 하지만 어느 순간부터 강호가 움직이기 시작했다. 구파일방의 치세에 강호 전체가 요동치는 일은 그리 흔치 않았다. 그런데 그 강호가 움직이기 시작한 것이다.

강호가 거대한 움직임을 일으키기 시작한 것은 언제나와 같이 하나의 소문에서부터였다. 소문은 처음에는 몇몇 사람들 사이에서 쉬쉬하며 전해지더니 채 한 달도 되지 않아 강호의 전 무림인들 귀에 들어갔다. 그리고 손에 도검을 든 자들의 발걸음이 서쪽으로 향하기 시작했다.

덕분에 송문악 등이 머물고 있는 장안에도 하나둘 서쪽을 향해 길을 가는 무림인들이 늘어나기 시작하더니 닷새 전부터는 허름한 객잔에서조차 방을 구할 수 없을 만큼 많은 무인들이 북적이기 시작했다. 이 부산스런 강호의 동요를 송문악과 그의 일행들은 천비문의 장원에서 묵묵히 바라보고 있었다.

"화산의 고수들이 성내에 들어왔다고 하더군요."

천비문의 장원 뒤편에는 작은 동산이 하나 있었다. 비록 그리 높지 않았지만 성안에 있는 동산이라 성내의 풍경을 바라보기에는 적당한 장소였다.

물에 섞인 기름처럼 송문악 일행에 온전히 섞이지 못하는 백설아는 대부분의 시간을 이 작은 동산에서 보내고 있었다. 그녀가 무공을 수련하는지 아니면 그저 장안성의 풍경을 내려다보며 지내는지는 알 수 없었으나 어쨌든 그녀는 하루의 대부분을 이 동산에 올라와 있었다.

송문악의 말에도 백설아는 성내를 응시하고 있던 시선을 돌리지 않았다. 산 위로 백설아를 찾아온 송문악의 행동은 평소에 없던 일이었지만 백설아는 그것조차도 별반 관심이 없는 모양이었다.

"우리는 곧 장안을 떠날 거요."

말이 없는 백설아를 향해 송문악이 다시 말을 건넸다. 하지만 백설아는 여전히 말이 없었다. 그런 백설아를 힐끗 바라본 송문악이 더 이상 백설아의 대답을 기다리지 않고 자신의 생각을 말하기 시작했다.

"소저도 자신의 행보를 다시 생각해 볼 시기요. 그리고 우리를 떠나려면 지금 떠나야 할 것이오. 마침 화산의 고수들도 이 장안에 들어와 있으니 적당한 시기라고 할 수 있소."

"전 당신들과 함께 움직이겠다고 이미 화산에서 말했어요."

침묵하던 백설아의 입이 드디어 열렸다.

"알고 있소. 하지만 지금은 상황이 많이 변했소. 이제 우린 생사를 가늠하기 힘든 길을 떠날 것이오. 소저의 안위를 장담할 수 없는 길이오. 우리보다는 화산의 문도들과 함께 움직이는 것이 백 소저에게는 좋지 않겠소?"

"제가 화산의 형제들을 만났을 때 제 입에서 어떤 말이 흘러나올지에 대해서는 걱정을 하지 않나 보군요.”

그러자 송문악이 살짝 미소를 지었다.

“물론 백 소저가 그리 쉽게 우리에 대해 입을 열 거라고는 생각지 않소.”

“절 너무 믿는군요. 화산의 어른들이 추궁한다면 전 입을 열지 않을 수 없을지도 몰라요.”

그러자 송문악이 고개를 끄덕였다.

“우리가 이곳을 떠난 뒤라면 상관없는 일일 수도 있소. 어차피 신기루에 대한 진실은 백인탑에 도착하면 전 강호인들이 알게 될 테니까 말이오.”

그러자 백설아가 물끄러미 송문악을 바라봤다. 그리곤 천천히 고개를 저으며 말했다.

“제가 기억하는 당신은 아주 순박한 시골 소년이었지요. 그런데 낙양에서, 그리고 다시 화산에서 본 당신은 무척 심계가 깊은 인물이 되어 있더군요. 전 왠지 과거 제가 청옥패를 줄 때의 소년이 그립군요.”

백설아의 말에 송문악이 쓴웃음을 지었다.

“난 그 이후 무척 많은 일을 겪었소이다.”

“그 이야기는 저도 들었어요.”

“그렇소? 누가 그 이야기를 해줬소이까?”

송문악의 얼굴에 호기심이 드러났다. 그동안 백설아는 줄곧 송문악 일행과 동행하면서도 누구와도 가깝게 지내지 않왔기 때문이다.

"무 대협께서도 가끔 이곳에 올라오시지요."

"무각 아저씨에게 들었군요. 그분이라면 나에 대해서 정말 모든 것을 알고 계시지요."

송문악이 고개를 끄덕였다.

"그리고 당신을 무척 아끼시더군요."

"물론 저도 무 아저씨를 가족처럼 아끼지요. 우린 운남에서 함께 지냈으니까요."

"그래요. 그런 것 같았어요. 그런데 당신은 그 백인탑이라는 곳에서 과연 신기루의 전설을 끝낼 자신이 있는 건가요?"

백설아가 정말 궁금하다는 듯 물었다.

"나도 그게 궁금하오. 과연 나와 동료들이 그 일을 해낼 수 있을지 말이오."

송문악이 대답하자 백설아가 즉시 송문악의 말을 받았다.

"그래서 전 떠나지 않겠어요. 당신들 곁에서 과연 당신들이 무림강호 백 년의 전설에 막을 내리는지 봐야겠어요. 어디서 이런 구경을 하겠어요."

"화산의 문도들과 함께 움직여도 그 결과는 볼 수 있을 거요. 화산 또한 백인탑으로 올 테니까 말이오."

"결과만 알고자 한다면 제가 굳이 그 먼 백인탑까지 갈 필요도 없겠지요."

백설아의 대답에 송문악이 작은 한숨을 내쉬었다. 그녀의

존재는 일행에게 어떤 식으로든 부담이 되는 것이 사실이었
다. 하지만 그렇다고 그녀를 강제로 떼어놓고 가기도 어려운
처지였다.

"결국 우리와 함께 움직이겠다는 말이구려."

"그래요. 난 당신들의 모습을 가까이서 살펴보겠어요."

"우린 당신을 지켜주지 못할지도 모르오."

그러자 백설아가 단호한 목소리로 대답했다.

"절 지켜줄 필요는 없어요. 알다시피 전 화산의 제자니까
말이에요."

은연중에 느껴지는 자신감. 송문악이 그녀의 말을 듣고는
고개를 끄덕였다.

"좋소. 더 이상 떠나란 말을 하지 않겠소. 함께 백인탑으로
가봅시다. 하지만 지금은 그만 내려가서 떠날 준비를 하는 게
좋을 것 같소. 우린 내일 새벽에 장안을 떠날 예정이오. 사실
은 이 말을 전하러 이곳에 온 것이었소. 그럼."

송문악이 백설아에게 가볍게 고개를 숙여 보이고는 소나
무 숲으로 난 길을 따라 장원으로 내려갔다. 그 모습을 보고
있던 백설아가 가볍게 한숨을 쉬며 중얼거렸다.

"휴, 내가 생각해도 이건 정말 쓸데없는 고집이군. 굳이 내
가 그들과 함께 움직일 필요가 뭐가 있단 말인가? 나도 정말
내 마음을 모르겠구나."

시원한 바람이 백설아의 머리카락을 쓸고 지나갔다. 그리

고 잠시 후 백설아도 천천히 산을 내려가기 시작했다.

"어쨌든 내일 새벽에 떠나려면 준비는 해야겠지. 음… 대사형을 뵙지 못하고 가는 것이 아쉽긴 하지만……."

성문에 이르자 새벽 어둠 속에서 성문이 열리기를 기다리는 몇몇 사람들이 눈에 들어왔다. 송문악 일행을 태운 마차가 성문 앞에 다다랐을 때는 막 성문을 지키는 병사가 성문을 열고 있을 무렵이었다.

본시 성으로 들어오는 것에 대해서는 까다롭지만 성문을 벗어나는 것은 그리 어려울 게 없는 것이 세상 이치라 송문악 일행을 태운 마차는 이내 성문을 벗어나 남쪽을 향해 달리기 시작했다.

운남의 대리까지는 일단 마차를 이용할 생각이었다. 그곳에서부터 신기루의 백인탑이 있다는 곳까지는 험한 산길이 이어지는 곳이므로 더 이상 마차를 몰고 갈 수는 없을 터였다.

일단 장안을 출발해 운남의 경계를 넘어서자 서쪽으로 향하는 무림인들을 심심찮게 발견할 수 있었다. 그럴수록 송문악 일행은 마차 밖으로 모습을 드러내는 일을 삼갔다. 언제 어디서 신기루의 촉수에 걸려들지도 모르는 일일뿐더러 그즈음이면 화산의 변고가 다른 구파일방에도 알려졌을 것이므로 구파일방의 이목이 송문악 일행을 찾는 데 집중되어 있을 것이기 때문이었다.

외부 출입을 하지 않은 덕분에 일행의 행보는 무척이나 빨랐다. 장안을 떠난 지 한 달이 채 지나기도 전에 일행은 귀주를 지나 운남에 들어서고 있었다. 운남에 들어선 일행은 즉시 곤명으로 향했다. 대리로 가기 전 곤명에서 긴 여행의 피로를 잠시 풀 요량이었던 것이다.

"잠시 마차를 멈추시오."

뜻하지 않은 방해꾼이 나타난 것은 곤명에 거의 이르렀을 때였다. 멀리 곤명성의 북문이 바라보이고 있었다. 마부석에 앉아 있던 무각이 살짝 인상을 찡그리며 관도 위에서 마차를 세운 자를 바라봤다.

한눈에 보기에도 그 출신을 알 수 있는 인물. 몸에 걸친 옷가지는 여기저기 기워져 있고, 허리에는 짚으로 엮은 새끼줄이 둘러져 있다. 또한 얼굴은 씻지 않은 지 수일이 지난 듯 기름기가 좔좔 흐르고 있었다. 개방의 인물이 분명했다. 나이는 대략 사십대 초반 정도.

"무슨 일이시오?"

무각이 퉁명스럽게 물었다. 그러자 마차를 가로막은 개방의 방도가 천연덕스러운 목소리로 말했다.

"잠시 마차 안에 계신 분들을 뵐 수 있겠소?"

순간 무각의 인상이 눈에 띄게 찌푸려졌다.

“도대체 당신이 뭣이기에 함부로 마차를 세우고, 또 마차 안의 귀인들을 보자고 하는 것이오?”

“헬헬헬, 내가 어떤 사람인지는 이미 눈치 챘으면서 뭘 묻고 그러시오. 또한 내가 어느 곳에서 나온 사람인지 안다면 내 부탁을 들어주는 것은 당연한 일이지 않겠소?”

“그대가 개방에서 나온 인물이라는 것을 모르는 바가 아니오. 하지만 아무리 개방의 인물이라도 이렇게 함부로 남의 마차를 가로막고 시비를 걸어도 되는 것이오? 도대체 마차 안에 계신 분들께 무슨 볼일이 있기에 이리 무례를 저지른단 말이오?”

무각이 화난 목소리로 쏘아붙이자 길을 막고 있던 개방 방도의 얼굴이 순식간에 변했다.

“당신은 강호무림에 대해 모르시오?”

은근한 위협이 담긴 목소리.

“내가 무림을 모른다면 어찌 당신이 개방의 방도임을 알겠소?”

“강호무림에 대해 알고 있다는 양반이 개방의 요청을 거부하겠다는 말이오?”

말을 하는 개방 방도의 눈빛이 너무도 차가워 만약 계속 무각이 그의 요구에 반발한다면 어떤 사단이라도 일어날 듯한 분위기였다. 하지만 무각 역시 신기루와 싸워오면서 그 배포가 예전과는 차원이 다른 인물로 변해 있었다. 개방 방도의

위협쯤에 굴복할 무각이 아니었다. 해서 그가 다시 개방 방도
의 위협에 반박을 하려는 순간, 마부석으로 난 마차의 쪽문이
열리며 장사성의 목소리가 들려왔다.

"잠깐만 기다리시게. 내가 나가보지."

"어르신……!"

무각이 장사성의 말에 걱정스런 표정을 지어 보였다.

"괜찮네. 개방의 고수라면 만나보는 것이 당연한 일이겠
지."

장사성이 여유있는 표정으로 말을 하고는 이내 마차 문을
열고 밖으로 나왔다. 이때 장사성의 차림은 장안에서와는 또
달라져 있어 이번에는 한 명의 고고한 학자의 모습을 하고 있
었다.

마차를 가로막고 있던 개방의 방도는 현기 넘치는 장사성
의 모습에 놀랐는지 지금까지와는 달리 조심스런 얼굴로 땅
위에 내려서는 장사성을 맞이했다.

"그래, 개방의 고수 분께서 어째서 나의 마차를 가로막으
신 것이오?"

부드러운 미소를 지으며 장사성이 묻자 개방 고수의 얼굴
에 미안한 기색이 역력하게 드러났다.

"귀한 분께서 타고 계신 줄도 모르고 실례를 하였습니다.
하지만 저 또한 윗분들께 명을 받고 하는 일이라 어쩔 수가
없군요."

"아랫사람이 윗사람의 명을 따르는 것이야 당연한 일이라 할 수 있지요. 그래, 나에게 무슨 볼일이 있소이까?"

그러자 개방의 방도가 조심스런 목소리로 되물었다.

"죄송하지만 먼저 어르신의 존성대명을 들을 수 있겠습니까?"

그러자 장사성이 고개를 끄덕이며 흔쾌히 대답했다.

"내 이름이야 말하지 못할 것이 없소. 과분하게도 강호의 동도들은 나를 천학(天學)이라 부른다오."

순간 개방 방도의 눈이 크게 떠졌다. 천학이라면 강호십대괴객 중 한 명이고 강호에서 가장 현명한 인물로 꼽히는 인물이었다. 비록 자신이 강호무림을 지배하는 구파일방의 고수라고는 하지만, 천학 장사성의 이름 앞에서는 개방의 권위만 내세울 수 없는 일이었다.

"강호의 큰 어르신을 몰라뵙고 제가 큰 실수를 하였습니다. 개방의 윤충이라 합니다. 부디 제 무례를 용서해 주시기 바랍니다."

자신을 윤충이라 소개한 개방의 방도가 깊이 허리를 숙여 장사성에게 사죄를 하자 장사성이 가벼운 미소를 지으며 손을 저었다.

"하하하, 전 강호를 통틀어도 내 얼굴을 아는 사람은 손을 꼽을 정도인데 어찌 날 못 알아본 것을 윤 대협의 잘못이라고 할 수 있겠소. 그나저나 윤 대협께서는 무슨 일로 지나가는 마차를 세우신 것이오?”

그러자 윤충이 공손한 목소리로 마차를 세운 이유를 설명했다.

“사실은 지금 구파일방에서는 한 무리의 무림인들을 찾고 있습니다.”

“아니, 도대체 어떤 자들이기에 천하의 구파일방이 그들을 찾는단 말이오?”

장사성이 호기심 어린 표정으로 묻자 윤충이 서늘한 기운을 드러내며 답했다.

“그들은 대담하게도 화산파에 은밀히 침입해 화산의 문도를 해치는 죄를 지었다고 합니다.”

“허어! 그런 일이 있을 수 있는가? 도대체 얼마나 배포가 큰 인물들이기에 감히 대화산파를 상대로 그런 일을 저지를 수 있단 말인가?”

장사성이 믿기지 않는다는 표정을 지어 보이자 윤충이 파란 안광을 쏘아내며 말했다.

“정말 대단한 자들이라 할 수 있지요. 지난 수십 년간 감히 구파일방을 상대로 시비를 건 강호의 인물들은 존재치 않았는데 감히 화산의 문도를 해치다니 말입니다. 해서, 지금 그들의 인상착의를 그린 연통이 구파일방에 돌아 강호에 나온 구파일방의 고수들이 모두 그들을 찾고 있는 중이지요.”

“음, 그런 사정이 있었구려. 그런데 그럼 강호의 모든 길을 이렇게 통제하고 있는 것이오?"

물론 장사성의 질문은 전혀 가능성이 없는 질문이었다. 아무리 구파일방의 세가 대단하다고 해도 천하의 모든 길을 막고 있을 수는 없는 일이었다. 단지 장사성은 왜 개방이 이 곤명으로 들어가는 관도를 막고 있는지에 대해 묻고 있는 것이었다.

"천하의 모든 길을 막을 수는 없지요. 단지, 천학 어른께서도 이미 알고 계시겠지만 지금 전 강호의 관심이 신기루가 등장했다는 운남 서쪽 오지에 몰려 있습니다. 강호의 내로라하는 고수들은 모두 신기루가 나타났다는 상춘을 향해 움직이고 있지요. 그런데 중원에서 상춘으로 가려는 사람이라면 대부분 이 곤명에 들르게 되어 있습니다. 해서 본 방의 어른들께서 곤명으로 들어오는 길을 감시하라 명을 내리신 것이지요."

그러자 장사성이 납득이 간다는 듯 고개를 끄덕였다.

"음, 이제야 이해가 가는구려. 화산을 침범한 자들도 무림인이라면 신기루가 나타났다는 곳으로 움직일 가능성이 많으니 말이외다. 그리고 이곳 곤명은 지난 십여 년간 개방의 성지가 된 곳이니 개방의 고수 분께서 나와 계신 것은 당연한 일이라 할 수 있겠소이다."

"그렇습니다. 곤명에는 본 방의 형제들이 무척 많은 곳이라 곤명을 감시하는 일은 우리 개방에서 맡게 된 것이지요."

곤명은 십여 년 전부터 개방의 성지로 여겨지고 있었다. 곤명이 개방의 성지가 된 것은 바로 십여 년 전 운남 하구에 신기루가 나타났을 때 개방의 구결장로 교착신이 신기루의 전설을 얻었기 때문이다. 당시 교착신은 하구에서 돌아오다 이 곤명에서 일 년여를 머물며 신기루에서 얻은 무리를 참구했다고 알려졌다. 해서 그때부터 운남의 성도인 곤명은 개방의 성지로 추앙받고 있는 것이었다. 이후 천하의 개방 방도들은 이 곤명을 다녀가는 것을 마치 성지순례를 하는 일처럼 중하게 여기게 되어 곤명은 사시사철 개방도의 발길이 끊이지 않는 곳이 되었던 것이다.

"흠… 그래, 지금 이곳의 일을 총괄하는 개방의 고수 분은 누구시오?"

"예, 본 방의 황룡께서 곤명에 나와 계십니다."

"오! 황룡께서요? 듣자 하니 황룡 연심환 대협은 차기 방주직을 물려받기 위해 폐관 수련에 들어갔다고 하던데……?"

그러자 윤충이 놀란 눈으로 장사성을 보며 감탄사를 흘려냈다.

"과연 천학 어른이십니다. 본시 본 방을 포함해 구파일방의 소식은 강호에 전혀 알려지지 않는 것이 보통인데 황룡께서 수련에 들어가신 것을 알고 계시는군요. 맞습니다. 황룡께서는 장장 오 년간 폐관에 들어 계셨지요. 그리고 얼마 전 막 출관을 하셨습니다. 그런데 출관을 하시자마자 강호는 다시 신기루의 열풍에 휘말리게 되었고, 더군다나 화산에 불청객이 드는 불상사가 일어났기에 강호로 나오신 것이지요.”

“음, 하면 이번 신기루의 일과 화산의 일이 마무리되면 황룡께서 개방의 방주에 오르시겠구려.”

“뭐, 대체로 그런 분위기입니다만… 제가 감히 거론할 문제는 아닌 듯합니다.”

윤충이 개방 내부의 문제가 화제에 오르자 말을 아꼈다.

“허허, 이거 늙은이가 주책없이 개방의 일에 관심을 가졌구려. 그나저나 황룡께서는 언제 신기루를 향해 떠나실 예정입니까?”

장사성의 질문에 윤충이 고개를 저으며 대답을 흐렸다.

“글쎄요. 윗분들이 하시는 일을 제가 감히 어찌 알겠습니까? 하지만 그리 서두르지는 않으실 것 같습니다. 이미 본 방은 신기루의 전설을 얻었으므로 이번에 나타난 신기루에 대해서는 그리 큰 욕심이 없는 상태지요.”

“하긴 그렇긴 하겠소이다. 그래, 교 노사께서는 신기루에 다녀오신 이후 계속 모습을 보이지 않고 계시는지요?”

“그렇습니다. 지금은 그분이 강호의 어디에 계시는지 방의 어른들조차 모르고 있다고 하더군요.”

“허허, 그것참 어떻게 신기루의 전설을 얻기만 하면 그리들 무림에서 멀어지는지…….”

“저희 개방도 그것을 몹시 아쉬워하고 있지요.”

“알겠소이다. 그럼 윤 대협, 난 이만 가도 되겠소?”

장사성이 마치 허락을 구하는 듯 말하자 윤충이 얼굴에 당황스런 기색을 드러내며 얼른 고개를 끄덕였다.

“당연한 말씀이지요. 천학께서 타고 계신 마차라는 것을 알았으면 제가 어찌 감히 마차를 세웠겠습니까?”

“하하하, 개방의 이름에 비하면 이 천학의 명성이야 보잘것없는 것이지요. 자, 그럼 난 이만 가보겠소. 윤 대협은 이곳에서 좀 더 고생을 하시겠구려.”

“고생이랄 것이 뭐 있겠습니까? 거지가 먹을 것만 떨어지지 않으면 족하지요.”

“하하하! 역시 개방의 영웅이시라 호탕하십니다그려. 그럼 난 이만 가보겠소이다.”

장사성이 한바탕 호탕한 웃음을 터뜨리고는 천천히 마차에 올랐다. 그러자 마부석에 앉아 있던 무각이 윤충에게 힐끗 시선을 한 번 주고는 성문으로 이어진 관도를 따라 마차를 몰기 시작했다.

“음, 천학 장사성은 십대괴객 중에서도 살황 고산앙, 한천녀 옥소화와 더불어 그 얼굴을 보기가 가장 어려운 인물이라던데 내가 오늘 그의 얼굴을 보았으니 이곳에서 고생한 보람이 있구나.”

멀어지는 마차를 보며 윤충이 중얼거렸다. 그러다가 그가 살짝 고개를 갸웃거리며 다시 한 번 천학 장사성이 탄 마차로 시선을 가져갔다.

"그런데 이상하군. 혼자 타고 가는 마차라고 보기에는 마차가 너무 큰데……? 그렇다고 천학 장사성의 마차를 살펴보자고 할 수도 없고… 음, 일단 성내로 연락을 보내야겠구나. 천학 장사성이라면 황룡께서도 소홀히 할 수 없는 인물일 테니까."

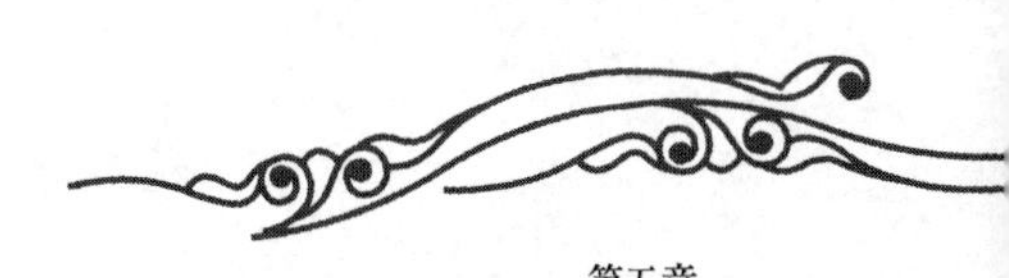

第五章

청명검(清鳴劍)의 상속자(相續者)

황룡 연심환이 낡은 탁자 위에 놓인 두 장의 전서구를 놓고 고민스런 표정을 짓고 있었다.

"구파의 추격대와 천학 장사성이라… 골치 아프군."

연심환이 한 손으로 자신의 이마를 짚었다.

"어쩌겠습니까? 이미 천하의 강호인들이 이 곤명으로 몰려들고 있는 것을요."

연심환의 맞은편에는 사십대 초반의 거지가 앉아 있었는데 그 자세가 자못 불량스러웠다. 한껏 뒤로 젖힌 상체와 한 손으로는 연실 자신의 콧구멍에서 이물질을 캐내고 있는 그를 연심환이 노려봤다.

"공 사제, 자넨 지금 이 상황이 재밌겠지?"

"아, 무슨 그런 말씀을… 거지란 본래 동냥질을 할 때 말고는 늘어져 쉬게 만들어진 팔자인데 이제 사형은 몸이 두 개라도 모자라게 생겼으니 내가 안쓰러워 그러지 않수."

"흠, 그렇단 말이지?"

연심환이 의미심장한 눈으로 바라보며 말하자 공 사제라 불린 사내가 슬쩍 경계심을 담은 눈으로 다시 입을 열었다.

"당연하고말고요. 내가 어찌 사형이 곤경에 처한 것을 즐거워하겠소. 더군다나 사형은 이번에 수년간의 폐관을 마치고 마침 신기루가 나타났다는 소식에 산보하는 셈치고 강호로 나온 것 아니겠수? 그런데 갑자기 강호 여기저기서 일이 터질 줄이야 누가 짐작이나 했겠수. 하지만 그러니 어떡합니까? 사형은 대개방의 다음 대 방주를 이어받을 후개의 신분이니 닥쳐온 일을 피해 달아날 수도 없고… 이것 참!"

사내가 짐짓 안타까운 표정까지 지어 보이며 황룡의 눈치를 살폈다. 그러자 황룡이 그런 사내를 보고 빙긋 미소를 지으며 말했다.

"사제 말이 옳아. 난 사실 이번에 서쪽 관외에 신기루가 나타났다는 소식을 듣고 유람 삼아 나선 길이란 말씀이야. 그런데 갑자기 이렇게 일이 쏟아지니 난 참 운이 없는 사람이라 할 수 있지. 하지만 내 운이 아주 나쁜 것은 아닌 모양이야."

"아니, 그게 무슨 말씀이슈? 운이 아주 나쁜 것은 아니라니요?”

“이 곤명에 도착하자마자 수많은 일이 나에게 쏟아졌지만 마침 날 도와줄 인물이 내 근처에 있으니 어찌 운이 나쁘다고만 할 수 있겠는가?”

그러자 연심환의 사제가 경계의 빛을 보이며 낮은 목소리로 물었다.

“도와줄 사람이라뇨?”

“흐흐, 몰라서 묻는 것은 아니겠지?”

“설마… 사형, 날 두고 하시는 말은 아니겠죠?”

“그럼 이곳에 날 도와줄 사람이 공 사제 자네 말고 누가 있겠는가? 자네가 구파의 추격대를 만나러 가시게. 난 천학을 만나보도록 하지.”

“아니, 그게 무슨 말도 안 되는 소리요! 내가 왜 사형 일을 맡아요?”

“이게 어떻게 나의 일인가, 우리 개방의 일이지.”

“흐흐. 사형, 말장난하지 맙시다. 애초에 이번에 신기루에 관련된 일은 모두 사형이 맡아 처리하는 것으로 방주께서 명하시지 않았소. 나야 그냥 우연히 곤명에 들렀다가 사형을 만난 것이고 말이오. 그런데 내가 왜 구파의 그 재수없는 녀석들을 만나러 가야 한단 말입니까?”

그러자 연심환이 그런 사제를 물끄러미 바라보다가 힘없는 소리로 입을 열었다.

"음… 사제 말이 맞네. 사실 지금 곤명에서 벌어지고 있는 모든 일들은 내 소관이라고 할 수 있지. 사제가 도와주지 않겠다면 나도 억지로 사제에게 일을 맡길 수야 없지."

"험험, 이제라도 그리 생각하셨다니 다행이오. 나도 사형을 도와드리고 싶은 마음이야 굴뚝같지만 따로 할 일이 있어서 말이오."

"할 일? 이 곤명에서 말인가?"

"아, 예…….."

"그 할 일이란 게 뭔가?"

"아, 뭐… 사형께서 아실 만큼 중요한 일은 아닙니다."

"음… 그런가? 하지만 자네는 오늘 중으로 그 할 일이란 것을 모두 끝내야 할 걸세."

그러자 연심환의 사제가 놀란 눈으로 연심환을 바라봤다.

"그게 무슨 말이시우? 오늘 안으로 내 일을 끝내야 하다니?"

그러자 갑자기 연심환의 표정이 냉막하게 변하며 차가운 목소리가 그의 입에서 흘러나왔다.

"공 사제는 내일 즉시 이 곤명을 떠나 개봉으로 돌아가라. 사실 오늘 새벽에 방주님으로부터 급한 전갈을 받았다. 현재 강호의 정세가 어지러우니 특별한 소임 없이 강호에 나와 있는 오결 이상의 방도는 고하를 막론하고 방으로 복귀하라는 것이다. 사제는 특별한 명을 받고 곤명에 온 사람이 아니니

내일 즉시 방으로 복귀하거라. 명대로라면 지금 즉시 떠나야 하나 처리할 일이 있다고 하니 하루의 말미를 주마!"

"아니… 사, 사형!"

"더 할 말 없으면 그만 나가보게. 알겠지만 난 무척 바쁜 사람일세. 그리고 사제도 오늘만큼은 바쁘지 않겠는가? 내일 이 곤명을 떠나야 할 테니 말일세."

연심환의 목소리는 여전히 차갑다. 더불어 자신이 할 말을 마친 연심환이 아예 자신의 사제에게서 시선을 돌려 버리는 것이었다. 그러자 그의 사제가 불편한 표정으로 한참 동안 연심환을 바라보다 한숨을 내쉬며 입을 열었다.

"제길, 구파의 그 애송이늘만 만나면 되는 거요?"

"아니, 그들과 화산을 침범한 자들을 잡을 때까지 동행해야 한다."

"어, 참 어렵네."

"복귀를 하겠느냐? 아니면 구파의 추격대에 끼어 움직이겠느냐?"

연심환은 사정을 두지 않고 사제의 대답을 요구했다. 그러자 그의 사제가 어쩔 수 없다는 듯 두 손을 들며 대답했다.

"알겠수, 알겠어. 내가 구파의 애송이들에게로 가지요. 지금 방으로 복귀하면 분명 신기루가 사라질 때까지 몇 달간은 꼼짝없이 갇혀 있어야 할 텐데, 오랜만의 강호행을 이렇게 허무하게 끝낼 수는 없지요. 구파의 애송이들과 함께 움직이는 것은 잘난 체하는 녀석들을 봐줘야 하는 불편함이 있으나 어찌 방으로 복귀하는 것만 하겠수. 내가 가지요.”

그러자 그제야 연심환의 얼굴에 웃음이 찾아왔다.

“핫하하! 내 그럴 줄 알았지. 조금 불편하더라도 사제가 동의할 줄 알았네. 사제는 삼 년 만에 처음으로 강호에 나온 것인데 이렇게 일찍 방으로 돌아갈 수는 없는 일 아닌가? 아무튼 이 사형을 도와주겠다니 정말 고맙구만. 하하하!”

그러자 연심환의 사제가 못마땅한 얼굴로 연심환의 말을 받았다.

“내 사형이 일부러 일을 이렇게 만들었다는 것을 모르지 않수. 사형은 분명 내가 이곳에 도착하는 순간 방주께 연락을 넣었을 거요. 내 말이 맞지 않수?”

그러자 연심환이 슬쩍 고개를 돌리며 말했다.

“뭐, 그거야 자네 좋을 대로 생각하게. 자, 그럼 어서 움직이세. 구파의 추격대는 지금 곤명에서 이틀 거리에 와 있다니 자네는 나가서 그들을 맞이하도록 하게. 난 천학 장사성을 한 번 만나봐야겠어.”

“그렇게 하도록 하겠수. 그런데 아무리 십대괴객의 일인이라도 굳이 천학 장사성을 사형이 직접 만날 이유가 있수?”

“음… 성 밖 관도를 지키고 있는 방도의 전갈에 의하면 천학이 타고 있는 마차가 조금 수상하다는 거야. 그가 신기루가 등장했다는 소식에 이 곤명에 모습을 드러낸 것도 특별한 일이라면 특별한 일이지. 그를 포함한 십대괴객의 몇몇은 신기루가 나타나도 움직이지 않던 사람들이란 말씀이야. 그리고 그런 것들하고 상관없이 천학을 강호에서 만나는 것은 무척 어려운 일이니 이 기회에 그에게 당금 강호에서 벌어지는 일에 대한 의견을 듣는 것도 나쁘지는 않을 걸세. 적어도 그는 당금 강호무림에서 가장 현명한 사람으로 인정받는 사람이 아닌가?”

“알겠수. 그런데 사형은 언제 이 곤명을 떠날 거요? 구파의 그 추격대 애송이들을 만나보겠소?”

연심환의 사제가 자리에서 일어나며 물었다.

“글쎄… 만약 그들이 성에 들어올 때까지 내가 이곳에 있다면 만나지 않을 수 없겠지. 그건 그때 가서 보세.”

“알았수. 그럼 난 갑니다.”

연심환의 사제가 손을 한 번 흔들어 보이고는 밖으로 사라졌다. 그러자 연심환이 살짝 얼굴빛을 굳히며 중얼거렸다.

“음… 확실히 이번 신기루의 등장은 다른 때와는 다르군. 그 위치가 명확히 알려진 것도 아니고, 아직 천문시가 출현하지 않은 것도 그렇고… 어쨌든 일단 천학을 만나보기로 하자.”

황룡 연심환이 혼잣말을 중얼거리고는 이내 자리에서 일어나 사제의 뒤를 따라 천천히 방문을 열고 사라졌다.

연심환은 살짝 고개를 갸웃거렸다.

"이곳에 천학이 묵고 있다고?"

"그렇습니다요, 황룡님!"

이십대 초반의 젊은 거지가 허리를 굽힌 채 대답했다. 성 밖의 방도로부터 전서를 받은 이후 성에 들어서는 천학 장사성의 마차를 뒤쫓는 임무를 맡은 방도였다. 대답을 하는 젊은 개방 방도의 눈에서 자신감을 읽은 황룡 연심환이 다시 한 번 눈앞의 낡은 객잔을 바라봤다.

객잔은 초라했다. 크기도 작아 객방의 숫자가 많아야 십여 개를 넘지 못할 정도의 규모였다. 천하의 천학 장사성이 묵고 있기에는 너무 낡은 객잔. 하지만 천학 장사성이 이곳에 든 것을 확인한 방도의 전언을 무시할 수는 없었다.

"마차에서 몇 명의 사람이 내렸다고 했느냐?"

"반대쪽에서 내려 객잔에 들었으니 정확히 확인하지 못했습니다만, 적어도 천학 혼자는 아니었습니다."

"알겠다."

황룡이 개방 방도에게 손짓을 해 그를 물러나게 하고 낡은 객잔의 앞으로 걸음을 옮겼다.

"그래도 이건 너무 낡았군."

황룡은 단단한 체구를 가진 사내였다. 객잔의 낡은 계단이 황룡의 무게를 이기지 못하고 삐걱거렸다. 아마도 곤명성 내에 있는 객잔 중 가장 낡은 객잔이 아닐까 하는 생각을 하며 황룡 연심환이 천천히 나무 계단을 지나 객잔 문을 열고 안으로 들어섰다.

"어서 옵셔!"

황룡이 객잔 안으로 들어서자 나이 어린 점소이가 재빨리 인사를 하며 뛰어나오다가 황룡의 모습을 보고는 인상을 구겼다. 최근 곤명에 수많은 사람이 모여들면서 객방이 턱없이 부족한 터라 이 낡은 객잔도 오랜만에 제법 많은 손님을 받고 있었다. 해서 제법 신바람 나게 일을 하던 점소이가 황룡의 차림을 보고 인상을 구긴 것은 어쩌면 당연한 일이라고 할 수 있었다.

"무슨 일이우?"

황룡의 나이도 어느덧 오십대 중반. 그런 그에게 나이 어린 점소이가 하는 말투가 무척 건방졌다. 하지만 황룡으로서야 어쩔 수 없는 대접이기도 했다. 무림에서야 개방의 후개로서 존중받는 그이지만 점소이에게는 한 명의 거지에 지나지 않는 자신이 아니던가?

"사람을 찾아왔네."

황룡이 묵직한 음성으로 대답하자 점소이의 표정이 살짝 변했다. 그저 동냥질이나 하는 거지로 생각했던 자의 입에서 흘러나온 목소리가 무척 진중할 뿐 아니라 객잔에 든 목적도 동냥질이 아니라 사람을 찾아온 것이라지 않는가? 점소이의 눈동자가 순식간에 몇 번 좌우로 움직였다. 그리곤 이번에는 조심스런 목소리로 물었다.

"혹… 개방의 방도시우?"

아마 오랜 점소이 생활로 무림에 대해서 주워들은 것이 있는 듯, 개방의 방도임을 묻는 점소이의 얼굴에는 약간의 두려움마저 깃들었다.

"그렇네. 사람을 찾을 수 있겠는가?"

황룡 연심환의 대답에 점소이의 허리가 직각으로 구부러졌다.

"그러믄입쇼. 그런데 누굴 찾으시는지……?"

"오늘 오후 이곳에 한 명의 청수한 노인이 마차를 타고 오신 것으로 알고 있네만……."

그러자 점소이가 기억을 더듬는 듯 살짝 고개를 갸웃거리다가 이내 고개를 끄덕였다.

"아, 그 어르신 말씀이시군요. 예, 맞습니다. 무척 고상해 보이시는 분이 일행 분들과 함께 투숙하셨지요. 헤헤, 우리 객잔과는 그리 어울리지 않는 분이시라 제가 기억하고 있지요."

"음… 그분께 가서 개방의 연심환이 뵈었으면 한다고 전해주시게."

"그리만 전하면 될까요? 혹 만나기 싫다고 하시면……?"

"일단 그리만 전해주시게."

"알겠습니다. 그럼 잠시만 기다려 주십시오."

연신 허리를 굽히며 대답을 마친 점소이가 부리나케 객방
들이 늘어선 이층으로 걸음을 옮겼다.

"황룡 연심환이라……!"
장사성이 앞에 놓인 탁자를 손으로 톡톡 건드리며 중얼거
렸다.
"그가 왜 천학을 찾아왔을까?"
호교상이 고개를 갸웃거리며 중얼거렸다.
"그는 아마도 우리가 성 밖 관도에서 만난 개방도에게 연
락을 받았을 겁니다. 그리고 우리가 타고 있던 마차에 대해
의혹을 가졌겠지요. 물론 그 이유 말고도 날 찾아올 이유는
있습니다. 이래 봬도 나는 강호에서 만나기 어렵다는 신비의
인물이 아닙니까?"
"하하, 그렇긴 하오. 천학 장사성은 살황 고산앙과 더불어
우리 강호십대괴객 중 가장 신비로운 인물로 꼽히지요."
주마왕 풍석동이 호탕한 목소리로 말했다.
"그는 아마도 현재 강호에서 일어나고 있는 일들에 대해
나의 의견을 듣고 싶어할 겁니다."
"그렇겠지요. 천학의 의견은 강호인 누구라도 듣고 싶어하
는 것이니까. 그나저나 어서 나가보서야지 않겠습니까? 그를
오래 기다리게 할 수는 없으니 말입니다. 그는 적어도 개방의
다음 주인이 아닙니까?"

호교상의 말에 장사성이 고개를 끄덕이며 자리에서 일어났다.

"그래야지요. 천하의 황룡 연심환을 오래 기다리게 할 수는 없지요. 그런데……."

자리에서 일어나 막 방문을 나서려던 장사성이 송문악을 보며 말꼬리를 흐렸다. 웬일인지 송문악은 개방의 황룡 연심환이 찾아왔다는 전갈을 받은 순간부터 무엇인가를 고민하는 기색이 역력했다. 그래서인지 송문악은 문을 나서려다 말고 자신을 바라보는 장사성의 시선조차도 깨닫지 못하고 있었다.

"문악아."

장사성의 부름을 받고서야 송문악이 장사성을 바라봤다.

"무슨 하실 말씀이라도……?"

"무슨 고민이 있느냐?"

"아닙니다, 어르신……."

송문악이 천천히 고개를 저었다. 하지만 그의 얼굴에는 여전히 고심의 흔적이 지워지지 않고 있었다.

"혹, 개방의 황룡 연심환과 관계된 일이냐?"

송문악은 부인했지만 이미 장사성은 송문악의 내심을 읽고 있었다. 그는 천하의 천학 장사성이 아니던가.

"사실은 그를 한 번 만나고 싶은 생각이 들어서 그렇습니다. 하지만 지금 제가 얼굴을 드러낼 수는 없지요. 이미 화산에서 저와 호 어르신, 그리고 호 대협의 인상착의를 구파에 돌렸을 테니까요. 특히 개방에는……."

송문악이 더 이상 부인하지 않고 대답했다.

"맞는 말이다. 화산에서 우리를 쫓는다면 가장 먼저 개방에 협조를 구했을 것이다. 그런데 넌 왜 그를 만나고 싶어하는 것이냐? 그냥 호기심 때문이라기에는 네 관심이 지나친 듯 보이는데?"

그러자 송문악이 조금 상기된 목소리로 말했다.

"황룡 연심환, 그분은 제 아버님의 의제(義弟)가 되시지요."

"아니, 그게 정말이냐?"

반문하는 장사성뿐만 아니라 장내에 있던 일행들이 놀란 눈으로 송문악을 바라봤다. 그리고 그것은 어찌 보면 당연한 반응들이기도 했다. 비록 귀곡육절의 명성이 강호에 널리 알려졌다고는 하나 귀곡의 문도와 구파일방의 최고 후기지수는 서로 의형제를 맺기에 어울리지 않는 사이라 할 수 있었다. 더군다나 황룡 연심환은 개방의 차기 방주 자리를 예약한 절정고수일 뿐 아니라 알려진 바로는 구파일방에 대한 자존심도 무척 강한 인물로 알려져 있었다.

"그렇습니다. 아주 오래전 두 분은 서로 의형제를 맺었다고 하더군요."

"음, 그럼 넌 그를 만난 적이 있다는 말이냐?"

그러자 송문악이 천천히 고개를 저었다.

"서로 만난 적은 없습니다. 단지 전 지난번 운남 하구에 신기루가 나타났을 때 멀리서 그를 본 적이 있지요."

"음… 그렇구나. 그래서 네 표정이 그랬던 것이로구나. 그런데 그는 네 아비에게 너와 같은 아들이 있다는 것을 알고 있느냐?"

"저도 그건 모르겠습니다. 아버님이 이야기를 하셨는지 안 하셨는지……."

"음… 알겠다. 하지만 오늘은 그를 만나지 말도록 하여라. 그가 비록 네 아버지의 의형제일지는 몰라도 또한 구파일방의 인물. 네가 화산에 들었던 사람이라는 것을 알게 되었을 때 그의 행동을 예측하기는 어렵다."

"알겠습니다, 어르신."

송문악이 순순히 고개를 끄덕였다.

"그럼 내 다녀오마."

그 말을 남기고 장사성이 방문을 벗어났다.

장사성이 돌아온 것은 황룡 연심환을 만나러 나간 지 한 시진이 경과했을 무렵이었다. 객잔에 든 이후 일행들은 바깥출입을 삼가고 있었기 때문에 장사성이 돌아오자 지루한 시간을 보내던 일행들의 관심이 자연스럽게 황룡 연심환과 장사성 간에 오간 이야기에 쏠렸다.

"구파의 추격대가 구성되었다는 말이오이까?"

호교상의 입에서 걱정스런 목소리가 흘러나왔다.

"그렇습니다. 아마도 화산에서의 일뿐만 아니라 형산에서의 일 또한 드러난 모양입니다. 강호에는 화산의 소식만 전해졌지만 말이외다."

"황룡이 그리 말하더이까?"

이번에는 주마왕 풍석동이 물었다. 여간해서는 호탕한 기운을 잃지 않는 그도 구파의 추격대 소식을 듣고는 안색이 어두워져 있었다.

"정확히 형산선검 검무위의 죽음을 입에 올린 것은 아닙니다. 단지 지나가는 말로 형산을 입에 올리더군요. 아마도 구파일방에게는 무극자 추백의 죽음보다는 형산선검 검무위의 죽음이 훨씬 충격적인 일이었을 겁니다. 당연히 그의 죽음에 대한 소식은 철저히 비밀에 붙여졌을 것이고 말입니다."

"음… 그렇겠구려. 무극자 추백이야 그들에게는 그저 사당을 지키는 늙은 화산문도에 지나지 않았을 테니 말이외다. 그나저나 결국 신기루도 움직이고 있겠구려."

"당연한 일입니다. 형산선검과 무극자 추백의 죽음이 알려진 이상 당연히 신기루도 움직였다고 봐야겠지요. 아마 이번 구파의 추격대도 어쩌면 신기루의 입김이 작용해 만들어졌을 수도 있습니다."

"음… 그렇다면 더욱 조심해야겠구려. 그들의 눈과 귀가 어디에 있을지 모르는 일이니 말입니다.”

“그래야 할 듯합니다. 물론 지금까지도 그랬지만 앞으로도 바깥출입은 삼가 주셔야겠습니다. 그리고 내일 아침 일찍 이 곤명을 떠나도록 하지요. 이곳은 아무래도 눈이 너무 많군요.”

장사성의 말에 일행들이 저마다 고개를 끄덕였다.

“그렇게 하도록 합시다. 쉬더라도 인적이 없는 곳을 찾아 쉬도록 합시다.”

“자, 그럼 오늘은 그만 일찍들 잠자리에 들도록 하시지요. 내일부터는 좀 더 험한 길을 가야 할 테니 말입니다.”

장사성의 말이 끝나자 일행이 제각기 자신들의 방으로 돌아갔고 방 안에는 송문악과 장사성 두 사람만이 남게 되었다.

“그가 다른 이야기는 하지 않았습니까?”

사람들이 방문을 벗어나자 송문악이 물었다.

“그는 일단 나에게 동행이 있는지를 묻더구나.”

“그래서 뭐라고 하셨는지요.”

“음, 몇 명 있다고 했지. 너도 알다시피 개방의 눈은 무섭다. 이미 나에게 일행이 있다는 것을 알고 온 눈치였다. 그런 사람에게 일행이 있다는 것을 부인하면 오히려 의심을 받게 마련이지.”

“우리의 정체에 대해서는……?”

“물론 그는 물었지만 그가 알지 못하는 사람들이라고 둘러

댔다."

"그가 순순히 그것을 믿을까요?"

"후후, 믿고 안 믿고는 그의 사정이지. 하지만 그가 아무리 개방의 황룡 연심환이라 할지라도 감히 날 추궁할 수는 없지. 그리고 꼭 그 방법이 아니라도 그는 자신이 충분히 우리 일행의 정체를 파악할 수 있으리라 생각했을 것이다. 아마도 그는 객잔에서 나간 즉시 가장 뛰어난 개방의 방도들을 이 객잔 주변에 배치했을 것이다."

"그렇다면 결국 우린 그의 감시하에 들어가게 된 것이규요."

"지금으로선 그렇다고 봐야겠지. 따라서 우린 좀 더 주의해서 움직여야 할 것이다. 그런데……."

장사성이 살짝 말꼬리를 흐렸다.

"더 하실 말씀이 있으신지요?"

"너는 혹 황룡 연심환의 성정에 대해 들은 바가 있느냐?"

"듣기로 그는 무척 단호하며 자존심이 강한 인물이라 하더군요. 알려진 구파일방의 후기지수 중에는 가장 호협한 성정이라고도 들었습니다만."

"네 말이 맞다. 그는 영웅의 기질이 있는 사람이지. 그리고 또 하나의 특징을 들라면 그는 제법 성미가 급한 사람이기도 하다."

장사성이 말끝에 살짝 미소를 지어 보였다.

“갑자기 그런 말씀은 왜 하시는 건지요?”

이미 장사성의 표정에서 그의 머릿속에 다른 생각이 들어 있다는 것을 깨달은 송문악이 물었다.

“후후, 그는 어쩌면 직접 우리의 뒤를 쫓을지도 모르겠구나.”

“그가 직접 말입니까?”

“그렇다. 아까 우리 일행들에 대해 이야기할 때 그의 표정은 무척 호기심이 동한 모습이었다. 그러니 그의 성격상 수하들이 우리의 정체를 알아올 때까지 기다리지는 않을 것이다. 그가 직접 움직일 가능성이 크다고 할 수 있지.”

“음… 그렇다면 좀 더 상황이 어려워지겠군요. 그의 무공은 이미 널리 알려진 바가 아닙니까?”

“그렇다고 봐야겠지. 그러니 우린 정말 조심해야 한다. 아직은 강호에 우리의 정체가 알려질 시기가 아니니까 말이다.”

“그래야겠군요. 아마도 백인탑에 가까이 갈수록 점점 위험해지겠군요.”

“흠, 그거야 어쩔 수 없지. 하지만 천하의 무림인을 모두 불렀으니 신기루든 구파일방이든 우리에게만 관심을 집중시킬 수는 없을 것이다. 자, 우리도 그만 쉬도록 하자꾸나.”

“알겠습니다, 어르신.”

그렇게 두 사람이 든 방의 등불도 꺼졌다. 그리고 얼마 지나지 않아 작고 낡은 객잔은 깊은 잠 속으로 빠져들었다.

황룡 연심환이 직접 움직일 것이란 장사성의 예상은 정확히 들어맞았다, 단지 그 시기가 장사성이 예측한 것보다 훨씬 빨랐다는 것을 제외하고는.

칠흑 같은 어둠이 내린 낡은 객잔의 담벼락에 불쑥 거대한 물체가 나타났다. 밤중에 먹이를 찾아 민가로 내려온 대호처럼 잔뜩 웅크렸던 물체가 한순간 훌쩍 담장 위에서 떠오르자 이내 한 명의 사람 모습으로 변했다. 담장을 날아오른 불청객은 허공을 격하고 은밀하게 이동해 일반 민가와는 달리 담과 누적 가깝게 붙어 있는 객잔의 지붕 위에 가볍게 내려섰다.

객잔의 지붕은 몹시 낡아 작은 충격에도 곧 무너져 내릴 것 같았지만 육중한 불청객이 내려섰음에도 그의 발밑에서는 아무런 소음도 일어나지 않았다.

그는 일단 지붕에 올라선 이후 자세를 낮추어 주위를 살핀 후 아무런 인기척이 없자 이내 지붕 끝으로 내려와 담과 마주 보고 죽 이어진 객방의 바깥쪽 벽 옆으로 내려섰다. 그리곤 연이어진 창문들을 하나하나 유심히 살피다가 그중 하나의 창문에서 시선을 멈췄다.

그리고 잠시 후 그의 신형이 미끄러지듯 시선이 멈춘 창문 쪽으로 이동하더니 망설이지 않고 손을 들어 창문의 한쪽을 가볍게 밀었다. 그러자 그의 손이 닿은 창문이 아무런 저항

없이 안쪽으로 열리는 것이었다. 그런데 막 창문을 열던 불청객이 다음 순간 전혀 예상치 못한 움직임을 보였다.

밤을 도와 객방에 침입할 사람이라면 당연히 소리없이 열린 창문 안으로 스며들었어야 옳았지만 그의 신형은 순식간에 창문에서 멀어지더니 가볍게 땅을 차고 애초에 그가 올라섰던 객잔의 지붕 위로 날아오르는 것이었다.

"이런……!"

그렇게 급히 지붕 위로 올라선 불청객의 입에서 나직한 음성이 흘러나왔다. 그가 올라선 지붕 위에는 이미 그를 기다리고 있는 사람이 조용히 서 있었던 것이다.

송문악은 굳이 얼굴을 가리지 않았다. 비록 그의 얼굴을 그린 첩지가 구파에 돌았다고 하더라도 그가 화산에 들 때는 선도를 닦는 도인의 모습이었고, 지금은 그저 평범한 장사치의 모습을 하고 있었기에 이렇게 어두운 밤에 그의 얼굴을 알아볼 사람은 없다는 판단에서였다.

기다리고 있던 송문악과 막 지붕 위에 올라서는 불청객의 시선이 허공에서 정면으로 마주쳤다. 그리고 그렇게 둘은 한동안 말없이 서로를 마주 보고 서 있었다.

피식!

그러다 갑자기 불청객이 헛웃음을 뱉어냈다. 그리고는 두 팔을 들고 당당한 목소리로 말했다.

"이거 영 체면이 말이 아니군. 그냥 보내주겠소? 아니면……."

"당신의 이름과 이곳에 온 이유를 말해준다면. 그래서 나와 우리 일행에게 해가 없는 사람이란 것이 밝혀진다면 그냥 가도 좋소."

송문악의 대답에 불청객의 고개가 살짝 갸웃거려졌다.

"젊군. 하지만 강해!"

불청객의 입에서 감탄의 말이 흘러나왔다. 하지만 상대의 칭찬에도 송문악은 그저 묵묵히 불청객의 답을 기다릴 뿐 별다른 응대를 하지 않았다. 그러자 불청객이 가볍게 한숨을 내쉬고는 천천히 입을 열었다.

"이거 오늘 잘못하면 큰 낭패를 당하겠군. 나도 그대의 요구대로 내 이름 석 자를 말해주고 이곳을 벗어나고 싶지만 내 이름이 드러나면 내 체면이 말이 아니게 되니 그러긴 어렵소. 단지 내가 이곳에 온 것은 그대들을 해칠 의도로 온 것이 아니라는 것은 맹세할 수 있소. 이 정도로는 안 되겠소?"

그러자 송문악이 천천히 고개를 저었다. 불청객은 송문악의 반응에 그럴 줄 알았다는 듯 묵묵히 고개를 끄덕인 후 다시 입을 열었다.

"그러리라 생각했소. 난 이름을 밝히기가 껄끄럽고 그대는 나의 이름을 들어야 한다고 하니 역시 방법은 한 가지뿐이군. 재주를 겨뤄볼 수밖에!"

말이 끝남과 동시에 불청객의 신형이 움직였다. 거대한 체구가 바람처럼 낡은 지붕 위를 달렸다. 그는 송문악의 곁을 스치듯 지나치더니 훌쩍 몸을 날려 자신이 처음 객잔에 침입할 때 올라섰던 담장 위에 내려섰다. 그의 움직임이 너무 빨라서인지 송문악은 객잔을 벗어나려는 그를 막아서지 못했다.

"기회가 되면 또 봅시다."

불청객의 입에서 걸쭉한 인사말이 흘러나오더니 순식간에 담장 위에서 자취를 감추었다.

송문악 등이 머무는 객잔은 곤명의 객잔 중에서 무척 등급이 낮은 곳이었으므로 그 위치도 성의 외곽 쪽에 자리 잡고 있었다. 그래서 조금만 이동하면 곳곳에서 우거진 숲을 만날 수 있었다. 객잔을 벗어난 불청객이 그 숲 중 한 곳에 들어서더니 걸음을 멈추었다.

"뒤를 쫓지는 않는군."

불청객이 걸음을 멈춘 후 객잔 쪽을 보며 중얼거렸다. 그로서는 한바탕 드잡이질을 각오했는데 의외로 상대가 순순히 자신을 놓아준 것에 대해 안도하는 목소리였다.

하지만 다음 순간 그가 다시 자신의 길을 가기 위해 몸을 돌렸을 때 그의 입에서 당혹성이 흘러나왔다.

"음… 이건……!"

어느새 그의 앞에는 지붕 위에서 그를 막아섰던 송문악이 우두커니 서서 그를 바라보고 있었던 것이다.

"놀랍군. 뒤따르는 것을 전혀 눈치 채지 못했는데."

불청객의 입에서 감탄의 목소리가 흘러나왔다.

"당신의 신법도 무척 감탄스러웠소."

송문악이 담담한 목소리로 상대의 무공을 칭찬했다.

"객잔에서는 일부러 날 막지 않은 것이군."

"많은 사람들이 잠들어 있는 곳에서 소란을 피울 수는 없는 일이니까 말이오."

송문악의 말에 불청객이 고개를 끄덕였다.

"좋아. 이렇게 된 이상 어쩔 수 없지. 그대가 내 앞을 막을 수 있는지 시험해 볼 수밖에!"

말이 끝남과 동시에 불청객이 송문악을 향해 날아들며 매서운 일장을 떨쳐 냈다.

우웅!

그의 손에서 발출된 장력이 묵직한 파공음을 내며 송문악의 가슴 정면을 향해 파고들었다. 장력은 그 날카롭기가 마치 검이 만들어낸 검기와 같이 매서웠다. 하지만 단 한 번에 송문악을 제압할 수 있는 장력의 소유자는 현 강호에 존재하지 않았다. 송문악이 슬쩍 한 걸음을 옆으로 떼어놓자 그의 신형이 잔영을 남기며 순식간에 일 장을 이동해 상대의 장력에서 벗어났다.

"정말 대단한 신법이오! 오늘 내가 정말 대단한 고수를 상대하게 되었군."

불청객의 입에서 연간 감탄사가 흘러나왔지만, 공세는 멈추지 않고 있었다. 불청객이 펼치는 장법은 무척이나 신묘해서 보통 한두 수의 공격으로 끝나는 다른 장법들과는 달리 끊어지지 않는 실처럼 쉬지 않고 장력을 쏟아내고 있었다.

'이건 정말 대단한 장법이군.'

송문악도 상대의 장법에 혀를 내두르며 연신 영보를 펼쳐 불청객의 장력을 피해내고 있었다.

그런데 두 사람이 펼쳐 내는 무공이 무척 고절한 것이기는 하나 그 싸움의 양상이 그리 치열한 것은 아니었다. 그것은 서로 상대방의 목숨을 노리지는 않는다는 의미. 불청객은 그저 몸을 빼 길을 가는 것이 목적이었고 송문악은 그런 불청객의 길을 막고 상대의 정체를 알아내는 것이 목적이었다. 당연히 살기가 깃든 살초를 펼쳐 내는 사람은 없었다.

"하하하! 이거 정말 오랜만에 적수다운 적수를 만났는데 하필이면 이런 인연이라니, 이런 밤중에 만나지 않았다면 내 술이라도 한잔 권했을 텐데 말이야."

호쾌하게 장력을 뻗어내며 불청객이 호방한 웃음을 터뜨렸다. 한판의 멋드러진 대결이 그에게는 무척 기분 좋은 모양이었다. 그런 그에게서는 한밤중에 은밀히 사람들이 잠든 객잔으로 스며든 자의 음울함 같은 것이 전혀 느껴지지 않았다.

'그 성정 또한 호탕한 듯하구나. 이런 자가 왜 밤을 도와 객잔에 스며들려 했을까?

송문악은 싸움을 하는 와중에도 점점 상대에게 호감을 느끼는 자신을 발견했다. 비록 자신의 이름을 밝히지는 않았지만 이 불청객의 행동과 무공은 무척 호방하고 시원시원해 자연스럽게 그에 대한 호감이 생겨났던 것이다. 하지만 그러면 그럴수록 점점 상대의 정체에 대한 호기심이 커져 가는 것은 어쩔 수 없었다.

'누군지 정말 궁금하군.'

송문악은 상대에 대한 호기심이 부쩍 강해지자 여유를 가지고 대적하던 것에서 벗어나 드디어 서서히 자신의 전력을 끌어올리기 시작했다. 일단 진기를 높이자 송문악의 신형이 눈에 보이지 않을 정도로 빠르게 움직이기 시작했다.

"음……!"

송문악의 움직임이 급변하자 불청객의 입에서 다시 한마디 신음성이 흘러나오더니 덩달아 그가 펼쳐 내는 장력도 그 매서움을 더해가는 것이었다. 그렇게 두 사람이 적수공권으로 격돌하기를 다시 이십여 초. 불현듯 송문악의 허리춤에서 한줄기 빛이 번쩍였다. 그 빛은 기이한 곡선으로 불청객의 심장을 노리며 날아갔는데, 그 쏘아지는 방위가 정확하게 불청객의 장법의 허점을 파고든 것이라 불청객의 입에서 한순간에 당혹한 헛바람이 새어 나왔다.

"엇!"

　불청객의 장법이 싸움을 시작한 이후 처음으로 흐트러졌
다. 지금껏 공세의 입장에 있었던 불청객이 급히 몸을 옆으로
비껴 서며 기습적인 송문악의 검초를 아슬아슬하게 피해냈
다. 하지만 그가 송문악의 일초를 간신히 피해내는 순간 싸움
은 이미 끝이 나 있었다.

　애써 몸을 틀어 송문악의 일초를 피해낸 후 반격을 위해 재
빨리 자세를 바로잡는 불청객의 목 언저리에 어느새 새파란
청광을 번쩍이는 한 자루 검날이 와 닿았던 것이다.

　"이건!"

　순간 불청객의 입에서 그 의미를 알 수 없는 경악성이 터져
나왔다. 어찌 보면 자신을 순식간에 제압한 상대의 무공에 낭
패한 소리 같기도 하고 또 어찌 보면 그것과는 달리 무엇엔가
에 의혹을 담은 목소리 같기도 했다.

　그의 시선은 자신의 목젖 바로 앞에 와 닿아 있는 새파란
검날에 고정되어 있었다. 그리고 그의 입에서 떨리는 음성이
흘러나왔다.

　"넌 누구냐?"

　의혹과 적의가 함께 담겨 있는 목소리.

　"당신의 이름을 먼저 말하는 것이 예의가 아니겠소?"

　송문악이 상대의 물음에 담담한 목소리로 되물었다. 하지
만 불청객은 송문악의 말을 무시하며 차갑게 가라앉은 목소
리로 재차 물었다. 그리고 그의 질문은 송문악을 놀라게 만들

었다.

"네가 왜 청명검 송무군, 송 의형의 청명검을 가지고 있는 것이냐?"

순간 송문악의 눈이 번쩍였다. 상대는 청명검을 알고 있다. 그리고 그는 자신의 아버지 송무군을 의형이라 부르고 있었다. 그렇다면!

'그렇군. 천학 어르신의 예상대로 그가 움직인 것이었군. 예상보다 빨리 움직이긴 했지만… 성정이 급한 편이라더니, 이제 보니 무척 급한 사람이었군.'

송문악은 이내 상대의 정체를 알아챘다. 청명검을 알아보고 송무군을 의형이라 부르며 천학 장사성이 잠든 객잔을 살피러 올 수 있는 고절한 장법의 소유자는 오직 한 사람밖에 없었다.

"황룡 연심환!"

송문악이 자신도 모르게 낮은 목소리로 중얼거렸다.

"결국 정체를 드러내고 말았군. 그렇다. 내가 바로 황룡 연심환이다. 자, 이제 너의 정체를 말하라. 넌 도대체 누구냐? 왜 네가 돌아가신 송 의형의 청명검을 가지고 있는 것이냐?"

황룡 연신환이 자신의 정체가 드러난 것을 아쉬워하면서도 송무군의 청명검을 들고 있는 젊은 고수의 정체가 못내 궁금한지 송문악의 정체를 재차 캐물었다.

송문악의 검은 여전히 황룡 연심환의 목에 닿아 있었다. 그 상태 그대로 송문악은 갈등하고 있었다. 자신의 정체를 드러낼 것인가, 아니면 이대로 연심환을 돌려보낼 것인가? 그도 아니면 비록 아버지 송무군의 의제이긴 하지만 앞으로 자신들의 행보에 방해가 될지도 모르는 연심환의 목을 벨 것인가? 하지만 그 어느 것도 선택하기 어려운 문제였다.

"지금 당신을 놓아 보낸다면 당신은 반드시 우리의 뒤를 쫓아 내 정체를 알아보려 하겠지?"

송문악이 묻자 연심환이 고개를 끄덕였다.

"그렇다. 나로서는 송 의형의 청명검을 지닌 자의 정체를 알아보지 않을 수 없으니까."

"당신의 목숨이 걸린 일이라 해도 그 결심은 마찬가지요?"

그러자 연심환이 호탕한 웃음을 터뜨렸다.

"껄껄껄! 그대가 강호에서 이 연심환의 이름을 들어보았다면 그 질문의 답을 알고 있을 것이다. 이 연심환, 목숨에 연연해 궁금한 것을 모른 척 지나가는 사람이 아니다. 더욱이 그것이 나의 의형에 대한 일이라면 더더욱 말이다."

"곤란하게 되었구려. 난 나의 정체를 알려는 사람을 살려둘 수 없는 입장이니 말이오."

"그래? 그렇다면 죽여라. 그것이 지금 그대가 선택할 수 있는 유일한 길인 것 같군. 그런데 기왕에 날 죽일 거면 그대의 정체를 알려주고 죽이면 안 될까?"

연심환에게는 자신의 죽음이 한 줌의 무게도 지니지 않은

듯 보였다. 그의 표정에서 목숨을 위협당하는 자의 두려움은
전혀 찾아볼 수 없었다. 그러자 오히려 곤란해진 것은 송문악
이었다. 황룡 연심환을 그대로 돌려보내면 이후 그가 개방의
고수들을 이용해 자신들을 추적할 것은 너무도 분명한 일이
었다. 그리고 일단 개방의 본격적인 추격이 시작되면 그들의
눈에서 벗어난다는 것은 거의 불가능에 가까운 일이라 할 수
있었다.

'그렇다면… 모험을 할 수밖에!'

송문악의 눈빛이 반짝였다. 그리곤 연심환의 목에 대어져
있던 청명검을 거두어들였다.

"당신이 알고 있는 사람 중에 당신의 의형으로부터 청명검
을 물려받을 자격을 갖춘 사람이라면 누가 있겠소?"

갑작스런 송문악의 질문에 연심환의 눈빛이 흔들리더니
이내 깊은 생각에 잠겼다. 그리곤 어느 순간 연심환의 눈이
밝은 별처럼 반짝이기 시작했다. 동시에 묵직한 음성이 그의
입에서 흘러나왔다.

"내가 알고 있는 한 송 의형의 청명검을 물려받을 수 있는
사람은 오직 한 사람뿐이다."

"그가 누구요?"

그러자 연심환이 송문악을 꿰뚫을 듯한 눈빛으로 쏘아보
며 입을 열었다.

"그는 바로 송 의형의 아들이다!"

연심환의 눈은 여전히 송문악의 눈동자에 고정되어 있었고, 송문악 역시 어둠 속에 별처럼 빛나는 연심환의 눈동자를 피하지 않았다. 그리고 이윽고 송문악의 입이 열렸다.

"청명검은 자신을 소유할 정당한 자격을 지닌 사람에게 전해졌습니다."

순간 연심환의 눈이 한껏 커졌다.

"네 이름이 무엇이냐?"

"인사 올리지요, 연 의숙. 제가 바로 청명검 송무군의 아들 송문악입니다."

송문악이 한 걸음 뒤로 물러나며 연심환에게 깊이 허리를 숙여 인사를 올렸다.

"네가… 네가 문악이란 말이냐?"

연심환은 믿을 수 없다는 눈빛으로 송문악을 보며 되물었다.

"그렇습니다. 제가 바로 문악입니다."

송문악이 고개를 끄덕였다. 둘의 시선은 여전히 허공에서 맞대어져 있었다. 그렇게 잠시의 침묵이 이어졌다. 그리고 잠시 후 연심환은 상대의 말이 진실임을 깨달았다. 거짓을 말하는 눈동자는 이렇게 당당할 수 없다.

"네가 어떻게 이곳에 있는 것이냐? 아니, 어떻게 천학 장사성과 함께 동행하게 되었느냐?"

연심환이 불쑥 침묵을 깨며 물었다. 그러자 송문악이 정색을 한 목소리로 대답했다.

"만약 제가 연 의숙의 그 질문에 대답을 하게 된다면 어쩌면 전 이 청명검으로 연 의숙의 목숨을 취해야 할지도 모릅니다."

"그깟 목숨 따위야 지금 거론할 문제가 아니지. 어서 말해 보거라. 넌 지금 무슨 일을 하고 있는 것이냐?"

그러자 송문악이 작은 한숨을 내쉬며 고개를 저었다.

"연 의숙께서는 정말 절 궁지로 몰아넣으시는군요."

곤란해하는 송문악을 바라보다 연심환이 단호한 목소리로 입을 열었다.

"내가 알고 있는 송 의형은 천하에 제일가는 의협이셨다. 난 송 의형의 아들이라면 당연히 하늘을 우러러 부끄럽지 않을 인물이 되었으리라 기대한다. 그런데 네가 지금 나에게 네 자신에 대해 말하지 못하는 것은 혹 나의 기대에 어긋난 일을 하고 있기 때문이더냐? 설마 그런 것은 아니겠지?"

연심환의 목소리가 추상같다.

"전 지금 아버님의 복수를 시도하고 있습니다. 그리고 그것은 무림의 하늘에 대적하는 일이지요. 하지만 그것이 인간의 도리에 어긋나는 일이라고는 추호도 생각해 본 적이 없습니다."

"무림의 하늘?"

연심환이 의혹이 가득 담긴 목소리로 되물었다.

"그렇습니다. 바로 지난 백 년간 무림의 하늘을 자처하는 자들을 상대하는 일이지요. 연 의숙께서는 지금부터 이 조카의 이야기를 들어보십시오. 그리고 과연 이 조카가 아버님의 명예에 흠이 되는 일을 하고 있는지 판단해 주시기 바랍니다. 그리고 이 이야기가 모두 끝난 후 어쩌면 전 연 의숙께 큰 죄를 지을지도 모르겠습니다."

그렇게 송문악의 입에서 지난 세월의 이야기가 흘러나오기 시작했다.

第六章

추격대(追擊隊)

느티나무는 여전히 그 자리에 서 있었다. 과거 송문악이
운남 하구에 나타난 신기루의 혈난에서 벗어나 무각과 후일
을 기약하며 헤어졌던 곳, 곤명성 남문 밖 느티나무 아래에
송문악과 연심환이 서 있었다. 두 사람은 어느새 객잔 인근의
숲으로부터 느티나무 아래에까지 이동해 있었던 것이다. 그
리고 그 느티나무 아래에서 송문악의 이야기는 끝이 났다.

이야기가 끝이 났을 때, 송문악의 눈빛은 무심했다. 아니,
무심한 것이 아니라 차갑다는 말이 어울렸다. 그리고 그것은
곧 살황 고산앙에게서 전수받은 살수의 눈빛, 어떤 흔들림도
없이 무심한 경지에서 사람을 죽일 수 있는 그런 상태를 나타

내는 눈빛이었다.

'이제 생과 사의 선택은 오로지 연 의숙의 몫이다.'

자신의 이야기가 끝난 지 오래임에도 침묵을 지키고 있는 연심환을 슬쩍 바라보며 송문악이 생각했다. 그는 만약 연심환이 자신과 일행들의 행보에 어떤 장애물이 될 것이 확실하다고 판단되는 순간 가차없이 손을 쓸 생각이었다. 그 결정은 그가 연심환에게 신기루에 대한 이야기를 시작할 때 이미 내려진 것이었다.

갈등을 지워 버린 송문악과는 달리 연심환은 미처 송문악의 모습에 신경을 쓰지 못할 정도로 심각한 혼란에 빠져 있었다. 송문악이 전한 이야기들, 신기루의 전설이 가지고 있는 비밀들과 그로 인해 지속된 구파일방의 백 년간의 군림, 그 한가운데에 개방과 자신이 서 있었다.

그리고 이제 그는 선택의 기로에 서 있었다. 그 모든 것을 받아들이고 이대로 천하무림의 지배자로 살아가야 하는 것인지, 아니면 그것들을 부정하고 새로운 삶을 살아가야 할 것인지… 그리고 결정의 끝에는 십여 년 전 죽은 자신의 의형 청명검 송무군의 아들이 서 있었다.

연심환이 문득 고개를 들어 송문악을 바라봤다. 그리고 그제야 연심환은 송문악의 무심한 눈빛을 발견했다.

'이 아이는?

당혹스런 느낌이 연심환의 뇌리를 강타했다. 그는 노련한 고수였다. 송문악의 모습에서 이미 그가 무슨 생각을 하고 있는지 읽어낼 만한 노련함이 연심환에게는 있었다.

"날 벨 자신이 있느냐?"

문득 연심환이 물었다. 송문악의 생각을 읽은 그였지만 목소리에서는 분노가 느껴지지 않았다. 그러자 송문악이 천천히 연심환을 돌아봤다. 그리곤 진심 어린 목소리로 입을 열었다.

"그런 일이 없기를 바랄 뿐입니다."

그러자 갑자기 연심환이 호탕한 웃음을 터뜨렸다.

"핫하하! 정말 기분 좋구나. 당금 천하의 그 누가 감히 이 연심환에게 그런 말을 할 수 있겠느냐. 암! 송 의형의 아늘이라면 그 정도 배포는 있어야지."

"어떻게 하실 생각이신지요?"

연심환의 말끝에 송문악이 물었다. 한 올의 기대감이 송문악의 말에서 묻어났다. 그러자 연심환이 되물었다.

"내가 어떡했으면 좋겠느냐?"

연심환의 질문은 진지했으며, 정말 송문악에게 자신의 행보에 대한 의견을 듣고 싶어하는 목소리였다.

"전 그저 연 의숙께서 이 모든 일이 끝날 때까지 강호에서 한 걸음 물러나 계셨으면 합니다."

"모든 일이 끝날 때까지……?"

"그렇습니다."

"네가 생각하는 이 일의 끝은 무엇이냐? 신기루의 몰락이
냐?"

"제가 바라는 결말은 그것이지요. 하지만 결과는 달라질
수도 있습니다. 오히려 저와 제 일행들이 죽을 수도 있겠지
요."

그러자 연심환이 정색을 하며 말했다.

"만약 네가 죽는 것이 이 일의 끝이라면 나더러 송 의형의
아들이 죽을 때까지 조용히 기다리고 있으란 말을 하는 것이
냐?"

"그것이 연 의숙과 제가 이 복잡한 강호사에서 서로에게
상처를 주지 않는 유일한 방법이 아니겠습니까?"

"왜 그것만이 유일한 방법이라고 생각하느냐?"

그러자 송문악의 눈에 살짝 의혹이 서렸다.

"의숙께서는 다른 방도가 있으십니까?"

그러자 연심환이 천천히 고개를 끄덕였다.

"물론 나에게는 좀 다른 생각이 있다."

송문악이 연심환을 바라봤다. 어둠 속에서 연심환이 빙긋
웃음을 웃었다고 느끼는 순간 다시 연심환의 입이 열렸다.

"이건 어떠냐? 이 일이 끝날 때까지 내가 너와 함께 동행하
는 것은?"

순간 송문악의 무심한 눈빛이 흔들리면서 놀란 눈으로 황
룡 연심환을 응시했다.

"동행을요?"

"그렇다."

"하면 우리와 함께 신기루와 싸우겠다는 말씀이십니까?"

송문악의 눈에 의혹이 가득 담겼다.

"왜, 어려운 일이냐? 나는 너의 일행에 포함될 자격이 없는 사람이냐?"

그러자 송문악이 천천히 고개를 저었다.

"이건 자격의 문제가 아니지요. 연 의숙은 누가 뭐래도 개방을 대표하는 분이십니다. 연 의숙께서 차기 개방의 방주가 될 것이라는 소문은 강호무림인이라면 누구도 의심치 않는 사실이지요. 반면에 개방의 성세는 바로 백 년간 이어온 신기루의 전설에 의해 이루어진 것입니다. 그런데 연 의숙께서 그 개방의 성세를 무너뜨릴지도 모를 싸움에 동참하시겠단 말씀이십니까?"

"음… 확실히 이 문제는 간단한 문제가 아니란 것을 나도 알고 있다. 나도 그래서 고민을 했던 것이고, 또한 내가 본 방에 해를 끼치면서까지 강호의 정의를 고집할 만큼 대단한 협객도 아니다. 오히려 본 방에 이익이 되는 일이라면 웬만한 비난쯤이야 감수할 수 있는 사람이라고 할 수 있지."

"그런데 왜……?"

"두 가지 이유 때문이다."

"그게 무엇입니까?"

"하나는 나의 호기심 때문이지. 네 말대로 강호를 잠시 떠나 있으면 나도 곤란한 상황을 피할 수 있겠지. 하지만 난 그동안 너와 신기루의 싸움이 어떻게 전개되는지, 또 그 와중에 우리 개방은 어떤 처지에 처하게 될지 무척 궁금할 것이다. 이 연심환은 그런 궁금증을 견뎌낼 만한 인내심이 없는 인간이란다. 그리고 두 번째는 바로 너 때문이다."

"저 때문이라뇨?"

"네가 바로 송 의형의 아들이기 때문이지. 난 네가 다른 사람의 손에 죽는 것을 그냥 두고 볼 수는 없다. 송 의형의 죽음에 대한 진실을 안 이상 내가 어찌 너를 또 그들의 손에 죽게 만들 수 있단 말이더냐?"

"하지만 그건 곧 개방의 이익에 반하는 결과를 가져올 겁니다."

그러자 황룡 연심환이 천천히 고개를 저었다.

"꼭 그렇지만은 않다. 애초에 정도가 아닌 방법으로 얻어진 권력이라면 이쯤에서 구파일방의 시대를 마감하는 것이 좋을 것이다. 그것이 오히려 구파일방을 위해서 더 좋은 일일지도 모르지. 그렇지 않다면 어느 순간 우리 자신도 모르게 구파는 멸망의 길로 들어설지도 모른다. 사실 요즘 구파는 너무 높이 올라가고 있었다. 강호의 다른 문파나 고수들과 너무 많은 거리를 두고 있어서 한순간 크나큰 폭발을 우려할 정도라고 할 수 있는 상황이었다. 그리고 그 폭발은 어쩌면 구파일방을 재기불능의 상태로 만들 수도 있을 것이다. 그러니 이번 신기루의 일을 통해 구파일방이 다시 강호의 무림 문파로 돌아올 수만 있다면 그것도 좋은 일이라 할 수 있을 것이다.”

“하지만 신기루의 모든 비밀이 드러나는 순간 구파일방은 어쩌면 전 무림의 공세에 시달리게 될지도 모릅니다.”

“하하하! 물론 그럴지도 모르지. 하지만 문악아, 그렇다고 구파일방이 멸문을 하거나 무너지지는 않을 것이다. 구파의 저력은 그렇게 약하지 않으니까. 꼭 신기루가 아니더라도 구파일방은 언제나 강호의 중심에 있는 문파들이었단다.”

송문악은 황룡 연심환의 대답에서 수백 년을 이어온 강호의 거목, 구파일방의 저력을 느낄 수 있었다. 그리고 황룡의 말은 사실일지도 몰랐다. 신기루가 구파일방을 강호의 지배자로 만들기는 했지만 그 밑바탕에 구파의 저력이 있기에 가능한 일이었을 것이다.

그러니 지금 당장 신기루가 사라진다면 구파일방은 강호의 신적인 존재에서 다시 하나의 강호 문파로 내려오겠지만 그들은 여전히 무림의 강자로 존재할 것이 분명했다.

“연 의숙의 말씀 잘 알겠습니다. 하지만 이 일은 저 혼자 결정할 수 없는 일이군요.”

송문악의 말에 연심환이 고개를 끄덕였다.

“그렇겠지. 가자! 내가 천학 어른의 허락을 받아보도록 하마!”

한 명의 고수가 또 송문악 일행에 합류했다. 그것도 무림에서의 명성으로 보자면 일행 중 가장 대단한 존재감을 지닌 인물이라고 할 수 있었다. 황룡 연심환, 차기 개방의 방주가 확실시되는 이 장년의 고수가 신기루를 향한 송문악 일행의 도전에 동참하게 된 것이다.

그리고 그 덕에 곤히 잠들어 있던 일행은 자정이 훨씬 지난 시각에 다시 장사성과 송문악이 머물고 있던 객방으로 모여들어야 했다.

"얼굴을 가리고 뒤로 물러나 있어야 할 거요. 워낙 유명한 사람이니 말이외다."

천학 장사성이 송문악을 따라온 황룡 연심환의 이야기를 듣더니 오랜 시간 침묵하다 처음 건넨 말이었다.

"그리하겠습니다."

장사성의 요구에 연심환은 순순히 고개를 끄덕였다. 그도 자신의 얼굴이 이미 강호에 알려질 대로 알려져 있다는 것을 잘 알고 있기 때문이었다. 그래서 그가 일행에게 처음 인사를 할 때 내뱉은 말도 이것이었다.

"번거롭게 해드려 죄송합니다."

황룡 연심환이 포함된 일행이라면 지금보다도 훨씬 더 조심스런 행보를 펼쳐야 할 터였다.

"음, 생각보다 별로 도움이 되지 않겠구먼!"

주마왕 풍석동의 투덜거림에도 연심환은 그저 빙긋 웃음을 지을 뿐이었다. 하지만 그런 연심환조차도 놀라지 않을 수 없는 일이 기다리고 있었다. 바로 한 젊은 여인이 그 얼굴을 드러냈기 때문이었다.

"화산의 백설아가 연 대협께 인사 올립니다."

연심환을 대하는 백설아의 얼굴이 그동안 일행과 함께 움직이면서 보였던 무거운 표정에서 벗어나 밝은 웃음을 되찾고 있었다. 그것은 그녀와 황룡 연심환이 이미 서로 안면이 있는 사이였기 때문이다.

"어찌 된 일이냐?"

애초에 송문익은 자신의 일에 대해 이야기하면서 일행들의 신세 내력에 대해선 이야기하지 않았기에 백설아를 만난 연심환의 놀람은 그만큼 컸다. 대화산파의 제자이자 화산 장문인 백운봉의 무남독녀가 신기루를 상대하려는 송문악 일행에 포함되어 있는 것은 확실히 놀라운 일이 아닐 수 없었다.

"자세한 이야기는 나중에 올리지요. 어쩌다가 이 일행에 포함되어 버렸어요."

"위 형은 이 일을 알고 있는가?"

"대사형은 제 일을 모르고 계세요."

"음, 화산에서 화산의 힘만으로 일을 처리하지 않고, 다른 곳에 연통을 돌려 화산의 침입자를 추격하는 이유가 따로 있었구나."

연심환이 살짝 눈빛을 흐리며 말하자 백설아가 되물었다.

"혹 대사형의 소식은 들으셨나요?"

"음, 그렇지 않아도 위 형과 구파의 추격대가 곤명에 육박하고 있다는 소식을 듣고 오는 길이었다."

그러자 장사성이 두 사람의 대화에 끼어들었다.

"낮에도 잠시 이야기를 했지만 그 구파의 추격대에 대해 좀 더 자세히 이야기해 보시게. 화산의 추격이 있을 거라 생각은 했지만 구파의 추격대가 구성된 것은 의외였거든……."

장사성이 어두운 표정으로 묻자 연심환이 즉시 물음에 대답했다.

"처음에는 화산에서 구파일방에 연통을 넣었습니다. 또한 형산에서도 무척 심각한 일이 발생했다는 소식이 구파일방에 전해졌지요. 그래서 구파일방의 장문인들께서 각파의 고수들을 파견하여 추격대를 만들게 된 것입니다. 추격대를 이끌고 있는 사람이 바로 화산대호 위 대협이지요."

"음… 그럼 개방에서는?"

"제가 가야 하는 곳이었으나 마침 제 사제가 이곳에 머물고 있어 그를 대신 보냈습니다."

"그들이 곤명에 근접했다고 했지?"

"전해 듣기로는 채 이틀 거리가 안 남았다고 했습니다만……."

그러자 장사성이 송문악을 보며 말했다.

"역시 서둘러 떠나야겠군."

"그리하지요. 어차피 내일 새벽에는 움직일 예정이었으니까요."

"음, 그런데 연 대협 자네는 이렇게 갑자기 자리를 비워도 괜찮은 건가?"

"어차피 저도 오늘내일 이 곤명을 떠날 생각이었습니다. 잠시 돌아가서 방도들에게 적당히 둘러대고 몸을 빼도록 하지요. 물론 누군가의 허락이 있어야 하겠지만 말입니다."

연심환이 미소를 지으며 송문악을 돌아봤다.

"아버님이 의형제를 맺은 분이시니 연 의숙을 믿을 수밖에요."

"하하, 이건 협박보다 더 무서운 말이군. 하지만 믿어도 좋을 거야. 이 연심환 한입으로 두말할 사람은 아니니까. 언제까지 돌아오면 되겠느냐?"

"저흰 동이 트기 전에 떠날 생각입니다만……."

"알겠다. 그럼 그때까지는 돌아오도록 하지."

그 말을 남기고는 연심환이 객방의 창문을 통해 밖으로 몸을 날렸다.

"제길, 이건 어째 점점 일이 묘하게 흘러가는 것 같군."

호교상이 연심환이 사라지는 것을 보고 있다가 중얼거렸다.

"뭐가 말입니까?"

호종위가 묻자 호교상이 얼굴을 찌푸리며 대답했다.

"본시 일이란 것은 단순한 게 제일 좋은 법인데 우리 일행은 이제 무척 복잡한 사람들이 뒤섞여 있게 되었으니 하는 말일세. 더군다나 황룡 연심환이라니… 그는 이미 구파일방의 장문인들과 같은 대접을 받고 있는 사람이 아니던가?"

"오늘 보니 과연 대단한 기도를 가지고 있긴 하더군요."

"그의 무공도 무공이지만 그가 가지고 있는 신분이 더욱 만만치 않은 것일세. 그는 개방의 후개가 아닌가? 허허, 좋은 일인지 나쁜 일인지 모르겠군."

호교상의 말은 일행 모두의 마음속에 있는 생각을 대변하고 있었다. 일행들은 비록 황룡 연심환의 동행을 받아들이면서도 이 일이 자신들의 행보에 어떤 영향을 끼칠지 전혀 예측하지 못하고 있는 것이었다.

"그나저나 잠을 자긴 글렀군. 이렇게 뜬눈으로 밤을 새울 수밖에!"

호교상의 투덜거림이 다시 이어지고 있었다.

황룡 연심환은 약속대로 동이 트기 전에 다시 객잔으로 돌아왔다. 그런데 객잔으로 돌아왔을 때 그는 전혀 다른 사람으로 변해 있었다. 개방 방도임을 증명하던 누더기 옷을 벗어버린 그는 깨끗한 흑색 장삼을 차려입고 있었다. 산발한 듯 지저분하던 머리도 말끔히 빗어 넘겨 뒤로 질끈 묶었고, 한 자루 고색창연한 장검을 허리에 차고 있었다.

그렇게 외모를 바꾸고 나자 그는 한 명의 거지에서 위풍당당한 강호의 대협으로 완벽하게 변신해 있었던 것이다.

"옷이 날개라더니, 과연 저렇게 차려입으니 황룡 연심환이 강호의 영웅임을 확실히 알겠군."

연심환이 돌아왔을 때 그의 모습에 감탄한 무각이 송문악에게 조용히 속삭인 말이었다.

어쨌든 연심환이 돌아오자 일행은 신속하게 객잔을 떠나 곤명성을 벗어나기 시작했다.

성을 벗어나자 짙푸른 수목이 어우러진 광활한 숲이 일행을 맞이했다. 운남은 중원과는 달리 사람들이 차지한 땅이 그리 넓지 않아 대부분의 지역이 깊은 숲과 강으로 어우러져 있었다. 덕분에 일행은 곤명을 벗어나고 얼마 지나지 않아 사람들의 이목에서 자유로워질 수 있었다.

*　　　*　　　*

"사형이 곤명을 떠났다고?"

황룡 연심환의 사제 공오의 눈에서 한 가닥 불꽃이 일었다.

"그렇습니다. 엊그제 새벽에 길을 떠나셨지요."

그의 앞에 서 있는 개방의 방도가 자신이 무슨 큰 잘못이라도 지은 듯한 표정으로 재빨리 대답했다.

"허! 이럴 수가 있나. 결국 내가 사형에게 멋지게 당하고 말았군. 방주께서 강호행에 나선 방도들을 소집했다는 말도 아마 거짓이었을 거야. 아아! 이렇게 되면 난 결국 저들 구파의 추격대와 함께 신기루가 나타났다는 서쪽의 오지까지 가야 한단 말인가?"

공오가 낙담한 표정으로 낡은 나무 의자에 털썩 주저앉으며 중얼거렸다.

"그래, 사형이 나에게 남긴 말은 없었더냐?"

그러자 연심환이 떠난 것을 알린 개방의 방도가 조심스럽게 입을 열었다.

"황룡께서 이르시길 구파의 추격대와 함께 신기루가 나타난 곳으로 오되 언제나 서너 걸음 뒤에 머물러 있으라고 전하셨습니다."

그러자 공오의 눈빛이 반짝였다.

"서너 걸음 뒤에 머무르라고?"

"예!"

"한 걸음도 아니고 서너 걸음이라고 했단 말이지?"

"그렇습니다요."

순간 공오의 낯빛이 변했다.

"음, 사형이 그저 이곳을 떠난 것이 아니군. 분명 무슨 중대한 일이 벌어지고 있는 거야. 한 걸음이 아니라 서너 걸음이라… 그렇다면 구파의 추격대가 곤경에 처할 수도 있다는

의미인데… 도대체 천하의 지배자라 자처하는 구파일방의 추격대가 곤경에 처할 만한 일이 뭐가 있을까?'

평소 만사에 건성건성이던 공오가 정색을 하자 순식간에 그는 강호의 절정고수의 모습으로 화했다.

"음… 부디 사형이 위험한 일에 혼자 움직인 것이 아니어야 할 텐데… 그 밖의 소식은 없느냐?"

그러자 그의 앞에 공손한 모습으로 서 있던 방도의 입에서 조심스런 목소리가 흘러나왔다.

"황룡께서 떠나신 지 반나절이 지나지 않아 방에서 전서가 왔습니다."

"그래? 무슨 내용이더냐?"

"은급 기밀이라 미처 열어보지 못했습니다."

"은급이라고?"

"옛!"

"가져와 보거라."

공오의 명에 개방의 방도가 방 한쪽에 있는 목함을 열어 동그랗게 말린 한 장의 전서를 꺼내 공오에게 건넸다. 전서는 은빛 종이로 밀봉되어 있었는데 공오는 전서를 받자마자 밀봉을 뜯고 그 안의 내용을 살피기 시작했다. 그러다가 그의 얼굴이 금세 붉게 변했다.

"이런 제길! 손 장로님이 나온다고? 그것도 십풍(十風)과 함께 말이지? 어이구, 사형은 정말 이 사제를 곤경에 빠뜨렸

구나. 손 장로님이라면 장로 분들 중에 가장 까다로운 양반이
거늘, 어찌 그 양반과 동행을 한단 말인가!"

그러자 그의 앞에 있던 방도가 사색이 된 얼굴로 되물었다.

"손 장로께서 나오신답니까?"

"오냐, 그렇다는구나. 너희들도 단단히 준비해야 할 것이
다."

"어, 언제쯤 이곳에 도착하실까요?"

"흐흐, 그 양반의 성격이라면 아마도 이 전서구가 도착할
때쯤에 이미 이 곤명에 가까이 와 있었을 것이다."

그러자 개방의 방도가 안색이 노랗게 변하며 떨리는 목소
리로 말했다.

"더 하명하실 일이 없으면 그만 나가보겠습다요. 준비할
일들이……."

"흐흐, 그리하거라. 손 장로께서 오시는데 아무런 방비도
하지 않고 맞이할 수는 없는 일이니까."

공오의 허락이 있자 개방의 방도가 부리나케 장내를 벗어
났다. 그 모습을 보고 있던 공오가 인상을 쓰며 중얼거렸다.

"노인네가 나이가 들었으면 가만히 방 안에 들어앉아 밑에
것들이 빌어다 주는 밥이나 먹을 것이지 무슨 바람이 불었다
고 강호행이란 말인가? 설마하니 지난번 신기루에서 교 대장
로께서 신기루의 전설을 풀고 천하제일인의 자리에 오르신
것을 보고 시기심이 일어 자신도 신기루의 전설에 욕심을 내

는 것은 아니겠지?"

그렇게 혼자 반문을 하다가 공오가 스스로 고개를 저었다.

"아니야, 어쩌면 정말 그 노인네 신기루에 욕심을 내고 있을지도 모르겠어. 예전부터 그 노인네는 다른 사람이야 어떻게 생각하든 스스로 항상 교 대장로님을 필생의 적수로 생각하고 있다는 소문이 파다하게 돌았었단 말이야. 그러니 그 나이에 강호에 나선 것일지도… 어허! 어찌 되었든 정말 골치 아프게 되었구나. 아! 사형의 수작에 또 한 번 이 공오가 넘어가고 말았구나! 어쩔 수 있나, 내 팔자가 그런 것을. 일단 구파의 추격대에게 개방의 십풍이 오는 것을 알려야겠군. 십풍이라면 추격대에게 큰 도움이 되겠지."

공오가 한동안 홀로 투덜거리더니 자리에서 일어나 어디론가 휭하니 걸음을 옮기기 시작했다.

*   *   *

곤명성 북쪽에 성 전체를 한눈에 내려다볼 수 있는 언덕이 있다. 그 언덕 위에 고색창연한 한 채의 장원이 서 있었다. 장원의 주변에는 잘 가꾸어진 숲이 넓게 형성되어 있었고 장원에 이르는 길은 괴암과 기화이초로 아름답게 장식되어 있었다.

이 고풍스런 장원에 얼마 전부터 심상찮은 기운이 감돌기 시작했다. 평소 장원의 아름다운 모습을 구경하기 위해 적지 않은 사람들이 몰려들던 장원 근처에 적지 않은 수의 무사들이 나와 사람들의 접근을 막고 있었고, 곤명에서 가장 유명하다는 숙수(熟手) 여럿이 장원으로 불려 들어갔던 것이다.

그리고 드디어 오늘 오전 성문을 통과한 일단의 무림인들이 이 고색창연한 장원에 들어왔다. 그리고 그 이후부터 장원은 평소 곤명에서 볼 수 없었던 고수들에 의해 철저히 통제되기 시작했다.

성내의 시가지로부터 언덕 위의 장원으로 오르는 길, 곳곳에 날카로운 기세를 보이는 고수들이 지키는 그 길을 따라 한 명의 장년 거지가 바쁘게 걸음을 옮기고 있었다. 곤명성에 있는 개방의 근거지를 떠난 황룡 연심환의 사제 공오였다.

"제길, 이거야 원 부담스러워서 하룻밤 잠이라도 제대로 잘 수 있겠나? 우리 개방의 거지들에게는 이런 화려한 건물은 확실히 어울리지 않는단 말씀이야. 하긴 그 덕에 오늘은 별미를 맛볼 수 있겠지만 말이야."

장원에 도착한 공오가 한바탕 투덜거리더니 이내 장원의 문을 열고 안으로 사라졌다.

장원 안으로 들어선 공오는 바쁜 걸음으로 여러 채의 건물 중 중앙에 위치한 건물로 향하더니 서슴지 않고 건물의 대청으로 걸어 올라갔다. 그리고 그가 올라선 대청에는 이미 수십 명의 인물들이 삼삼오오 짝을 지어 이곳저곳에 흩어져 앉아 있었다. 적지 않은 인원들을 수용하고도 여러 자리가 남을 만큼 대청의 크기는 방대했다.

"어서 오시오, 공 대협. 그래, 황룡께서는 함께 오셨습니까?"

공오가 들어서자 대청에서 기다리고 있던 사람들 중 한 명이 일어나며 공오를 맞이했다.

"제가 그만 헛걸음만 하고 말았소이다. 위 대협, 연 사형은 이미 이 곤명을 떠나고 없더군요."

상대의 질문에 공오가 평소의 그답지 않은 정중한 목소리로 대답했다. 그러자 상대의 얼굴에 살짝 실망감이 엿보였다.

"황룡이 이미 곤명을 떠났단 말입니까? 허, 그 사람 참 매정하군. 이 위표가 오는 줄 뻔히 알고 있으면서 기다리지도 않고 떠났단 말인가?"

매화 무늬가 수놓아진 순백의 무복이 잘 어울리는 장년 사내가 실망스런 목소리로 연심환에 대한 원망을 늘어놓았다. 스스로를 위표라 밝힌 이 사내가 바로 화산의 대제자로 강호에 명성이 자자한 화산대호 위표였다.

"곤명에서 황룡 연심환 대협의 도움을 받을 수 없다면 참으로 앞으로의 행보가 난감해지는군요. 중원을 벗어난 곳에서는 개방의 눈에 의존할 수밖에 없는 것이 우리의 처지가 아닙니까?"

화산대호 위표 옆에 있던 청색 도복을 입은 장년 사내가 걱정스런 눈빛으로 말하자 위표가 고개를 끄덕였다.

"호 대협의 말씀이 맞습니다. 이곳에서 황룡을 만날 수 없다면 우리 구파의 추격대는 앞으로 힘든 여정을 소화해야 할 겁니다."

"음, 공 대협께서 이곳에 있는 개방의 방도들을 움직여 주실 수 없겠소?"

호 대협이라 불린 청색 무복의 고수가 공오를 보며 묻자 공오가 고개를 저으며 대답했다.

"물론 저도 곤명에 있는 방도들을 움직일 수는 있겠으나, 그것은 어디까지 이곳 곤명에서나 가능한 일입니다. 그런데 이 곤명을 떠나 신기루가 나타났다는 상춘이라는 곳까지 가는 것이라면 제가 어찌 감히 연 사형과 같은 통제력을 가질 수 있겠습니까?"

"으음, 공 대협께서 나서주시는 것만으로도 우리에겐 큰 힘이지요. 다만 황룡의 공백은 아쉬운 일임이 분명합니다. 난 곤명으로 오면서 황룡이 앞으로 우리 추격대의 앞길을 열어줄 것이라 기대했었는데 말이외다."

위표가 연신 아쉬움을 드러내자 공오가 슬쩍 얼굴색을 바꾸며 입을 열었다.

"물론 연 사형의 공백이 아쉽기는 하지만 그리 실망할 일만 있는 것은 아닙니다."

"실망할 일만 있는 것이 아니라면 황룡의 공백을 메울 다른 방법이 있다는 말씀이오이까?"

공오의 말에 청색 무복을 입은 호 대협이라 불린 자가 재빨리 되물었다. 그러자 공오가 득의한 표정으로 입을 열었다.

"비록 연 사형은 이곳을 떠났지만 본 방의 십풍(十風)이 이리로 오고 있소이다. 십풍이라면 충분히 연 사형의 공백을 메울 것입니다."

"오! 개방의 십풍이 드디어 출도를 했군요!"

위표와 청색 무복 고수의 입에서 동시에 탄성이 흘러나왔다. 그들만이 아니었다. 장내에서 세 사람의 대화를 듣고 있던 수십 명의 고수도 얼굴에 놀람과 기대를 드러내며 간간이 감탄사를 흘려냈다.

개방의 십풍은 강호에서 가장 발이 빠른 자들로 알려져 있었다. 강호에서 누군가를 추격하는 일에 최고수를 꼽으라면 사람들은 대부분 개방의 십풍을 꼽을 정도로 십풍의 명성은 대단했다. 그런 십풍이 강호에 출도했다는 소식은 구파일방의 추격대로서는 천군만마를 얻은 것이나 마찬가지인 소식이었던 것이다.

"그런데……."

한껏 고조되었던 분위기는 순간 공오의 나직한 한마디로 가라앉았다.

"문제가 좀 있습니다."

“문제라니요?”

청색 무복의 사내가 묻자 공오가 뒷머리를 긁적이며 대답
했다.

“십풍과 함께 동행하시는 본 방의 어른이 계십니다.”

“신기루가 나타났으니 각파의 원로 분들이 강호행을 하는
것은 당연한 일이 아닙니까? 우리 무당에서도 청묵자께서 출
도하셨다는 소식을 엊그제 받았습니다만…….”

별 이상할 것이 없다는 듯 청색 무복의 사내가 공오를 보며
말했다. 하지만 공오의 표정은 여전히 밝지 않았다.

“에… 이번에 십풍을 이끌고 곤명으로 향하시는 본 방의
어른은 바로 손 장로님입니다. 혹 손 장로님에 대해 들어보셨
는지요?”

공오가 묻자 위표와 청색 무복 무당 고수의 낯빛이 순식간
에 변했다. 그리고 장내에 있던 추격대 고수 몇몇의 입에서는
낮은 한숨 소리가 새어 나왔다.

“음, 개방의 손 장로님에 대해서는 익히 들어 알고 있지
요.”

무당의 고수가 떨떠름한 목소리로 말했다.

“그러시다면 손 장로님의 성정도 잘 아시겠군요?”

“뭐, 제가 직접 겪어보지는 않았지만…….”

그러자 공오가 설명하듯 말을 덧붙였다.

“손 장로님은 본 방에서도 가장 성격이 까다로운 분이시지

요. 자신의 성미에 맞지 않는 것은 도저히 그냥 넘어가는 분이 아니십니다. 그리고 그 대상은 다른 문파의 분들이라 하여 다르지 않을 겁니다. 제가 알기로도 구파의 형제 분들 중 손 장로님께 곤란을 겪으신 분이 적지 않은 것으로 알고 있습니다. 해서 그분이 십풍을 이끌고 곤명으로 오신다면 십풍의 도움을 받기 위해 추격대의 고수 분들이 손 장로님께 적지 않은 불편을 겪어야 할지도 모르는 일입니다."

"음… 그럼 십풍은 손 장로님의 통솔하에 움직이는 겁니까? 즉, 십풍의 도움을 얻으려면 손 장로님의 허락을 받아야 하는 것이외까?"

위표가 난감한 표정으로 공오에게 물었다. 그 또한 개방의 장로 손사귀의 성정에 대해서는 익히 들어 알고 있었던 것이다. 그 까다로운 성격은 개방의 방도임에도 한 번 입은 옷을 두 번 입기 싫어할 정도로 병적이라고 알려져 있었다.

"그것은 십풍과 손 장로님이 도착해 봐야 알 수 있는 일입니다. 십풍이 어떤 명을 받고 출도했는지 모르는 일이니까요. 문제는 과연 십풍이 손 장로님의 명을 따라야 하는 상황이라도 추격대에서 십풍에게 도움을 청할 것이냐 하는 것입니다. 그리된다면 손 장로님께 허락을 얻어야 하는 것은 물론 한동안 손 장로님께서 구파일방의 추격대와 동행을 하시게 될지도 모르는 일이지요."

그러자 위표도 청색 무복을 입은 무당의 고수도 쉽게 공오의 물음에 대답을 하지 못했다. 공오 역시 그들의 대답을 재촉하지 않은 채 대청의 한쪽에 비어 있는 의자로 다가가 털썩 엉덩이를 붙이고 앉았다. 그리곤 마치 십풍의 도움을 얻는 일이 자신과는 아무 상관이 없는 것처럼 먼 산을 보며 손가락을 세워 귀를 후벼 파기 시작했다.

그렇게 한동안 침묵에 빠져 있던 장내에 다시 위표의 말소리가 들려오기 시작했다.

"여러 형제들도 들으셨겠지만 개방의 십풍과 손 장로께서 곤명으로 오고 있답니다. 황룡이 없는 상황에서 개방의 십풍은 본 추격대에 무척 중요한 도움을 줄 수 있는 분들입니다. 반면에 손 장로님에 대한 것은 제가 따로 말씀드리지 않아도 다들 잘 알고 계실 겁니다. 이제 우린 선택을 해야 합니다. 개방의 십풍에게 도움을 청할 것인지에 대해 말이외다. 의견들이 있으면 말씀해 주시기 바랍니다."

추격대를 이끌고 있는 것은 화산의 대제자 위표였다. 그가 추격대의 우두머리가 된 것은 이 추격대가 화산의 발의에 의해 만들어진 것이기도 했지만 추격대에 포함된 구파일방의 고수 중 위표의 명성에 버금갈 만한 인물이 많지 않은 것도 그 이유였다.

굳이 추격대 중에서 위표에 버금갈 만한 인물을 꼽자면 청색 무복을 입은 무당의 제자 호천무도 그중 한 명이랄 수 있었다. 따라서 추격대의 행보에 관한 위표의 물음에 호천무가

제일 먼저 입을 연 것은 그리 이상한 일이 아니었다.

"물론 개방의 손 장로님은 모시기가 무척 어려운 분이라는 것을 모르는 것은 아니나 지금 십풍의 도움을 포기하기에는 상황이 그리 좋지 않습니다."

호천무의 말이 끝나자 이번에는 날카로운 눈매의 남색 무복을 입은 고수가 입을 열었다.

"나 또한 호 대협의 말씀이 옳다고 생각합니다. 지금 우리는 비록 이 곤명까지 오기는 했으나 화산을 침범했던 자들과 본 형산을 침범했던 자들에 대한 어떤 단서도 잡지 못하고 있소이다. 단지 그들이 신기루가 나타났다는 상춘이라는 곳으로 이동하고 있을 것이란 추측을 하고 움직이고 있을 뿐이지요. 하지만 구파일방을 침범한 자들을 이런 추측으로만 추격하는 것은 한계가 있습니다. 개방의 십풍이라면 그동안 우리들이 수집한 정보들을 가지고 분명 어떤 방법을 찾아낼 것입니다. 십풍은 그야말로 추격에 관한 한 강호제일이 아닙니까? 손 장로님을 모시는 일은 그에 비하면 논할 가치도 없는 일이지요."

그러자 위표가 고개를 끄덕이며 입을 열었다.

"형산 후인복 대협의 말씀에 이 위표 또한 전적으로 동의합니다. 다른 분들은 어떠신지요. 혹 다른 의견이 있으신 분이 있습니까?"

위표가 장내를 돌아보며 물었으나 달리 자신의 의견을 말

하는 사람은 없었다. 그러자 위표가 고개를 한 번 끄덕이고는
공오를 보며 말했다.

"공 대협, 우리는 지금 개방 십풍의 도움을 외면할 처지가
아닙니다. 손 장로님을 모시는 것이 비록 어렵다고는 해도 구
파일방의 후배로서 어찌 선배를 모시지 못하겠소이까? 어려
우시더라도 공 대협께서 손 장로님과 귀 방 십풍의 고수 분들
을 이리로 모셔와 주시겠소이까?"

그러자 귓구멍을 파고 있던 공오가 손가락 끝에 묻은 이물
질을 혹 하고 불어버리더니 이내 자리에서 일어났다.

"물론 그리 결정하셨다면 이 공오가 장로님을 마중 나가야
겠지요. 하지만 손 장로님을 이곳으로 모셔오자면 저 혼자 나
가서 될 일은 아닐 겁니다. 모두 아시겠지만 말입니다."

그러자 위표가 입을 열었다.

"물론 손 장로님을 앉아서 맞이할 수는 없지요. 제가 공 대
협과 함께 가도록 하겠습니다."

"저도 함께 가보지요."

무당의 호천무도 자리에서 일어나며 말했다. 그러자 공오
가 천천히 고개를 끄덕였다.

"화산의 위 대협과 무당의 호 대협이라면 손 장로님도 흡
족해하실 겁니다. 자, 그럼 가시지요."

"알겠소이다. 그럼 공 대협이 앞장을 서주십시오. 다른 분
들은 이곳에서 우리가 돌아올 때까지 향후의 일을 상의하며

기다려 주십시오. 그리고 모두 아시겠지만 개방의 손 장로께서 도착하시거든 모두들 각별히 행동을 조심해 주시기 바랍니다."

그렇게 장내의 구파일방의 고수들에게 당부를 한 위표가 공오를 향해 고개를 끄덕이자 공오가 위표와 호천무에 앞서 대청을 벗어나기 시작했다.

개방은 천하 거지들의 집단이다. 그 거지들이 어떻게 세력을 모으고 무공을 익혀 도도한 구대문파와 어깨를 나란히 하는 일방(一幇)으로 성장했는지 명확하게 설명할 수 있는 사람은 없었다. 하지만 어쨌든 현 강호에서 개방은 낭낭한 무림의 열 마리 호랑이 중 하나였다.

하지만 비록 그들이 무림을 지배하는 열 마리 호랑이 중 하나라고 하더라도 그들의 본분은 변하지 않았다. 즉, 그들은 과거나 지금이나 남에게 밥을 빌어 먹고사는 거지의 신분인 것이다.

그런 그들의 신분을 대변하는 것이 바로 누더기 옷이었다. 아무리 신분이 높은 개방의 고수라도 이곳저곳을 꿰맨 누더기 옷을 입는 것은 불문율이라고 할 수 있었다. 설혹 질 좋은 새 옷감이 들어오더라도 그 자리에서 그것을 누더기로 만들어 입는 것이 개방 방도들의 습성이었다. 그런데 이런 개방의 전통에 반하는 행동을 하는 인물이 개방에 존재했다. 그리고

그 인물이 지금 화산대호 위표와 무당의 호천무, 그리고 개방
제자 공오의 눈앞에 서 있었다.

깡마른 몸집, 나이를 짐작키 어렵게 만드는 얼굴, 그리고
날 잘 선 한 자루 검처럼 도도해 보이는 눈, 그 눈으로부터 상
대를 압박하는 차가운 안광이 쏟아져 나오고 있었다.

개방의 구결 장로 중 한 명인 손사귀, 십여 년 전 운남 하구
에 나타난 신기루의 전설을 얻은 교착신에 이어 개방의 제이
고수로 불리는 인물이었다. 교착신이 신기루의 전설을 얻은
이후 강호에서 종적을 감추었기에 지금은 실질적인 개방제일
고수라 할 수 있는 인물이기도 했다.

"화산의 위표가 손 장로님을 뵙습니다."

"무당의 호천무라 합니다. 손 장로님을 뵙게 되어 영광입
니다."

위표와 호천무가 정중하게 손사귀 앞에 허리를 숙였다. 아
무리 구파일방의 어른이라 할지라도 이 두 사람이 이렇게 정
중하게 예의를 차리는 것은 극히 드문 일이라 할 수 있었다.
구파에 속한 고수들의 자존심은 다른 문파의 고수들과는 전
혀 다른 것이어서 그들이 누군가에게 고개를 숙인다는 것은
좀체 찾아보기 힘든 일이었다. 더군다나 두 사람은 각기 화산
과 무당을 대표하는 고수들이 아니던가.

두 사람의 인사를 받는 손사귀의 눈이 가늘어졌다. 상대의
의도를 읽어내려는 모습, 그러다가 불쑥 입을 열었다.

"화산과 무당을 대표하는 대협들이 이렇게 정중하게 예의를 갖추다니, 오늘 이 손사귀가 호강하게 되는군. 그런데 구파일방의 고수들의 허리가 어찌 이리 가벼운가?"

무엇인가 의혹을 파헤치려는 눈빛으로 말을 건네는 손사귀, 이것이 정중하게 예의를 차려 인사를 올린 강호 후배에 대한 손사귀의 대응이었다. 그리고 또 공오와 다른 구파일방의 추격대들이 걱정해 마지않던 그 까다로운 성격의 일면이었다.

"손 장로님께서는 개방은 물론 구파일방을 통틀어도 그 짝을 찾기 어려운 분이신데 어찌 이 후배들이 예를 올리는 것을 꺼리겠습니까."

위표가 웃는 낯으로 대답했다.

"흠, 그러신가? 그렇다면 당연히 그 인사를 받아야겠지. 그런데 아무리 생각해도 이 늙은 거지가 나타났다고 구파의 추격대를 이끌고 있는 두 사람이 직접 마중을 나온 것은 지나치다 할 수 있어. 혹 나에게 무슨 할 말이 있어 나오신 것인가?"

손사귀는 이미 너희들의 생각을 모두 읽고 있다는 표정으로 계속해서 위표를 추궁했다. 그러자 위표가 망설이지 않고 입을 열었다.

"그렇습니다. 오늘 우리 두 사람은 구파일방의 추격대를 대신해 손 장로님께 한 가지 일을 부탁드리기 위해서 이곳에 나왔습니다."

자신의 의도를 뒤로 숨기지 않고 당당하게 밝히고 있는 위표를 손사귀가 뚫어지게 바라봤다. 그리곤 천천히 고개를 끄덕였다.

"화산의 대제자 화산대호 위표가 본 방의 황룡과 더불어 강호 이대호걸로 불려진다는 사실은 익히 알고 있었지. 그런데 오늘 보니 과연 소문대로이군. 좋아, 나에게 부탁할 일이란 것이 무엇인가?"

그러자 질문을 받은 위표가 한쪽에 물러나 있던 공오를 바라봤다. 그러자 공오가 앞으로 나서며 입을 열었다.

"장로님, 구파일방의 추격대에서는 본 방 십풍의 힘을 빌리고 싶어합니다."

"십풍의 힘을 빌리고 싶다?"

그러자 위표가 입을 열었다.

"그렇습니다. 지금 구파일방의 추격대는 화산과 형산에 침범했던 자들을 추격하는 데 몹시 애를 먹고 있습니다. 더군다나 이제부터는 중원이 아닌 운남의 오지에서 그들을 추격해야 합니다. 개방 십풍의 도움이 절실히 필요한 실정입니다."

그러자 손사귀가 살짝 고개를 갸웃거리며 물었다.

"황룡이 있지 않은가? 황룡이 방도들을 움직이면 십풍에 못지않을 터인데……?"

"연 사형께서는 이틀 전 홀로 이 곤명을 떠나셨습니다."

"응? 황룡이 곤명을 떠나?"

"그렇습니다. 그렇지 않다면 어찌 사형이 손 장로님을 마중하지 않았겠습니까?"

그러자 손사귀가 잠시 생각에 잠겼다가 이내 고개를 들어 위표를 보며 말했다.

"십풍이 필요하단 말이지?"

"그렇습니다."

"그들에 대해선 어느 정도 단서를 잡았는가?"

"큰 소득은 없었습니다. 그저 형산 인근과 본 화산 근처에서 찾아낸 몇 가지 사실이 전부일 뿐입니다. 그들이 이 곤명을 지나 신기루가 나타났다는 상춘으로 향하는지도 솔직히 확신힐 수 없는 상황입니다. 해서 더더욱 개방 십풍의 도움이 필요한 상태입니다. 그분들이라면 저희 추격대가 지금까지 수집한 정보를 바탕으로 어떤 방책을 모색하실 수 있지 않겠습니까?"

그러자 손사귀가 천천히 고개를 끄덕였다.

"그렇겠지. 본 방의 십풍은 단 한 오라기의 단서로도 사람을 추적할 수 있는 인물들이니까."

"하면 십풍의 도움을 받는 것을 허락해 주시겠습니까?"

"허락하고말고가 어디 있겠는가? 구파일방의 일은 본 방의 일이기도 한데 당연히 도와야지. 그런데 그러자면 말이야……."

손사귀가 말꼬리를 흐렸다.

“하명하십시오, 장로님!”

“십풍을 움직일 권한을 방주로부터 받은 이 늙은이도 추격대와 함께 움직여야 할 것 같은데… 괜찮겠나?”

그러자 장원에서의 고민과는 달리 위표가 흔쾌히 대답했다.

“당연한 일입니다. 손 장로님과 같은 고수 분이 동행해 주시면 저희로서야 큰 영광이 아니겠습니까?”

“껄껄껄, 자네들이 급하긴 했나 보군, 이 손사귀와의 동행도 마다하지 않는 것을 보니. 좋아. 그럼 어디 함께 움직여 보세나.”

손사귀가 기분 좋은 웃음을 터뜨렸다. 그에 반해 위표 등 세 사람은 벌써부터 손사귀의 동행이 자못 걱정스러운지 밝은 표정이 아니었다. 어쨌든 그렇게 개방 십풍을 합류시킨 구파의 추격대는 그로부터 삼 일 후 곤명을 떠나 서쪽으로 향했다.

第七章

탑에 이르는 길

"이런 망할 놈의 날씨를 보았나? 도대체가 종잡을 수가 없네."

호교상이 욕지거리를 내뱉으며 투덜거렸다.

갑자기 눈보라가 몰아쳤다. 짙은 수림이 우거진 한여름의 원시림이 끝나고 황량한 석산을 타고 오르기 시작한 지 이틀 만에 일행은 눈보라 속에 서 있었다.

일행 모두가 절정에 이른 고수들이었으므로 기온이 낮아진 것에 대해서는 큰 불편을 느끼지 못했지만, 눈보라가 치기 시작하며 시야가 가려지자 길을 찾아 나가는 데 큰 어려움이 닥치기 시작했다.

형산선검 검무위가 일러준 백인탑으로 가는 여섯 개의 마을 중 독림을 지나 천담을 향해 움직이는 와중에 일어난 일이었다.

"천담까지는 얼마나 남았소이까?"

주마왕 풍석동이 천학 장사성을 보며 물었다.

"천비문의 형제들이 보내온 지도에 의하면 앞으로 닷새는 더 가야 천담에 도착하게 될 듯합니다."

"지도상으로 그렇다면 이런 눈보라 속에서는 더 오래 걸리지 않겠소이까?"

풍석동의 말에 장사성이 고개를 끄덕였다.

"아무래도 그렇겠지요. 하지만 이 지도에 나와 있는 길들은 높은 설산들 사이를 교묘하게 이어주는 비도인 듯하니 그리 큰 차이는 없을 겁니다."

"그 지도가 신기루의 사령들이 이동한 경로에 의해 그려진 것이라고 했지요?"

"그렇습니다. 천비문의 형제들이 그들의 뒤를 따르며 만든 것이니까요."

"음… 그렇다면 길은 확실하겠군. 그나저나 어찌 사람의 모습이 이렇게 보이지 않지? 이미 천담까지의 길이 그려진 지도를 강호에 푼 지 오래이지 않소이까?"

그러자 장사성이 웃으며 대답했다.

"그야 당연한 일이지요. 우리가 강호에 흘린 지도는 지금 우리가 가지고 있는 지도에 약간 손을 본 것이니까 말입니다. 그리고 우린 강호에 신기루에 대한 소문을 내자마자 움직였으니 다른 사람들이 우리의 속도를 따라잡을 수는 없었을 겁니다."

장사성의 설명에 주마왕 풍석동이 고개를 끄덕일 때 송문악이 입을 열었다.

"강호의 고수들이 보이지 않는 것은 이해되지만 신기루의 사령들조차 모습을 보이지 않는 것은 이상하군요. 아예 백인탑에서 전 강호인을 맞이할 생각인 것인지……."

"아마도 그들은 아직 자신들의 입장을 정리하지 못했을지도 모르는 일이다. 이런 일은 그들에게도 무척 당혹스러운 일일 테니 말이다. 지난 백여 년간 자신들만이 신기루를 만들어 냈는데 갑자기 자신들이 의도하지 않은 신기루가 강호에 등장했으니 그들도 당황하고 있을 것이다. 그것도 그 신기루가 나타난 곳이 바로 자신들의 본거지가 아니더냐."

"그렇기는 하겠지요. 하지만 그리 생각하더라도 이런 험로에 아무도 나와 지키는 사람이 없다는 것은……."

"혹은 그들은 백인탑을 향해 몰려드는 수많은 무림인들 속에서 우리를 찾아내기 위해 은밀히 움직이고 있을지도 모르는 일이다. 지금쯤이면 그들도 자신들을 목표로 움직이는 보이지 않는 적이 있다는 것을 명확히 알았을 것이고, 또한 그 적에 의해 십방성인의 두 명이 죽임을 당했다는 것도 알게 되었을 테니 말이다."

장사성의 설명에 송문악이 고개를 끄덕였다.

"그들은 무척 조심스럽게 움직이겠군요."

"그렇지. 누가 뭐래도 십방성인 둘이 죽었다. 그들로서도 조심하지 않을 수 없을 것이다."

"그렇다면 어쩌면 이 길 어느 곳에서라도 우리를 지켜보는 자가 있을지도 모르겠군요."

"이제부터는 그것을 항상 염두해 둬야겠지. 생각해 보면 우리가 향하는 천담이라는 곳부터가 그들의 본거지일지도 모른다. 왜냐하면 천비문 형제들의 추격이 그 천담에서 끝이 났으니 말이다."

"자, 어서 가십시다. 이러다가는 얼어 죽겠소. 이제 이 산봉우리만 넘으면 조금 낮은 지대가 나오는 것 같으니 어서 이곳을 지나갑시다."

호교상이 손에 든 작은 지도를 내려다보며 이야기를 나누고 있는 장사성과 송문악에게 길을 재촉했다. 그에 따라 잠시 멈추어졌던 일행의 걸음이 다시 빨라지기 시작했다.

"이 길을 따라 산을 오르면 산 위에 큰 호수가 있소. 그래서 이 마을의 이름이 천담(天潭)이라오. 그 호수를 지나면 끝없이 펼쳐진 설산들이 이어지는데 그 너머로 여행해 본 사람은 우리 마을에서도 흔치 않소. 아마 길잡이를 찾기 어려울 거요.”

　태양과 가까운 고산 지대에 살아서인지 새까맣게 얼굴이 탄 노인이 혜안이 번뜩이는 깊은 눈으로 송문악을 바라보며 말했다. 비록 척박한 환경에서 힘겹게 살아가는 모습이었지만, 그 눈빛은 송문악이 지금껏 보았던 그 어떤 사람보다도 맑고 깊었다.

　‘산의 정기를 받아 그런 것인가?’

　송문악은 내심 노인의 눈빛에 감탄하며 그 이유를 생각했다. 그리곤 공손한 태도로 물었다.

　“혹 상춘(常春)이라는 지명을 들어본 적이 있으신지요?”

　“상춘(常春)?”

　노인이 되묻자 송문악이 고개를 끄덕였다.

　“상춘이라… 글쎄, 기억에 없는데?”

　노인의 응대에 송문악의 얼굴에 작은 실망의 빛이 떠올랐다. 그들이 알고 있는 길은 천담까지였다. 천비문의 문도들이 해남에서 물러난 신기루 사령들을 따라 마지막에 도달한 곳이 바로 이 천담이었다. 그리고 이 천담에 이르는 약도를 전서구에 매달아 날려 보내고는 모두 죽임을 당한 것이다.

　그러니 형산선검 검무위가 말한 백인탑에 이르는 길 중 가장 마지막 마을인 상춘까지는 송문악 일행 스스로가 길을 찾아야 했다. 하지만 하늘에 닿아 있는 이런 고산들 속에서 어찌 마을 하나를 찾을 수 있을 것인가? 더불어 상춘과 가장 가까운 마을인 이 천담에 사는 노인조차 들어본 적이 없는 마을이라면 더더욱 그 길을 찾기가 어려울 터였다.

그런데 그때 실망한 듯한 송문악의 표정을 물끄러미 바라보던 노인이 지나가는 말처럼 한마디 말을 흘렸다.

"혹 반 노인이라면 알지도……."

노인의 말에 송문악의 눈빛이 반짝였다.

"상춘이라는 곳을 알고 있는 사람이 있단 말입니까?"

"뭐, 알고 있다기보다 반 노인은 평생의 대부분을 이 험준한 설산들을 타고 다닌 노인인지라 이 천담에서는 근방의 지리에 가장 밝은 사람이기 때문이지."

"죄송하지만 그 반 노인이라는 분을 좀 소개시켜 주실 수 있으신지요?"

그러자 노인이 살짝 미소를 지으며 대답했다.

"물론 소개시켜 줄 수 있지. 나와 반 노인은 제법 친한 친구니까 말이야. 하지만 빈손으로 가면 어림도 없을 거야."

"뭘 준비하면 좋겠습니까?"

"그야 당연히 한잔의 술을 준비해야지. 반 노인은 술을 무척 좋아하거든!"

"알겠습니다. 곧 준비를 하지요."

송문악과 노인의 대화를 듣고 있던 무각이 이미 마을의 주루로 술을 사러 달려가고 있었다.

"상춘(常春)?"

"그래, 상춘. 들어본 적이 있는 곳인가?"

송문악을 이끌고 반 노인이라는 사람을 찾아간 노인이 상대의 술잔에 술을 가득 따르며 물었다. 송문악은 두 노인이 편하게 이야기하도록 한 걸음 뒤로 물러나 묵묵히 두 사람의 대화를 듣고 있었다.

질문을 받은 반 노인이 잠시 대답을 미루고 작은 주발에 가득 담긴 마유주를 시원하게 들이켰다.

"커! 좋구나."

기분 좋게 탄성을 내지른 반 노인이 입가에 묻은 술을 낡은 옷소매로 슥 닦아내고는 고개를 돌려 송문악을 바라봤다.

"그런데 그곳은 무슨 일로?"

순간 송문악의 눈빛이 반짝였다. 노인의 태도로 보아 상춘이라는 곳을 알고 있는 것이 분명해 보였던 것이다.

"혹, 무림이라는 곳을 아십니까?"

송문악이 반 노인의 질문에 반문했다.

"무림? 물론 이 높고 깊은 산중에 살고 있다고는 해도 나 반영고는 무척 많은 곳을 여행했지. 젊은 시절에는 중원에도 나가보았고 말씀이야. 무림이란 곳이 도검을 익힌 자들이 살아가는 세상이 아니던가?"

반 노인의 말에 송문악이 고개를 끄덕였다.

"맞습니다. 무림이란 도검을 익힌 자들이 살아가는 세상을 일컫는 거지요. 전 바로 그 무림에 살고 있는 사람입니다."

"흠 그러니까 자네가 무림인이란 말이지?"

"그렇습니다."

"그런데 자네가 무림인이라는 사실과 그 상춘이라는 곳을 찾는 이유가 무슨 상관이 있는 것인가?"

무림을 알고 있다는 노인은, 그러나 송문악이 무림인이라는 사실을 알고서도 상대에 대한 두려움을 전혀 내보이지 않았다. 그것은 보통 일반 사람들의 반응과는 확실히 다른 것이어서 송문악은 잠시 이 반 노인이라는 자가 자신의 정체를 숨기고 있는 고수가 아닌가를 의심하기도 했다.

하지만 송문악을 바라보는 반 노인의 눈에는 어떤 가식도 드러나 있지 않았다. 그것은 그가 결코 자신을 숨기고 있는 사람이 아니라는 의미였다. 반 노인은 그저 평범한 고산 마을의 노인이 분명했다.

'참으로 특이한 사람이구나. 하긴 이곳에 사는 사람들은 모두 선도를 닦는 사람들처럼 눈이 맑긴 한 것 같군. 역시 신성한 땅인 모양이야.'

송문악이 다시 한 번 천담 마을 사람들의 심성에 감탄하며 다시 입을 열었다.

"아마 머지않아 천하의 무림인들이 이 천담으로 몰려들 것입니다. 그리고 저와 제 일행들처럼 상춘이란 곳을 찾을 것입니다. 저는 그중 가장 빠르게 이곳에 도착한 사람이지요."

그러자 반 노인의 눈빛이 반짝였다.

"천하의 무림인들이 이곳으로 모여든다고?"

"아마도 그럴 겁니다."

"도대체 그 상춘이란 곳에서 무슨 일이 벌어지기에 천하의 무림인이 이 궁벽한 오지로 몰려들어 소란을 떤단 말인가?"

반 노인의 얼굴에 불만이 떠올랐다. 조용한 삶을 살아가는 천담의 주민들에게 천하의 무림인들이 몰려온다는 것은 그리 좋은 소식이 아니었다.

"그 상춘이라는 곳에 천하무림인들이 갖기를 소원하는 기보가 나타났다고 하더군요."

"그러니까 보불이 있다는 것이군."

"그렇습니다. 무림인들에게는 보물 중의 보물이지요."

"허허, 이거야 원 한동안 시끄럽겠군. 더군다나 그 상춘이란 곳을 아는 사람은 이 마을에서 나밖에 없을 테니 더더욱 내가 곤란해지겠구나."

"상춘이란 곳을 아시는군요?"

"물론 이 근방에서 내가 모르는 곳은 없어. 하지만 그 상춘이란 곳을 가려면 무척 험난한 길을 가야 하는데……."

"위치만 알려주시면 가는 것은 저희들의 몫이지요."

"흠… 알겠네. 이리 가까이 와보시게."

반 노인이 송문악을 손짓해 부르자 송문악이 반 노인 곁으로 바짝 다가섰다. 그러자 반 노인이 한쪽에 놓여 있던 작은 지팡이를 들더니 자신의 발아래 흙을 슥슥 문질러 고른 후 그 위에 지팡이로 무엇인가를 그리기 시작했다.

"자, 보게나, 젊은 양반. 이곳이 바로 우리 마을 뒤편의 산에 오르면 나타나는 산 위의 호수네. 그리고 그 주변으로는 이렇게 큰 산들이 끝없이 펼쳐져 있지. 상춘이라는 곳은 본래 어떤 마을을 가리키는 것이 아니라 한 지역을 나타내는 명칭이라네. 아주 오래전 어떤 여행객이 천담을 지나 높은 설산들을 여행하다 하나의 깊은 계곡에 도착했는데 그 기온이 항상 봄과 같은 날씨를 유지하고 있어 사시사철 꽃들이 만발한 곳이었다고 하더군. 해서 붙여진 이름이 상춘이야. 이 이야기를 들은 수많은 사람들이 그곳을 찾아 떠났지만 상춘에 도착한 자는 많지 않았네. 또 상춘에 도착했다손 치더라도 그곳에서 살아 돌아온 사람도 많지 않았지. 왜냐하면 상춘이라는 곳을 둘러싼 지형이 워낙 험할뿐더러 그 주변에는 언제나 뿌연 안개가 끼어 있어 일단 상춘에 들어갔다가는 돌아 나오기가 거의 불가능하기 때문이네."

"하지만 어르신은 살아 돌아오셨군요?"

그러자 반 노인이 천천히 고개를 저었다.

"아니, 정확히 말해 난 살아 돌아온 것이 아니네. 난 상춘에 들어가지 않았으니까 말이야."

"그렇다면 상춘에 가보신 것은 아니군요."

"어허, 내 말을 잘 들어보라구. 나는 바로 여기 이 산까지만 갔었어. 그곳에서 안개에 싸인 상춘이라고 생각되어지는 곳을 보았을 뿐이야.”

“그럼 그곳이 상춘이 아닐 수도 있겠군요.”

그러자 반 노인이 고개를 저었다.

“그럴 수도 있지만 그곳이 상춘인 것은 거의 확실해. 당시 나와 함께 같던 육 어르신께서 그곳에 들어가신 후 돌아오지 못하셨거든. 난 이 산 위에서 오 일 동안 육 어르신을 기다리다 결국 혼자 돌아오고 말았지.”

“그때가 언제쯤이었습니까?”

“내가 사십 중반일 때였으니까 한 삼십 년이 됐군.”

“그 이후로는 그곳에 가보신 일이 없으신가요?”

“죽으려구? 그때 한 번 가는 데에도 난 수십 번은 죽다 살아났단 말일세. 자, 보라구. 이곳이곳은 설산의 눈이 녹아내려 심한 격류가 흐르는 곳이고, 여기 세 개의 산은 언제나 만년설이 덮여 있는 곳이야. 보통 사람이 걸어 넘으려면 목숨을 걸어야 하는 곳이지. 난 두 번 다시 그곳에 가고 싶지 않다네. 자, 내가 할 말은 다 한 것 같은데 더 물어볼 말이 있으신가?”

반 노인이 묻자 송문악이 고개를 저었다.

“아닙니다. 어르신께서 지금까지 설명해 주신 것으로도 충분합니다. 감사합니다.”

“흠, 도움이 되었다니 다행이군. 하지만 내가 노파심에서 한마디 하자면 가급적 그곳으로 가진 말게. 거기 뭐가 있는지 모르겠지만 길이 너무 험한 곳이라네."

반 노인의 충고에 송문악이 가볍게 미소를 지으며 대답했다.

"조심하도록 하지요."

그리고는 반 노인의 앞에서 몸을 일으켜 일행들이 기다리고 있는 곳으로 걸어나갔다. 그 모습을 보고 있던 두 노인 중 반 노인에게 송문악을 데려온 노인이 중얼거렸다.

"결국 가긴 가겠군."

"가지 않을 길이라면 묻지도 않았겠지."

"살아 돌아올까?"

"글쎄, 내가 저 친구에게는 굳이 말을 하지 않았지만 지금껏 나에게 상춘으로 가는 길을 물은 사람이 모두 셋이 있었지. 하지만 그들 중 살아 돌아온 사람을 보지 못했어."

"하지만 저들은 무림인이라지 않는가?"

"무림인? 흐흐, 무림인도 결국 인간일 뿐이야. 자, 우린 술이나 마저 마시세. 죽고 사는 것이야 저들의 문제일 뿐이지."

두 노인이 다시 술잔을 기울이기 시작했을 때 송문악 일행은 어느새 마을을 떠나 호수가 있다는 산의 정상을 향해 걸음을 내딛고 있었다.

*　　　*　　　*

하늘에 닿을 듯 솟아 있는 산의 정상에 오르자 투명한 거울 같은 호수가 설산 위에 끝없이 펼쳐져 있었다.

"사람들이 이곳을 신의 호수라고 부른다더니 과연 그 말이 전혀 과장된 것이 아니었군."

호교상이 호수의 투명한 물을 바라보며 감탄사를 흘려냈다. 호교상만이 아니었다. 송문악을 포함한 일행들은 자신들 앞에 무서운 적들이 기다리고 있다는 사실을 잠시 잊고 산 위의 호수가 만들어내는 기경을 감상하고 있었다.

"세상에 이런 곳이 존재할 줄은 몰랐군요."

무각이 보고도 믿지 못하겠다는 듯 호수의 이쪽에서 저쪽으로 연신 시선을 옮기며 말했다.

"쳇, 망할 놈들이 정말 경치 좋은 곳에 자리를 잡고 있었군. 신기루의 종자들이 자리를 잡고 있기에는 이 산과 호수가 너무 깨끗하지 않은가 말이야."

주마왕 풍석동이 무각의 말을 받아 한바탕 투덜거렸다.

"그나저나 벌써 날이 저무는 것 같은데 이곳에서 하룻밤 지내고 가는 것은 어떨까?"

천학 장사성도 호수의 기경을 쉽게 벗어나고 싶지 않은 듯 송문악을 보며 물었다.

"산 위라 노숙을 하기에는 춥겠군요."

이미 옷깃을 파고드는 싸늘한 저녁 공기를 느끼며 송문악이 말했다.

"좀 추우면 어떤가? 이런 경치를 놓아두고 어디에서 잠을 잔단 말인가?"

주마왕 풍석동이 정색을 하며 말하자 송문악이 고개를 끄덕였다.

"알겠습니다. 그럼 이곳에서 하룻밤 머물기로 하지요. 괜찮겠습니까, 두 분?"

송문악이 일행의 한쪽에 서 있던 황룡 연심환과 백설아를 보며 물었다. 아무리 한 일행이 되었다고 하지만 그 출신을 속일 수가 없어 여행 중 황룡 연심환과 백설아는 항상 함께 움직이고 있었다. 황룡이 일행에 합류한 이후 백설아 또한 많은 변화를 보이고 있었다. 화산에서 일행에 합류했을 때는 언제나 불안한 표정을 하고 있었으나 황룡이 합류하자 한층 여유를 되찾은 듯 강호의 일대 여협으로서의 기질을 드러내고 있는 백설아였다.

"좋네. 조카님, 그렇게 하도록 하세."

황룡 연심환은 함께 여행한 지 며칠이 지나면서부터 송문악을 조카라 부르고 있었다. 송문악 또한 그 호칭을 자연스럽게 받아들이고 있었는데 그것은 아버지의 의제인 황룡 연심환이 남처럼 느껴지지 않았기 때문이다.

그렇게 산 위의 호수에서 하룻밤을 보내기로 한 일행이 각자 지니고 있던 천들을 꺼내 허름한 천막들을 만들었다. 그리곤 황량한 산 위 어디에서 구했는지 무각이 몇 개의 마른 나뭇가지를 가져와 천막 가운데에 작은 모닥불을 만들었다.

"제길, 신기루의 종자들이 보고 있다면 우리가 이곳에 있다는 것을 단박에 알아차리겠군."

호교상이 붉게 타오르는 모닥불에서 시선을 돌려 주변을 살피며 중얼거렸다.

"그렇다고 불을 끌 수는 없지 않습니까?"

호종위가 호교상을 보며 말하자 호교상이 고개를 끄덕였다.

"맞는 말이야. 추위에 떨면서 밤을 새우느니 그놈들에게 발각되는 편이 낫지."

그러사 송문악이 웃으며 입을 열었다.

"그들이 우리를 발견하고자 한다면 모닥불을 피우든 안 피우든 별 상관 없을 것입니다."

"하긴! 그놈들이 모닥불을 피우지 않는다고 우릴 발견하지 못할 자들은 아니지. 그나저나 이제 내일 이 호수를 떠나면 드디어 그들과 부딪치기 시작하겠군."

호교상이 자못 긴장한 목소리로 말했다. 그러자 눈을 뗄 수 없을 정도로 아름다운 풍경에 취해 조금 들떠 있던 일행의 분위기가 눈에 띄게 가라앉았다. 어쩌면 오늘이 편안하게 밤을 보내는 마지막 날이 될 수도 있기 때문이었다.

"자자, 일찍들 쉽시다. 이제 바빠질 테니 말이외다."

주마왕 풍석동이 사람들을 돌아보며 말을 하고는 자신이

먼저 허름하게 걸쳐 놓은 천막 밑으로 몸을 뉘었다. 하지만 다른 사람들은 주마왕의 권유에도 불구하고 서서히 어둠이 내리는 호수의 마지막 풍경을 끝까지 주시하고 있었다.

까가강!
깊은 밤 소란스런 굉음이 호숫가 밤공기를 뒤흔들었다. 동시에 하룻밤을 편하게 보내려던 일행의 의도는 축시 초엽이 되었을 때 깨지고 말았다.
"이게 갑자기 무슨 소란인가?"
누가 먼저랄 것도 없이 천막 아래에서 뛰쳐나온 일행들이 소리가 나는 쪽을 바라보며 소리쳤다. 그러자 호숫가 저 멀리서 번쩍이는 불빛들이 보였다.
"누군가 싸움을 하고 있는 것이 아니오?"
호교상이 장사성을 보며 묻자 장사성이 고개를 끄덕였다.
"맞습니다. 누군가 치열한 싸움을 벌이고 있군요."
"음, 검기가 충천하는 것을 보니 보통 고수들이 아닌 모양이구려. 허허, 신기루가 대단하긴 대단하군. 우리도 서두른다고 서둘렀는데 벌써 강호인들이 몰려들어 싸움질을 시작하다니 말이야."
호교상이 고개를 저으며 탄식하듯 말했다.
"지금 자리를 피할까?"
장사성이 송문악을 보며 묻자 송문악이 고개를 저었다.

“우리 쪽으로 이동하는 것 같지는 않습니다.”

“그렇긴 하지만 괜한 싸움에 휩쓸릴지도 모르지 않느냐?”

그러자 송문악이 대답했다.

“이쯤 되었으면 다른 무림인들과 섞여서 이동하는 것도 괜찮지 않겠습니까? 우리가 너무 일찍 이동하면 저들의 이목을 끌 테니 말입니다.”

“음, 사람들 속에 숨자는 말이구나.”

“그렇습니다.”

“그것도 좋겠지. 좋아, 그럼 날이 샐 때까지 기다리도록 합시다. 쉬실 분들은 더 쉬도록 하시지요.”

하지만 일행 중 다시 잠자리에 든 사람은 없었다.

신기루의 혈풍은 이미 코앞에 다가와 있었다. 멀리서 들려오는 도검 소리와 고함 소리가 그것을 증명해 주고 있었다. 더 이상 잠을 청할 수 없는 밤인 것이다.

날이 밝자 산 위의 호수가 다시 그 신비로운 모습을 사람들 앞에 드러냈다.

“제길, 이 아름다운 호수에 피를 뿌리다니…….”

호교상이 코를 찡그렸다. 호수는 여전히 맑았지만 그 맑은 물속에 섞여든 피 내음을 맡는 것은 이 노련한 고수에게 어려운 일이 아니었던 것이다.

그리고 그것보다도 더 확실한 증거가 저 멀리 호수 변에 있

었다. 간밤의 격돌에서 죽은 십여 명의 시신이 투명한 아침햇
살 아래 그 모습을 드러내고 있었다.

"누굴까요?"

무각이 궁금한 듯 물었다.

"그거야 모르지. 왜, 가서 확인해 보고 싶으신가?"

"그럴 리가요. 죽은 사람의 시신은 이미 십여 년 전 운남
하구에서 충분히 보았는걸요."

무각이 호교상의 말에 즉시 고개를 저었다.

"저들을 살해한 사람들은 보이지 않는군요?"

호종위가 주변을 둘러보며 말하자 송문악이 그 말을 받았
다.

"그들은 동이 트기 전 이미 이 호수를 떠났습니다. 그들이
움직인 방향을 보면 그들 역시 상춘으로 향하고 있는 것이 확
실한 듯합니다."

"역시 송 소협은 대단한 능력을 가지고 있구려. 난 그들의
움직임을 미처 알아채지 못했는데 송 소협은 그들이 움직인
방향까지 읽고 있었소이다그려."

호종위가 감탄사를 흘려내자 주마왕 풍석동이 두 사람의
대화에 끼어들었다.

"하하하, 그러니 우리의 대장이 아니신가? 처음엔 나도 송
소협의 나이를 보곤 그 능력을 의심치 않은 것은 아니나 지금
은 누가 뭐래도 우리 중 최고수가 송 소협이라는 것을 부인하

지 않네. 그나저나 그 천담 마을의 반 노인이라는 양반 무척 바쁘겠구만……."

"그게 무슨 말씀이십니까? 그 노인이 바쁠 거라니요?"

무각이 되묻자 풍석동이 걱정스런 눈빛으로 입을 열었다.

"왜 아니 바쁘겠는가? 그 마을에서 상춘으로 가는 길을 아는 사람은 그 노인밖에 없는 것 같으니 앞으로 천담 마을에 도착한 모든 사람들이 상춘으로 가는 길을 물으러 그 노인에게 갈 것이 아니겠는가? 그러니 그 모든 사람을 상대하려면 얼마나 바쁘겠나? 간밤에 이 호수를 지나간 자들도 아마 그 노인에게 길을 물었을 걸일세. 오히려 난 그 노인이 길을 묻는 누군가에게 죽임을 당하지나 않았나 걱정스럽군."

"듣고 보니 어르신 말씀이 맞군요. 먼저 온 자들은 자신의 뒤를 따르는 자들이 길을 아는 것을 원치 않을 테니 말입니다."

풍석동의 말에 무각 역시 어두운 얼굴로 고개를 끄덕였다.

"그리 걱정하지 않으셔도 될 겁니다. 제가 본 그 반 노인이라는 분은 비록 오지에 살고 계시는 분이지만 누구보다도 현명하신 분 같더군요. 전 감히 그 눈빛을 똑바로 보기 힘들 정도였습니다. 분명 현명하게 대처하실 겁니다."

송문악의 말에 일행들의 얼굴에 다소 안도의 기운이 흘렀다.

"그나저나 이제 우리도 이곳을 떠나야 하지 않겠느냐? 언

제까지 이 호수의 경치에 빠져 이곳에 머물 수는 없으니 말이
다.”

“이젠 떠나야 할 시간이지요. 모두 떠날 준비를 하시는 게
좋겠습니다.”

송문악이 장사성의 말에 동의하자 일행들이 자신들이 노
숙을 하기 위해 걸어놓았던 천막들을 거둬들이며 떠날 준비
를 서둘렀다.

짐들이라야 그리 큰 짐은 없었기에 길을 나설 준비는 이내
끝이 났다. 짐들을 정리한 일행은 자신들이 하룻밤을 보낸 산
위의 호수를 아쉬운 눈빛으로 바라보고는 이내 서쪽을 향해
걸음을 옮기기 시작했다.

송문악의 일행이 떠나자 산 위 호수에는 다시 고요가 찾아
들었다. 천담 마을에 사는 사람들 중 일부가 가끔 산 위에 오
르는 것을 제외하고는 일 년 내내 호수를 찾는 사람이 없었기
에 사람이 떠나 고요를 찾은 호수는 오히려 사람들이 있을 때
보다 자연스러웠다. 그런데 다시 찾은 이 자연스러운 고요를
깨뜨리는 한줄기 소음이 어디선가 들려왔다.

스르르……

그것은 마치 바람 소리 같기도 하고 어떻게 들으면 낙엽이
지는 소리 같기도 했으나, 자세히 들으면 그것보다는 좀 더
음습한 느낌을 주는 소리였다.

소리는 호수의 한가운데에서 일어나고 있었다. 시간이 흐르면서 소리의 크기가 커짐에 따라 그 소리가 흘러나오고 있는 호수의 수면이 꿈틀거리기 시작했다. 그리고 어느 순간 지금까지의 고요와는 다른 커다란 소음을 일으키며 수면의 한곳이 불쑥 허공으로 솟구쳤다. 그리고 그곳에 사람의 모습을 한 한 덩어리의 물체가 모습을 드러냈다. 그리고 불현듯 호수에서 솟아난 물체에게서 사람의 목소리가 흘러나왔다.

"역시 신기루를 찾는 다른 자들과는 조금 다른 움직임이군."

감정이 담기지 않은 목소리. 하지만 몸을 감싸고 있던 물이 흘러내리자 목소리의 주인공은 분명히 한 명의 사람이었다. 그렇게 물속에서 나타난 괴인은 허리 아래를 물속에 담근 채 송문악 일행이 사라진 방향을 뚫어져라 바라보고 있었다.

"그리고 그들 모두는 절정에 이른 고수들이다. 나 수혼귀 구왕이 이십 장 이내로 접근하기를 꺼려할 정도로……."

그의 목소리에서는 스스로에 대한 자신감이 묻어 나왔다.

"천하무림이 요동치고 있다. 감히 어떤 자들이 본 루의 신성한 백인탑으로 강호인들을 끌어들이고 있는 것인가? 이것은 그야말로 백 년 만에 처음으로 신기루를 향해 누군가가 공격을 시도하고 있다는 의미. 하지만 그 덕에 우리 대업을 꿈꾸는 사령들은 좋은 기회를 맞이하게 되었다고 할 수 있다. 천하의 강호인들을 탑으로 끌어들이고 동시에 십방성인을 제압해 낼 수 있다면 우리는 백인탑에서 그동안 어둠 속에 존재했던 신기루를 밝은 강호로 드러낼 수 있을 것이다. 그것도 강호무림의 지배자의 이름으로. 호호호, 누군지 모르지만 정말 생각지도 않은 기회를 만들어주었어.”

수혼귀라 자칭한 괴인의 입에서 괴이한 음성이 흘러나오고 있었다.

“십방성인 중 두 사람이 세상을 떠났다고 하니 놈들도 보통은 아니겠지. 하지만 백 년간 무림을 지배한 신기루의 힘에 비할 바는 아니다. 두 명의 십방성인이 제거되어 나머지 십방성인이 보이지 않는 적에게 관심을 집중하는 것은 오히려 우리에게 큰 기회를 제공하고 있다. 호호, 그런 면에서 이 음모의 주동자들에게 상이라도 주고 싶지만 그렇다고 감히 신기루를 상대로 음모를 꾸민 자들을 용서할 수는 없지. 누구든 그 실체가 드러나면 신기루를 향해 검을 뽑은 죄를 죽음으로써 갚아야 할 것이다.”

괴인의 입에서 살기 어린 음성이 계속해서 이어지는 동안 어느새 그의 머리를 적셨던 물기들이 아침 햇살에 말라 그의 머리카락이 산들거리는 바람에 흩날리고 있었다.

“어쩌면 어젯밤 이곳에서 숙영을 한 저자들이 바로 그들일지도 모르겠어. 관심을 가지고 지켜봐야 할 자들이다.”

챠르르!

말을 하던 괴인이 호수에서 몸을 솟구쳤다. 그러자 그의 몸에 매달려 있던 물방울들이 순식간에 호수로 떨어져 내리며 구슬 굴러가는 소리를 만들어냈다.

호수에서 몸을 빼낸 괴인은 간밤 송문악 등이 야숙한 곳에 내려서는가 싶더니 이내 몸을 날려 송문악과 그 일행들이 사라진 방향으로 달려가기 시작했다.

*　　　　*　　　　*

천담 마을의 반 노인이 알려준 방향대로 상춘을 향해 가면서 송문악과 그 일행들은 이 상춘이라는 곳이 왜 그토록 사람들에게 잘 알려지지 않았는지 그 이유를 확실히 알 수 있었다.

고산 지대의 날씨는 수시로 변해 어느 때는 눈부신 태양이 만년설에 반사되어 시력을 마비시킬 정도로 반짝였고, 또 어느 때는 살아 있는 모든 것을 날려 버릴 듯한 강풍이 눈보라를 몰고 와 일행의 전진을 방해했다.

아마 일행이 절정의 경지에 도달한 무인들이 아니었다면 비록 길을 알고 있다고 해도 상춘에 도달하기 전에 눈보라에 길을 잃고 죽음의 길로 들어섰을 것은 의심할 여지가 없어 보였다.

"정말 대단하군, 대단해! 도대체가 무슨 놈의 산들이 이토록 높고 거칠단 말인가? 과연 이 길의 끝에 사시사철 봄과 같은 날씨를 유지하는 곳이 있기는 한 걸까? 난 도저히 그 말을 믿을 수가 없군."

주마왕 풍석동이 휘몰아치는 눈보라에 고개를 저으며 말했다.

"그러니 백 년간 강호를 조롱하면서도 신기루가 그 비밀을 유지할 수 있었지 않았겠습니까? 누구도 이런 오지에 신기루의 본거지가 있을 거라고는 생각지 못할 겁니다."

장사성이 눈을 들어 일행의 앞을 막고 선 거대한 설산의 봉우리를 보며 말했다.

"제길, 그렇긴 하구려. 그런데 생각해 보면 정말 대단한 자들임이 틀림없어. 어떻게 이런 곳에서 그 상춘이란 곳을 찾아냈을까?"

"그 정도의 능력이 있으니 천하를 희롱했겠지요. 문악아, 저 봉우리만 넘으면 천담 마을의 반 노인이 말한 바로 그곳이 나오겠지?"

장사성이 송문악을 보며 묻자 송문악이 고개를 끄덕였다.

"설명대로라면 그렇습니다."

"흠, 그럼 이제 거의 다 왔다는 이야기군. 그런데 과연 강호의 고수들이 이곳까지 도착할 수 있을까? 무림고수들이 몰려오지 않는다면 우린 아주 곤란한 지경에 빠질 거야. 우리의 계획은 강호의 내로라하는 고수들이 이 신기루의 백인탑에 몰려올 것을 가정하여 세운 것이 아니냐?"

"비록 주변 환경이 험하기는 하지만 길만 알고 있다면 사람들은 결국 이곳으로 몰려오고 말 겁니다. 신기루의 전설에 대한 욕망은 지난 백 년간 강호를 지배했지요. 어르신도 아시다시피 사람의 욕망이란 무서운 힘을 지니고 있지 않습니까? 그리고 그 증거가 저기 있는 것 같군요."

송문악이 손을 들어 자신들이 지나온 길의 한곳을 가리켰다. 그러자 아스라이 먼 설원에 몇몇 사람의 모습이 눈에 들어왔다.

"허! 정말이군. 정말 인간의 욕망이란 대단하군. 이 지옥 같은 곳을 마다않고 달려오다니."

호교상이 혀를 치며 고개를 지었다.

"자, 그럼 우린 먼저 저 봉우리를 넘어 강호의 고수들이 몰려들기를 기다립시다. 강호의 고수들이 자신의 문 앞에 몰려든다면 신기루에서도 어떤 움직임을 보이겠지요."

장사성의 말에 따라 일행은 서둘러 하늘 높이 솟은 설산의 정상을 향해 전진하기 시작했다. 오랜 여행으로 일행 모두 지쳐 있기는 했지만 절정의 무공을 몸에 지니고 있는 그들이었기에 순식간에 산의 정상을 넘어서고 있었다.

봉우리에 올라서자 산의 동쪽과 달리 서쪽은 구름 한 점 없이 맑았다. 고산 지대에서나 볼 수 있는 기후의 급격한 변화에 모두 혀를 내두르면서도 자신들의 발아래 펼쳐진 웅장한

광경에 일행은 감탄사를 연발했다. 그리고 사람들의 시선이
자연스럽게 그 웅장한 장관을 만들어내는 풍경의 한곳으로
향했다.

"저곳인가 보군."

주마왕 풍석동이 손을 들어 고산준령에 휩싸인 계곡 한곳
을 가리켰다. 다른 사람들도 이미 그 계곡에 눈길을 주고 있
은 지 오래였다.

설산의 봉우리 아래에서 피어오르는 희미한 안개들, 혹은
구름일지도 모르는 물의 입자들이 계곡을 가득 메우고 있었
다. 그리고 그 안개 구름 사이로 언뜻언뜻 짙은 초록의 수림
이 눈에 들어왔다.

"멀리서 보기에도 심상치 않은 곳이군요. 이 지역은 아무
리 낮은 곳이라도 중원보다는 훨씬 높은 곳에 위치해 있는 것
이 분명한데 저토록 울창한 수림이 우거져 있다니, 믿기 힘든
일이군요."

호종위가 안개 사이로 보이는 초록빛 숲에 눈길을 빼앗긴
채 중얼거렸다.

"그래서 이름이 상춘이라지 않느냐?"

호교상 역시 놀라움을 감추지 않은 채 호종위의 말을 받았
다. 그때 송문악은 모두의 시선이 가 있는 안개 속 계곡의 수
림에서 시선을 돌려 주변을 살피기 시작했다. 안개의 계곡을
제외하면 대부분 몸을 숨길 곳을 찾기 힘든 바위산으로 이루

어진 지형, 더군다나 그 봉우리에는 하나같이 만년설을 이고
있었다.

'이곳에서 강호의 고수들이 몰려올 동안 몸을 숨기고 신기
루 사령들의 움직임을 살필 곳이 필요한데…….'

하지만 이런 지형에서 일행이 몸을 숨길 곳을 찾는 것은 쉬
운 일이 아니었다. 그런 송문악의 생각을 읽었음인지 장사성
이 송문악에게로 다가서며 물었다.

"머물 곳을 찾기가 쉽지 않지?"

"그렇습니다. 계곡 아래쪽으로는 숲이 있어 몸을 숨길 곳
을 찾을 수 있겠지만, 그리되면 저 안개의 계곡에서 일어나는
일들을 한눈에 볼 수 없을 겁니다."

"맞는 말이다. 가능하면 전체의 상황을 한눈에 볼 수 있는
곳에 자리를 잡는 것이 중요하다. 이곳은 누가 뭐래도 신기루
의 본거지다. 일단 시야가 트이지 않은 숲으로 들어가면 그들
에게 훨씬 유리한 싸움이 될 것이다. 적에게 유리한 지형에서
싸움을 시작할 수는 없지."

"달리 좋은 방도라도 있으신지요."

그러자 장사성이 좌우로 시선을 돌려 주변의 지형을 살피
며 말했다.

"보자… 대충 산 위로 불어오는 강풍만 막을 수 있는 곳이
면 나름대로 방법이 있을 것도 같다만……."

송문악의 눈빛이 반짝였다.

"진을 펼칠 생각이시군요."

그러자 장사성이 웃는 얼굴로 대답했다.

"그 방법 말고 이곳에서 우리가 몸을 숨길 방법이 뭐가 있겠느냐?"

"그렇다면 서둘러야겠군요. 사람들이 몰려들기 전에 진을 펼쳐야 하니 말입니다."

"그렇지. 저곳은 어떠냐?"

고개를 끄덕이며 장사성이 손을 들어 북쪽 설산 봉우리의 중턱을 가리켰다. 거대한 암석들로 이루어진 산의 경사면이 무척 험해 보이는 곳이었다.

"좋군요. 산이 험해 사람들의 발길이 뜸할 것이고 주변에 거대한 암석들이 많아 진을 이용한다면 몸을 숨기기 안성맞춤인 듯합니다."

"좋아, 그럼 저곳에서 강호의 고수들이 몰려들기를 기다리기로 하자."

송문악과 장사성 두 사람이 결정을 내리자 일행의 발걸음이 산 아래 계곡으로 향하지 않고 설산 정상 바로 아래 능선을 따라 북쪽으로 이동하기 시작했다.

그렇게 능선을 따라 북쪽으로 이동하기를 이각여. 애초에 목적한 북쪽 험산의 중턱을 오십여 장 앞에 두고 있을 때 갑자기 선두에서 길을 열고 있던 송문악의 신형이 우뚝 그 자리에 멈춰 섰다.

"무슨 일이냐?"

송문악의 바로 뒤에서 걸음을 옮기고 있던 장사성이 송문악을 향해 물었다. 그러자 송문악이 천천히 고개를 돌려 장사성을 보며 말했다.

"어르신께서는 계획대로 저 바위들 틈에 진을 펼쳐 주십시오. 전 잠시 해결할 일이 생긴 것 같습니다."

순간 장사성의 눈빛이 반짝였다.

"그들이 나타난 것이냐?"

장사성의 물음에 일행 모두의 눈에 긴장된 빛을 흘렸다. 장사성이 말한 그들이 누굴 말하는 것인지 일행 모두 짐작하고 있었기 때문이다.

"글쎄요. 그들인지 아닌지는 만나보면 알겠지요."

"하긴, 뒤를 쫓는 자가 있다고 해서 그가 꼭 신기루의 사령일 필요는 없겠지."

장사성이 고개를 끄덕였다.

"혼자 가도 괜찮겠느냐?"

그러자 이번에는 백설아와 함께 일행의 후미에서 움직이던 연심환이 걱정스런 얼굴로 물었다. 황룡 연심환은 무척 대담한 사람이었지만 지난 몇 달간 송문악 일행과 함께 움직이면서 송문악과 그의 동료들이 하고자 하는 일이 얼마나 힘들고 위험한 일인지 확실히 깨달았기에 송문악 홀로 남아 그들의 뒤를 밟는 자를 상대하는 것이 적지 않게 걱정스러운 모양이었다.

"걱정하지 마십시오, 의숙. 아마도 그는 혼자일 겁니다."

송문악이 눈을 들어 자신들이 지나온 길의 한곳을 바라보며 대답했다. 연심환의 눈빛이 한차례 흔들렸다.

"확실한 것이냐?"

"제가 느끼기에는 그렇습니다."

그러자 연심환의 입에서 한마디 탄성이 흘러나왔다.

"너란 아이는 정말 시간이 지날수록 모르겠구나. 물론 과거 송 의형을 포함해 귀곡의 문도들이 하나같이 뛰어난 무공을 지니고 있었지만 그들을 강호 절정고수의 반열에 올려놓기에는 무리가 있었다. 그런데 그들의 무공을 이어받은 네 무공의 깊이를 나는 가늠하기조차 힘들구나. 누군가 뒤를 따르고 있다는 것조차 우리 중 오직 너만이 알아챈 것인데 넌 그에 더해 그가 혼자라는 것마저 알고 있단 말이냐?"

황룡 연심환은 자존심이 무척 강한 사람이었다. 그것은 그가 강호를 지배하는 구파일방 출신이라는 것 때문이기도 했지만, 그 스스로 자신의 무공에 대해 가지고 있는 자신감 때문이기도 했다. 그리고 강호의 고수들은 그런 황룡 연심환의 자존심을 결코 자만으로 보지 않았다. 적어도 그는 천하무림인을 향해 자존심을 내세울 만한 능력이 충분했기 때문이었다. 그런 그가 하는 말이었으므로 송문악에 대한 그의 평가는 결코 과장된 것이 아니었다.

"의숙께서는 이 조카를 너무 칭찬하지 마십시오. 이것은 무공과는 조금 다른 것입니다."

송문악이 가볍게 미소를 지었다.

"네 능력이 무공이든 아니든 그것은 별로 중요치 않다. 어쨌든 그런 능력이 너에게 있다는 것이 중요한 것이지. 그리고 난 네 무공에 대한 내 평가가 과하다고 생각지 않는다. 내가 처음 널 보았던 곤명에서 넌 이미 날 훨씬 능가하고 있었지. 그런데 지난 몇 달간 여행을 하면서 넌 이미 그때와는 다른 사람이 되어 있는 것 같구나. 넌 정말 이상한 아이야."

연심환의 말은 사실이었다. 송문악은 신기루의 백인탑을 향해 이동하는 이 길고 험한 여행을 통해 분명 또 다른 한 단계의 진보를 경험하고 있었다. 물론 그 진보가 어떤 것인지는 송문악 자신도 설명할 길은 없었지만 백인탑을 눈앞에 둔 지금 송문악은 자신의 무공이 곤명을 출발할 때와는 분명 다른 경지에 도달해 있다는 것을 느끼고 있었다.

"전 그저 복수에 눈이 먼 한 명의 무인일 뿐이지요. 어르신, 의숙, 그럼 먼저들 올라가십시오."

송문악이 가벼운 미소를 지어 보이며 장사성과 연심환에게 먼저 길을 갈 것을 권했다. 그러자 송문악의 말에 따라 장사성을 선두로 나머지 일행들이 처음 목적한 지점을 향해 걸음을 옮기기 시작했다.

　송문악은 그 자리에서 서서 멀어지는 일행을 바라보다 이내 고개를 돌려 자신이 지나온 길을 응시했다. 이제부터 그는 진보된 자신의 무공을 시험해 볼 참이었다.

상춘(常春)

설산 중턱을 따라 난 험준한 길, 머리 위쪽으로는 거대한 암석들이 금방이라도 떨어져 내릴 듯 위태롭게 매달려 있고, 그 아래로 폭이 겨우 두서너 자에 불과한 길이 뱀처럼 산허리를 휘감고 있다.

송문악은 장사성 일행이 멀어지자 천천히 자신이 지나온 험준한 길을 되짚어 걷기 시작했다. 그렇게 얼마나 걸었을까. 좌우에 거대한 암벽들이 늘어선 곳에 도착한 송문악이 걸음을 멈추었다. 그리곤 마치 무언가를 찾는 사람처럼 물끄러미 절벽과 같은 경사로 기울어진 왼쪽 산등성이의 바위에 시선을 고정시켰다.

그렇게 얼마의 시간이 흘렀을까. 문득 송문악의 입이 열렸다.

"얼마나 더 기다려야 하는 거요?"

누군가 보았다면 아마도 미친놈 취급을 받았을 법한 행동. 송문악이 말을 건넨 곳에는 그저 커다란 바위만 위태롭게 매달려 있을 뿐이다. 그런데 기이하게도 송문악의 물음에 대한 답이 그 바위로부터 흘러나왔다.

"흐흐. 역시 보통 놈들이 아니군. 이십여 장을 격하고 뒤를 쫓았건만 기척을 알아채다니……."

음침한 말소리와 함께 위태롭게 서 있던 바위의 한 부분이 밖으로 돌출되기 시작했다. 그리고 일단 밖으로 돌출된 바위의 표면이 서서히 바위와 분리되더니 어느새 한 사람의 신형을 만들어내고 있었다.

'극성에 이른 은신술, 강호의 이인(異人)인가? 아니면 신기루에서 나온 자인가?'

송문악이 사람의 움직임이라고는 믿기 어려운 기술(奇術)을 펼쳐 보이는 괴인을 응시하며 내심 상대의 정체를 궁리했다. 하지만 송문악의 고민은 기실 필요없는 것이었다.

"신기루의 전설을 노리는 자들이냐? 아니면 다른 목적이 있어 이 상춘을 찾은 자들이냐?"

이제 완전한 사람의 형체를 한 괴인의 입에서 위압적인 질문이 흘러나왔다.

'우리가 이곳에 온 목적을 묻는 걸 보니 이자는 신기루에 서 나온 자가 틀림없군.'

송문악이 상대의 질문을 듣는 즉시 상대의 정체를 읽어냈다.

"우리의 목적을 묻기 전에 그대가 우리의 뒤를 따른 이유를 먼저 듣고 싶군."

송문악이 상대의 질문에 답은 않고 되묻자 코 윗부분까지 뒤집어쓴 커다란 천 조각에 가려진 괴인의 눈에서 붉은 안광이 쏟아졌다.

"끌끌, 과연 대담한 놈이로군. 감히 이 수혼귀 구왕의 질문을 무시해 버리다니……."

동시에 한줄기 살기가 괴인에게서 뻗어 나와 송문악을 향해 다가들었다. 그리고 송문악이 그 살기를 느끼는 순간 어느새 초록빛의 손 하나가 송문악의 목을 움켜쥘 듯 다가들었다.

'살법을 수련한 자인가?'

이런 식으로 상대가 예측하지 못하는 시점에 공격을 가하는 것은 보통 살법을 수련한 살수들에게서나 볼 수 있는 움직임이다. 하지만 언제까지 생각만 하고 있을 수는 없다. 이미 상대의 손은 송문악의 목을 움켜쥐려 하고 있었기 때문이었다.

송문악이 가볍게 한 발을 옆으로 비켜섰다. 그리고 그 순간 송문악의 신형이 자신의 왼쪽에 서 있는 거대한 바위를 타고 순식간에 허공으로 숏구쳤다.

"과연 대단하구나, 나의 귀령수(鬼靈手)를 이토록 가볍게 피해내다니."

수혼귀 구왕이라 자신을 밝힌 괴인이 감탄사를 흘려내면서도 이내 송문악의 뒤를 쫓아 바위를 타고 오르기 시작했다. 하지만 그가 바위 위에 올라섰을 때 송문악의 신형은 이미 또 다른 바위를 향해 날아가고 있었다. 그리곤 수혼귀 구왕이 자신을 따라 처음 그가 올라선 바위 위로 올라서자 이내 몸을 날려 설산의 좀 더 높은 지대로 이동하기 시작했다.

"흠, 자리를 옮기시겠다? 그도 좋지. 하긴 이곳은 사방이 트인 곳이라 싸움을 벌이기에 좋은 장소는 아니지."

수혼귀 구왕이 고개를 한 번 끄덕이고는 이내 송문악의 뒤를 쫓아 석산을 거슬러 오르기 시작했다.

두 사람의 신형이 검은 잔영을 남기며 순식간에 가파른 돌산을 치달아 올랐다. 멀리서 누군가 두 사람의 움직임을 본다면 마치 검은 연기가 산을 거슬러 오르는 것이라 착각할 만큼 현묘한 움직임이었다.

그렇게 한동안 바위를 타고 넘어 산을 치달아 오르던 송문악의 신형이 어느 순간 뚝 하고 멈춰 서며 재빨리 몸을 돌려 자신의 뒤를 따라 움직이고 있던 수혼귀를 응시했다.

"싸울 자리를 찾은 것이냐?"

수혼귀가 멈춰 선 송문악을 향해 무서운 속도로 닥쳐들며 차가운 살기가 담긴 일성을 던져 냈다. 동시에 그의 녹색 손이 다시금 송문악을 향해 뻗어나갔다. 하지만 이번에는 처음 공격과 달리 그의 양손 모두가 송문악을 향해 기묘한 곡선을 그려내고 있었다.

그러자 그의 두 손에서 녹색의 희미한 연기 같은 것이 흘러나오더니 이내 송문악을 향해 닥쳐들기 시작했다.

'역시 독이군.'

간혹 무림에 자신의 신체 일부에 독을 주입시켜 자유자재로 하독(下毒)하는 자가 존재했다. 수혼귀 구왕은 바로 그런 자 중 하나였다.

어느새 매캐한 독향이 송문악의 후각을 간지럽혔다. 그런데 바로 그때 송문악의 뒤쪽, 만년설이 덮여 있는 산의 정상 쪽에서 한줄기 차가운 바람이 불어와 송문악의 뒷덜미를 훑고 지나갔다. 동시에 그 바람은 송문악을 향해 밀려들던 독무의 움직임을 방해하기 시작했다.

순간 송문악의 입에 살짝 미소가 감돌았다. 그가 좀 더 신형을 뒤로 뺐다. 그러자 독무는 더 이상 송문악을 따라잡지 못하고 정상에서 불어오는 강풍으로 인해 허공으로 흩어지기 시작했다.

"흥, 설마 바람의 힘을 이용하기 위해 이곳까지 몸을 뺀 것이었느냐?"

수혼귀 구왕이 자신이 펼쳐 낸 독무가 허무하게 바람에 흩어지는 것을 보며 소리쳤다.

"당신의 손을 보고 그대가 독을 익힌 자라는 것을 알 수 있었소."

송문악이 담담한 어조로 대답했다.

"좋아, 제법 영활한 머리를 가지고 있구나. 하지만 겨우 바람에나 의지해 나의 독수를 피할 생각을 하다니, 생각보다 치졸한 면이 있구나. 그리고 미안하게도 바람이라면 내 독공을 막아내는 데 별로 도움이 되지 않을 것이다!"

수혼귀 구왕이 일갈을 터뜨리며 다시 손을 들어서 송문악을 공격해 들어왔다. 그리고 이번에는 그의 녹색 손이 장력이 아닌 지력을 뻗어내기 시작했다. 그러자 그의 손가락에서 뻗어 나온 몇 줄기 지력이 산 위에서 몰아치는 강풍을 뚫고 송문악을 향해 날카롭게 파고들었다.

"물론 그대의 독공을 바람으로 모두 막을 수 있다고는 생각지 않았소. 하지만 최소한 그대의 독무가 미치는 범위를 최소화시킬 수는 있을 것이오. 당신이 독장을 버리고 지공을 선택한 이유가 바로 그 증거가 아니겠소?"

송문악이 구왕이 쏘아대는 지력을 몸을 틀어 피해내며 차분한 목소리로 자신이 이곳으로 그를 이끌고 온 이유를 설명했다.

"바람의 힘이나 이용하려 하는 자라면 나의 지공만으로 족하다."

자신의 일지가 송문악을 비켜 나갔음에도 수혼귀 구왕의 음성에는 자신감이 깃들어 있었다. 그러면서 그가 재빨리 송문악이 비켜선 공간을 스치고 지나가 송문악의 위쪽으로 올라서려 했다. 만약 그가 송문악과 위치를 바꾼다면 송문악이 도움을 받고자 했던 산 정상에서 불어오는 강풍은 오히려 수혼귀에게 유리한 도구가 될 터였다.

그런데 막 수혼귀 구왕이 송문악을 지나치려는 순간 송문악의 손에서 한줄기 파란 빛이 번개처럼 뻗어 나왔다.

"흡!"

순간 수혼귀 구왕이 입으로 헛바람을 뱉어내며 막 앞으로 나가려던 신형을 급격하게 뒤로 물렀다. 그러자 두 사람의 위치는 애초에 처음 그들이 마주 선 본래의 위치가 돼버리고 말았다. 그리고 다음 순간 그렇게 푸른 빛줄기를 피해 몸을 뺀 수혼귀 구왕의 눈에 경악의 빛이 떠올랐다.

"너, 넌!"

구왕의 입에서 미처 끝내지 못한 의문이 흘러나왔다. 그때 다시 한줄기 바람이 불어왔다. 그 바람에 날려 수혼귀 구왕의 머리에서 떨어져 나온 머리카락 한 뭉텅이가 산 아래로 날려 내려갔다.

"당신을 상대할 자신이 없어 이곳으로 온 것이 아니오."

송문악이 의문 어린 시선으로 자신을 바라보고 있는 수혼귀 구왕에게 말했다. 물론 이제 수혼귀 구왕도 상대가 바람의 힘이나 빌어 자신을 상대하고자 이곳으로 자리를 옮긴 것이 아니라는 것을 알고 있었다. 자신의 발걸음을 되돌리며 한 줌의 머리카락을 잘라 버린 상대의 쾌검. 그 쾌검은 수혼귀가 평생 처음 경험하는 극쾌(極快)의 일초였기 때문이다.

"왜 이곳으로 장소를 옮긴 것이냐?"

"당연히 사람들의 이목을 피하기 위해서가 그 첫 번째 목적이오. 상춘의 신기루를 찾아오는 사람들의 눈에 띄어 좋을 것이 없기 때문이오. 하지만 그보다는 다른 이유가 더 중요하달 수 있소."

"또 다른 이유?"

수혼귀 구왕이 긴장된 목소리로 물었다. 송문악의 쾌검을 한 번 경험한 이후 그는 자신도 모르는 사이에 처음 가졌던 자신감을 상실해 가고 있었다.

"그렇소."

"그게 뭐냐?"

그러자 송문악의 입가에 한줄기 미소가 그려졌다. 그리곤 미처 수혼귀 구왕이 느낄 사이도 없이 송문악의 신형이 그 자리에서 사라졌다. 순식간에 상대의 신형을 놓친 수혼귀 구왕이 당황하며 좀 더 몸을 뒤로 빼냈다. 그런 구왕의 귓가로 어디에선가 송문악의 목소리가 들려왔다.

"당신을 이곳으로 이끈 이유 중 하나는 바로 당신에게 묻고 싶은 말이 있기 때문이라오."

송문악의 목소리가 들렸다 싶은 순간 한 가닥 서늘한 살기가 수혼귀의 명치를 파고들었다.

"놈!"

순간 수혼귀의 입에서 노성이 터져 나오며 그의 전신에서 녹색 연무가 뿜어져 나왔다. 스스로 전신에 독무를 휘감아 상대의 공격으로부터 벗어나려는 것이었다. 하지만 그의 전신에서 일어난 독무는 산 위에서 불어오는 강풍에 밀려 순식간에 그의 몸에서 멀어져 버리는 것이었다.

그리고 독무가 사라진 공간에 불쑥 송문악의 신형이 나타나더니 그의 손에 들린 청명검이 순식간에 서너 번의 검선을 허공에 그려댔다.

"으음……!"

수혼귀 구왕의 입에서 침음성이 흘러나왔다. 동시에 신형이 굳은 듯 그 자리에 멈춰 섰다. 그 앞에서 청명검을 든 송문악이 구왕을 바라보며 서 있었다.

"처음 만났던 곳에서 당신을 제거하는 일은 그리 어려운 일이 아니었소. 하지만 난 당신이 누구인지, 왜 우리 뒤를 밟는 것인지 알고 싶었소. 당신에게 그런 말들을 들으려면 반드시 당신을 산 채로 제압해야 할 필요가 있었소. 그러자면 당신에게 가까이 접근해 당신의 혈도를 점해야 했지. 그런데 당신은 독인이었소. 물론 진기를 일으켜 당신의 독무에 대항할 수도 있었겠지만 난 좀 더 확실하고 편한 방법을 선택하고 싶었소. 물론 타인의 이목으로부터 자유롭고도 싶었고. 그래서 당신의 독무가 힘을 쓰지 못할 이곳으로 싸움터를 정한 것이오.”

송문악은 전신의 혈도를 제압당해 손가락 하나 까딱할 수 없는 수혼귀 구왕에게 자신의 의도했던 바를 차근차근 설명했다. 그러자 수혼귀 구왕이 우리에 갇힌 맹수처럼 낮게 으르렁거렸다.

“나에게서 그 어떤 말도 듣지 못할 것이다. 어서 날 죽여라.”

그러자 송문악이 조용히 고개를 저었다.

“그 말투 하며… 어디서 많이 들어본 소리구려. 하지만 나에게 그런 말을 했던 사람들은 결국 모두 내가 듣고 싶어하던 말을 해주었소이다.”

“비록 너에게 사로잡힌 꼴이 되었지만 우린 다른 무림인들과는 그 바탕이 다른 사람들이다. 그들과 우리를 함부로 비교치 말아라.”

그러자 송문악의 눈빛이 살짝 반짝였다.

“우리라… 역시 신기루의 일백사령이신가 보구려.”

그러자 이번에는 수혼귀 구왕의 눈이 크게 한차례 흔들렸다.

“역시 본 루를 알고 있구나. 어쩐지 신기루의 전설를 얻고자 몰려드는 다른 무림인들과는 그 움직임이 사뭇 다르다고 생각했었지. 그래서 너희들의 뒤를 쫓은 것이고. 너희들이 바로 화산과 형산을 침범했던 바로 그자들인 모양이구나.”

“그렇소. 우리가 바로 그들이오.”

송문악이 부인하지 않고 고개를 끄덕였다.

“역시 그랬어. 삼십팔사령이 보낸 인상착의가 너희들 중 몇 명과 비슷하다고 생각하고 있었지.”

순간 송문악의 눈에 이채가 서렸다.

“우리의 얼굴을 알고 있다?”

“흐흐, 당연한 일이지. 이미 본 루에는 너희 중 세 사람의 인상착의가 전해졌다.”

“그렇다면 역시 화산에서 전해진 것이겠군. 당시 우리의 얼굴을 본 사람은 화산의 문도 몇밖에 없었으니까.”

“그것만이 아니지. 너희들이 화산을 떠난 이후의 행적도 어느 정도 밝혀지고 있는 중이지. 구파의 추격대는 이미 너희들을 추격해 천담을 통과하고 있을 것이다.”

그러자 송문악이 천천히 고개를 끄덕였다.

“역시 구파의 추격대에도 신기루의 사령이 포함되어 있단 말이군.”

그러자 수혼귀 구왕이 호쾌한 웃음을 터뜨렸다.

“그야 당연한 일이지 않은가? 비록 천하무림이 구파일방의 지배하에 있다고 해도 그 구파일방을 움직이는 것은 바로 본 신기루이다. 물론 이 정도쯤은 알고 있겠지?”

"당연히 그 정도는 알고 있소. 그나저나 난 당신을 데리고 다시 자리를 옮겼으면 하는데……."

말을 건네면서 송문악이 수혼귀 구왕의 아혈까지 점한 후 그의 몸을 자신의 어깨 위에 걸쳐 멨다.

"당신에게서 묻고 싶은 말이 있는 것은 나뿐만이 아니라서 말이오. 불편하더라도 참도록 하시구려."

그렇게 무덤덤한 말을 내뱉은 송문악이 훌쩍 몸을 날려 거친 산비탈을 타고 이동하기 시작했다.

"이쪽이다, 문악!"

애초에 일행이 몸을 숨길 곳으로 정해놓았던 곳에 도착하자 거대한 바위들 사이에서 홀연히 장사성의 목소리가 들려왔다. 하지만 목소리만 들려올 뿐 일행의 모습은 그 어디에서도 발견할 수 없었다.

'역시 천학 어르신이군. 이미 진을 완성해 그 속에 일행의 모습을 숨겼구나.'

송문악이 수혼귀 구왕을 어깨에 걸쳐 멘 채 소리가 들린 곳으로 이동하며 내심 천학 장사성의 빠른 움직임에 새삼스레 감탄했다. 바위밖에 없는 석산에서 이처럼 완벽하게 사람의 모습을 숨길 수 있는 진을 칠 수 있는 사람은 아마도 천학 장사성 이외에는 찾아보기 어려울 터였다.

"여기다."

　장사성의 목소리가 다시 들려오더니 거대한 바위가 서 있
는 것으로 보이던 곳에서 불쑥 장사성의 신형이 튀어나왔다.

　"이건 제가 모르는 진이군요."

　송문악이 장사성이 있는 곳으로 걸음을 옮기며 말하자 장
사성이 미소를 지으며 대답했다.

　"사실 진에 있어서는 내가 형님보다 조금 나았다고 할 수
있다. 당연히 네가 형님께 배운 진들 중 이 진은 없었을 것이
다."

　"이건 무슨 진이지요?"

　"내가 본시 자신하는 진은 천망(天罔)과 지둔(地遯)이라는
두 가지인데, 이것들은 형님노 모르는 진이란다. 왜냐하면 이
두 개의 진은 사부에게 배운 것이 아니라 내가 직접 고안한
진들이기 때문이지. 지금 이곳에 친 것은 그중 지둔이다. 천
망이야 너도 이미 보았던 것이고……."

　"두 진의 쓰임새가 서로 다른가 보군요."

　"천망은 본시 내 무공의 부족함을 메우려고 만든 것으로
싸움에서 상대를 진으로 옭아매 그 행동을 제압하는 것을 목
적으로 만든 것이다. 반면에 이 지둔은 오로지 사람들의 이
목을 피해 몸을 감추기 위해 만든 진이지. 자, 이리로 들어오
거라."

　장사성은 송문악이 가까이 다가서자 송문악을 바위 쪽으
로 이끌었다. 그러자 두 사람의 모습이 순식간에 바위 안으로

사라지는 것이었다.

"어서 오시게, 송 소협. 그놈이 바로 우리의 뒤를 밟던 놈인가?"

진 안으로 들어서자 사방 십여 장의 공간에 일행들이 이곳저곳에 흩어져 앉아 진 안으로 들어서는 송문악을 맞이했다. 그리고 그중 주마왕 풍석동이 먼저 송문악에게 말을 걸어왔다.

"그렇습니다. 이자가 바로 천담에서부터 우리 뒤를 쫓아온 자입니다."

"역시 신기루의 종자인가?"

풍석동의 질문에 송문악이 고개를 끄덕였다.

"음… 그런데 이자는 왜 산 채로 잡아온 것인가?"

"몇 가지 물어볼 말이 있어서입니다."

"하지만 과연 입을 열까? 보게, 눈에 독기가 흐르고 있지 않은가?"

주마왕 풍석동이 말을 하며 발끝으로 수혼귀 구왕의 머리를 툭 건드렸다. 강호의 고수라면 참을 수 없는 모욕을 받은 수혼귀의 눈에서 한줄기 살기가 흘러나왔다.

"껄껄껄, 그래도 자존심은 있다는 건가? 하지만 네가 노려보면 어쩔 것이냐? 만약 이런 수모를 더 이상 당하고 싶지 않다면 우리가 묻는 말에 고분고분 답을 하거라. 그러면 이 주마왕께서 편하게 저승으로 보내줄 것인즉!"

'역시 노련하군.'

송문악은 주마왕 풍석동의 행동에 속으로 탄성을 자아냈다. 본시 강호의 고수에겐 육체적인 고통보다 정신적인 고통이 더 견디기 힘든 법이다. 특히나 신기루의 사령들은 지난 백여 년 동안 강호의 지배자임을 자처하던 무리들, 자신들에게 가해지는 모욕을 견디는 것이 팔다리가 끊어져 나가는 것보다 더 견디기 힘들 터였다.

송문악이 주마왕 풍석동을 노려보는 수혼귀 구왕에게 다가가 점혈되어 있던 아혈을 풀었다. 그러자 그 즉시 구왕의 입에서 살기 어린 음성이 흘러나왔다.

"주마왕 풍석동이라면 십대괴객의 일인으로서 강호에 명성이 쟁쟁한 자이거늘 어찌 강호의 도리를 무시하고 상대에게 이토록 치욕을 준단 말이냐? 더 이상 치욕을 주지 말고 어서 날 죽여라."

그러자 풍석동이 힐끗 구왕을 바라보며 말했다.

"이것 봐, 신기루의 사령 나으리. 지금 신기루에 속한 종자가 감히 강호의 도의를 말할 수 있는 처지인가? 지난 백 년간 천하의 무림인을 속이고 피의 음모를 꾸며온 네놈들이 감히 강호의 도의를 입에 올릴 자격이 있냐는 말이다."

주마왕 풍석동의 다그침에 수혼귀가 대답할 말을 찾지 못했는지 그저 풍석동을 노려볼 뿐이었다.

"묻는 말에 순순히 대답을 한다면 원하는 대로 편하게 저 승으로 갈 수 있을 것이오."

송문악이 그런 수혼귀에게 조용한 음성으로 말했다. 송문악의 목소리는 비록 조용했지만 상대에게 믿음을 주는 힘이 있어서 수혼귀의 눈빛도 송문악의 말을 듣자 조금씩 가라앉았다.

"묻고 싶은 것이 뭐냐?"

수혼귀가 송문악에게 지친 목소리로 물었다.

"신기루에 대한 것은 우리도 적지 않게 알고 있소. 지금 우리가 궁금한 것은 백인탑을 목표로 몰려드는 천하의 무림인들을 과연 신기루에서는 어떻게 대응하고 있는가 하는 것이오. 신기루에서는 어떤 준비를 하고 있소?"

"신기루의 전설을 얻겠다고 몰려드는 자들에게 해줄 수 있는 것이 무엇이 있겠느냐? 그들이 원하는 것을 주는 수밖에……."

"그들이 원하는 것을 준다면?"

"그들은 곧 일백 개의 천문시를 보게 될 것이다."

"일백 개의 천문시!"

일행의 입에서 저마다 탄성이 흘러나왔다. 그동안 신기루가 나타날 때마다 신기루에서는 오직 하나의 천문시만을 강호에 내보냈었다. 그런데 이번에는 일백 개의 천문시를 강호에 내보내겠다는 것이 아닌가?

일백 개의 천문시라는 말에 잠시 일행들이 그 속에 포함된 의미를 가늠하느라 침묵에 빠져들었다. 그러다 어느 순간 천학 장사성이 서늘한 눈빛으로 입을 열었다.

"상춘은 곧 피에 잠기겠구나."

사람들의 시선이 천학 장사성에게로 향했다. 그러자 장사성이 설명을 하듯 일백 개의 천문시가 가지는 의미를 설명하기 시작했다.

"그동안 신기루가 나타날 때마다 천문시는 오직 하나만 그 모습을 드러냈소이다. 그 하나만으로도 강호에는 큰 혈풍이 불었지요. 그런데 이제 일백 개의 천문시가 강호에 풀리면 얼마나 많은 사람들이 죽임을 당하겠소이까?"

그러자 호교상이 고개를 갸웃거리며 물었다.

"일백의 천문시가 풀리면 오히려 하나의 천문시가 풀렸을 때보다 피가 덜 흐르지 않겠습니까? 그만큼 천문시를 손에 넣기가 수월해질 테니 말입니다."

그러자 장사성이 천천히 고개를 저었다.

"꼭 그렇지만은 않습니다. 그동안 오직 하나뿐인 천문시를 차지하기 위한 최고수들의 경쟁은 치열했지만 오히려 그것이 그나마 적은 피를 흘린 이유가 될 수도 있었습니다."

"난 천학의 말씀이 잘 이해되지 않는구려. 그동안 천문시를 차지하기 위한 싸움이 얼마나 험했습니까? 그런데 그것이 오히려 피를 적게 흘린 이유이기도 하다니요?"

"천문시가 하나이니 그것을 노리는 자들은 모두 강호의 초절정고수들이었습니다. 다시 말해 보통의 고수들은 천문시 쟁탈전에 뛰어들 엄두를 내지 못했다는 말이지요. 그런데 이제 백 개의 천문시가 뿌려진다면 아마도 이 상춘에 도착한 모든 강호인들이 무공의 고하에 상관없이 천문시 쟁탈전에 나설 것입니다. 그러니 어찌 과거 하나의 천문시가 강호에 던져졌을 때와 비교할 수 있겠습니까?"

장사성의 말이 끝나자 그의 의견에 의문을 가지고 있던 호교상뿐 아니라 장내의 다른 사람들도 일백 개의 천문시가 가지는 심각성에 대해 깨닫게 되었다.

"그렇다면 큰일이군요. 우리는 이곳에 모여든 강호인들에게 신기루의 진실을 알리고 그들의 힘을 빌어 신기루를 멸하려고 했던 것인데 그전에 백 개의 천문시로 강호인들이 서로 이전투구를 벌인다면 누구의 힘으로 신기루를 상대한단 말입니까?"

호종위가 걱정스런 눈으로 장사성을 보며 물었다.

"아마도 신기루에 대한 진실을 조금 일찍 강호인들에게 전할 필요가 있을 것 같소이다."

"하지만 강호인들이 이곳에 모여들기 전이라면 그들에게 신기루의 진실을 전할 방법이 마땅치가 않지 않소이까?"

주마왕 풍석동이 걱정스런 얼굴로 말했다. 그러자 장사성도 고개를 끄덕이며 대답했다.

"물론 그런 어려움이 있기는 하지만, 만약 천문시가 풀리기 전에 신기루의 진실을 전하지 않으면 우린 정말 피가 강이 되어 흐르는 것을 목격하게 될 것입니다.”

모든 사람들의 얼굴이 걱정으로 물들어갔다. 아무도 마땅한 대책을 내놓는 사람이 없었다. 그러자 수혼귀 구왕이 큭큭거리며 웃음을 흘려내더니 득의한 표정으로 입을 열었다.

“고민한다고 해결될 일이 아니다. 이미 천문시는 본 루를 떠났다. 이제 곧 이 상춘을 향해 오는 강호인들에게 일백 개의 천문시가 뿌려질 것이다. 그렇게 된다면 중원에서 상춘을 향해 출발한 강호인 중 성한 몸으로 이곳에 도착할 수 있는 자들은 채 일 할도 되지 않을 터. 그나마 운이 좋아 살아 있는 몸으로 이곳에 도착한다 해도 그것으로 끝이 아니다. 살아서 본 루의 백인탑에 이른 자들은 백 년 동안 강호를 지배해 온 신기루의 저력을 뼈저리게 느끼게 될 것이다. 그리고 강호는 이제 알게 되겠지, 누가 천하의 지배자인지 말이다. 핫하하! 컥!”

득의한 웃음을 터뜨리던 수혼귀 구왕의 입에서 갑작스럽게 비명성이 터져 나왔다. 어느새 그의 오른쪽 옆구리에 주마왕 풍석동의 발이 박혀 있었다.

“물론 네놈의 말대로 될 수도 있겠지. 하지만 넌 이걸 알아야 해. 비록 그런 일이 일어난다 하더라도 넌 결코 그 장면을 볼 수 없다는 사실을 말이야. 그리고 또 한 가지 명심해야 할 것이 있어. 더 이상 시건방을 떤다면 이 자리가 너에게는 지옥이 될 수도 있다는 사실을 말이다. 이 주마왕 어른은 그리

너그러운 사람이 아니거든!"

"윽!"

주마왕의 말이 끝남과 동시에 다시 수혼귀의 입에서 비명이 흘러나왔다. 주마왕 풍석동이 다시 한 번 수혼귀의 옆구리를 걷어찼기 때문이다. 혈도가 점혈된 수혼귀로서는 진기를 끌어올릴 수 없었으므로 풍석동의 발에 걷어차인 옆구리 부분의 갈비뼈 몇 대가 부러지는 것을 막을 수 없었다.

"자, 방법들이 없는 거요? 방법이 없다면 어쩔 수 없지요, 살아서 이곳에 도착하는 자들만으로 힘을 모아 신기루와 한판 승부를 벌일 수밖에. 애초에 누구의 도움을 바라고 시작했던 일이 아니지 않소이까?"

풍석동이 가라앉은 분위기를 변화시키려는 듯 큰 목소리로 말했다. 그때 황룡 연심환이 입을 열었다.

"제가 한번 나서보지요."

그러자 모두의 시선이 연심환에게로 쏠렸다.

"의숙께서는 무슨 방도가 있으신지요?"

앞으로 나선 연심환에게 송문악이 묻자 연심환이 어두운 얼굴로 고개를 끄덕이며 대답했다.

"얼마나 효과를 거둘 수 있을지 모르겠지만 개방의 방도들을 통해 그 소식을 강호인들에게 전하면 적지 않은 효과를 볼 수 있을 것이다. 물론 그렇다고 해도 욕망에 물든 사람들을 온전히 이곳으로 불러 모을 수는 없겠지만 말이다."

그러자 장사성이 반색을 하며 말했다.

"황룡께서 개방을 움직여 주신다면야 더 이상 바랄 것이 없지요. 그런데……."

"달리 하실 말씀이라도 있으신지요?"

"지금 황룡께서는 개방의 방도들과 연락이 끊겨 있지 않습니까? 어떤 방도로 그들에게 신기루에 대한 소식을 전할 생각이십니까?"

"일단은 제가 다시 저 산을 넘어가야겠지요."

황룡 연심환이 자신들이 넘어온 설산을 가리켰다.

"음… 현재로선 그 방법밖에 없는 것 같구려. 지금으로선 가능한 많은 강호의 고수들이 이 상춘으로 성한 몸을 하고 오는 것이 중요하니까 말이외다."

풍석동이 고개를 끄덕였다.

"저도 함께 가겠어요."

그러자 백설아가 앞으로 나서며 말했다.

"위험할 수도 있소이다. 이미 이 상춘으로 이동하는 길은 여기 수혼귀와 같은 자들로 가득 차 있을 것이오. 그들은 연의숙과 백 소저가 신기루의 진실을 강호에 전하고 있다는 것을 아는 순간 두 사람을 향해 살수를 전개할 겁니다."

"제 몸 하나 지킬 무공은 있어요. 절 걱정하진 마세요."

백설아가 송문악의 걱정을 일소에 붙이고는 이내 연심환의 곁에 다가섰다.

"저도 함께 갔으면 좋겠습니다만, 이미 저들에게 우리의 인상착의가 알려져 있기에 함부로 움직일 수가 없군요."

송문악이 연심환을 보며 아쉬운 듯 말했다.

"너무 걱정 말아라. 누구와 싸우러 가는 것이 아니라 오로지 강호에 소식을 전하러 가는 길이다. 조심한다면 크게 위험한 일은 없을 것이다. 그리고 일단 개방의 방도를 만나 이 소식을 전하게 된다면 그 즉시 다시 이곳으로 돌아올 것이다."

"알겠습니다. 의숙께서 나서시는 일인데 어찌 성사되지 않을 리가 있겠습니까?"

"하하하, 널 실망시키지 않기 위해서라도 열심히 움직여야겠구나. 그럼 다녀오마."

연심환이 호탕한 웃음을 터뜨리고는 이내 백설아와 함께 진을 벗어났다. 그 모습을 물끄러미 보고 있던 풍석동이 무심한 목소리로 중얼거렸다.

"이러니저러니 해도 저들은 구파일방의 사람들, 과연 믿을 수 있을까?"

풍석동으로서는 당연한 걱정이었다.

"그들은 이미 지난 수개월간 우리와 함께 여행을 하며 신기루의 존재가 향후에는 구파일방에게도 결코 도움이 되지 않을 것이란 사실을 깨달았을 겁니다. 그러니 다른 생각을 하지는 않을 겁니다. 그리고 그런 것보다도 황룡 연심환은 호걸이지요. 적어도 문악을 배반하지는 않을 겁니다."

장사성의 말에 송문악도 고개를 끄덕였다.

"연 숙부는 믿을 수 있습니다."

"두 사람이 그렇게 생각한다면 나도 더 이상 걱정하지는 않겠소. 그나저나 이자는 이제 어떻게 하면 좋겠소?"

풍석동은 바위의 한쪽에 등을 기대어 놓은 수혼귀 구왕을 가리키며 물었다. 그러자 수혼귀 구왕이 아직도 그 살기가 살아 있는 눈빛을 발하며 소리쳤다.

"이제 그만 죽여라!"

"글쎄, 죽고 안 죽고는 네가 선택할 상황이 아니라니까."

풍석동의 날카로운 일각이 다시 수혼귀의 옆구리에 파고들자 그 충격에 숨이 막힌 수혼귀의 일굴이 고통으로 일그러졌다.

"당신에게 아직 들어야 할 말이 남아 있소."

장사성이 고통에 몸부림치는 수혼귀 앞으로 다가가며 말했다.

"내, 내게서 더 이상의 말을 들을 수는 없을 것이다. 천문시의 이야기는 어차피 알게 될 일이었기에 말한 것일 뿐 더 이상의 말을 내 입을 통해 들을 수는 없을 것이다."

수혼귀가 겨우 숨을 가라앉히고는 풍석동을 노려보며 이가는 소리를 내뱉었다.

"백인탑 안에는 몇 명의 사령이나 있소?"

더 이상 입을 열지 않겠다는 수혼귀의 말을 무시하며 그의 앞에 쪼그려 앉은 장사성이 수혼귀의 동공을 들여다보며 물었다.

"난 더 이상 할 말이 없다."

상대의 눈에 비친 자신의 모습에 얼굴을 찡그리며 수혼귀가 낮은 목소리로 뇌까렸다.

"이미 우리 손에 죽은 자들이 꽤 되니 한 칠팔십 명 정도의 사령이 있겠구려. 아니, 어쩌면 그대와 마찬가지로 이 상춘으로 몰려드는 강호인들을 감시하기 위해 백인탑 밖으로 나간 자들도 있을 테니 그보다 더 적을 수도 있겠군. 대략 오십여 명 정도?"

장사성은 상대의 반응에는 아랑곳하지 않고 자신의 생각을 혼잣말하듯 말하고 있었다. 하지만 여전히 그의 눈은 수혼귀의 동공에 머물러 있었다.

"지금 무슨 짓을 하고 있는 것이냐?"

수혼귀 구왕이 장사성의 행동에 경계의 빛을 내보이며 소리쳤다.

"몰라서 묻는 거요? 난 지금 그대에게 백인탑 안의 사정에 대해 묻고 있지 않소? 그리고 당신은 나의 물음에 답을 하고 있고 말이오."

"무슨 소리를 하는 것이냐? 내가 언제……."

"이보시오. 사람은 입으로만 말을 하는 것은 아니라오. 사람의 입에서 흘러나오는 말은 대부분 거짓이지만 눈으로 하는 말은 대부분 진실이라오. 난 지금 그대의 눈이 하고 있는 말을 듣고 있는 것이라오. 일단 백인탑에 대략 오십여 인 정도의 사령이 머물러 있다는 말이군. 그런데 십방성인은 백인탑에 도착했소이까?"

그러자 수혼귀의 동공이 불안하게 흔들렸다. 자신의 눈빛을 보고 자신의 대답을 읽는 사람, 이런 사람을 그는 만난 경험이 없었다. 강호에 기인이사가 많다지만 상대의 눈빛을 읽어내는 자라니…….

"그럼 도착하지 않았소이까?"

장사성의 질문은 계속되었다. 그에 따라 수혼귀의 동공도 더욱 심하게 요동쳤나.

"음… 그럼 이 상춘에 도착은 했는데 백인탑에 머물지는 않는 모양이구려."

그러자 수혼귀 구왕의 입이 드디어 말을 뱉어냈다. 하지만 그것은 장사성의 질문에 대한 답은 아니었다.

"도대체 넌 누구냐?"

그러자 장사성이 빙긋 미소를 지으며 대답했다.

"강호에서는 날 천학이라 부른다오."

순간 수혼귀의 눈이 크게 떠졌다.

"천학 장사성!"

"그렇소. 내가 천학 장사성이라오."

장사성이 고개를 끄덕이자 구왕의 입에서 탄식이 흘러나

왔다.

"그 두뇌만으로 강호십대괴객에 들었다더니, 과연 천학 장사성이다. 자, 이제 알고 싶은 것을 모두 알았다면 날 그만 죽여다오. 천학 장사성은 강호의 도리를 아는 자라 들었다."

그러자 장사성이 천천히 고개를 저었다.

"물론 난 강호의 도리를 지키며 살아온 사람이라오. 하지만 그것을 신기루의 사령들에게까지 지키고 싶은 생각은 없소. 하지만 나의 다음 질문에 순순히 답해준다면 당신을 편하게 보내주겠소. 눈으로 상대의 생각을 읽어내는 일은 보통 심력을 소비하는 일이 아니라서 말이오."

그러자 수혼귀 구왕이 지친 눈빛으로 대답했다.

"도대체 더 듣고 싶은 것이 무엇이냐?"

"당연한 질문이겠지만 십방성인은 아직 그대들 신기루의 사령들이 꿈꾸고 있는 신기루의 변혁을 모르고 있겠지?"

순간 수혼귀 구왕의 눈에서 파란 안광이 흘러나왔다.

"너희들이 어떻게 그것까지……?"

"우린 광주에서부터 이 여행을 시작했소."

"그럼 설마 광주에서 돌아오지 않은 칠사령님의 일은……?"

"그렇소. 신기루 칠사령은 바로 우리 손에 죽었소. 또한 우린 광주에서 활동하던 신기루 사령들로부터 당신들이 꿈꾸는 대업에 대해 들었소. 그런데 생각해 보니 십방성인 중 당신들의 대업에 대해 전해 들은 유일한 사람은 형산선검 검무위밖에 없구려. 그런 그가 우리에게 죽임을 당했으니 다른 십방성인이 당신들의 대업을 알고 있을 리가 없다는 생각인데… 맞소?"

장사성은 이미 자신의 물음에 대한 답을 알고 있다는 듯 미소를 지으며 물었다. 그러자 수혼귀 구왕이 어쩔 수 없다는 듯 고개를 끄덕였다.

"아직 십방성인들께선 우리의 일을 알고 있지 못하다. 십방성인의 관심은 오로지 본 루에 교묘한 공격을 가해온 너희들에게 집중되어 있다."

"흠, 그렇다면 당신들 대업을 꿈꾸는 신기루 사령들에게는 이번이 정말 절호의 기회가 되겠구려. 잘하면 두 마리 토끼를 잡을 수 있는 기회 말이오."

장사성의 말에 수혼귀 구왕이 자신의 처지를 잊고 감탄 어린 시선으로 장사성을 바라보며 말했다.

"정말 대단한 사람이구나. 그 모든 것을 예측하고 있다니……."

"당신들이 백 개의 천문시를 강호에 풀어놓았다고 했을 때 이미 당신들의 생각을 읽을 수 있었소. 그런데 백 개의 천문시가 풀리는 것을 십방성인도 알고 있소?"

"물론 십방성인도 알고 있다. 천문시를 푸는 일은 신기루의 가장 중요한 일 중 하나인데 어찌 십방성인 모르게 그런 일을 추진할 수 있겠느냐?"

그러자 장사성의 얼굴빛이 금세 어두워졌다.

"알겠소. 결국 십방성인들도 이 상춘의 백인탑에서 한차례 혈풍을 일어나는 것을 원한다는 말이구려. 좋소, 이제 한 가지만 더 묻겠소. 이 질문에만 대답하면 당신은 당신이 원하는 곳으로 편안하게 갈 수 있을 거요. 대업을 주도하는 자들의 수뇌는 누구요? 신기루 일백사령 중 상위 열 명의 사령이 십방성인과 견주어 부족함이 없는 능력을 가지고 있다고 하던데, 그들이 모두 대업에 참여한 것이오?"

그러자 수혼귀가 잠시 망설이는 듯하더니 이내 고개를 끄덕였다.

"그렇다. 그들이 바로 이 일을 주도한 인물들이다. 그들은 일백사령 중 가장 강하고 신기루에서의 경험이 가장 많은 인물들이지만 십방성인이 될 수는 없는 사람들이지. 그래서 결국 그들은 신기루를 자신들의 힘으로 갖기로 결심한 것이지. 그리고 그 일은 이제 거의 성공의 단계에 와 있다. 너희들이 이 백인탑으로 강호인들을 불러 모아주었기에 우리는 오히려 절호의 기회를 잡을 수 있었던 것이다. 너희들은 비록 뛰어난 인물들이지만 절대 신기루 사령들의 대업을 막을 수 없을 것이다. 이 상춘의 백인탑에서 신기루는 명실상부한 무림의 지배자가 될 것이다. 비록 난 그 모습을 보지 못하겠지만!"

그러자 장사성이 빙긋 웃음을 지어 보였다.

"세상일이란 언제나 예상과는 다른 방향으로 흐르게 마련이라오. 자, 이제 당신은 당신의 길을 가시오. 그리고 과연 당신이 예상한 대로 신기루가 밝은 곳에서 무림의 지배자로 우뚝 서는지 지켜보시구려. 물론 스스로 가고자 하는 곳으로 갈 힘은 남아 있으리라 생각하오.”

장사성이 손을 뻗어 순식간에 구왕의 몇 개 혈도를 풀었다. 그러자 구왕의 얼굴에 서서히 핏기가 돌기 시작했다.

“스스로 죽을 수 있는 기회를 줘서 고맙다. 하지만 너희들은 이 상춘에서 살아 돌아가지 못할 것이다. 내가 먼저 가서 너희들이 오기를 기다리마. 저승에서 나를 다시 만나게 되면 내 예상이 틀리지 않았음을 알게 될 것이다. 핫하하!”

수혼귀 구왕이 호기로운 웃음을 한 번 터뜨리더니 이내 눈이 붉게 충혈되기 시작했다. 그리곤 잠시 후 그의 목이 앞으로 푹 꺾이며 그 자리에서 무너져 내리는 것이었다.

“죽었군. 비록 신기루의 종자들이 독한 놈들이기는 하지만 그 자존심만은 정말 대단한 자들이야. 스스로 죽음을 선택하면서도 단 한 올의 망설임도 없으니 말이야.”

주마왕 풍석동이 숨이 끊긴 수혼귀 구왕을 보고는 고개를 저으며 중얼거렸다.

“그나저나 일이 매우 복잡하게 되었구려. 도대체가 앞일이 어떻게 진행될지 예상할 수가 없소이다.”

호교상이 고개를 갸웃거리며 중얼거리자 장사성이 눈빛을 빛내며 그의 말을 받았다.

“생각해 보면 그리 어려운 문제도 아니지요.”

"천학의 고견을 듣고 싶소이다."

"하하. 고견이랄 것까지야 있겠습니까? 강호에 풀린 백 개의 천문시를 손에 넣은 고수들이 이 상춘의 백인탑에 몰려들면 신기루 사령들은 그들을 모두 백인탑에 불러들일 겁니다. 백인탑 안에서 그들 모두를 제압하려 하겠지요. 그리고 강호의 고수들이 제압되는 순간 대업을 꿈꾸는 자들은 십방성인을 제압하려 들 것입니다. 아마도 그들은 은밀하게 십방성인을 제압할 함정을 마련해 놓았을 겁니다."

"음… 하면 우리는 어떻게 대처하면 되겠소이까?"

그러자 장사성이 미소를 지으며 대답했다.

"하지만 모든 일이 그들의 예상대로 흘러가지는 않을 겁니다. 그들의 생각을 알고 있는 이상 우리에게도 기회가 찾아올 것입니다. 또한 황룡이 제대로 움직여 준다면 그들이 예상했던 것보다 더 많은 강호인들이 이 상춘에 도착하게 될 테고 말입니다."

第九章
백인탑

황룡 연심환과 백설아가 돌아온 것은 그들이 송문악 등이 머물고 있는 설산 중턱의 진을 떠난 지 정확히 하루만의 일이었다. 그리고 그가 진 안에 들어선 지 채 한 시진이 지나지 않아 강호의 고수들이 설산을 백인탑이 있는 상춘의 안개 계곡으로 닥쳐들기 시작했다.

"역시 신기루의 전설이 무섭긴 무섭더군요. 강호인들이 상춘으로 몰려드는 속도가 생각보다 무척 빨라 이곳을 나선 지 반나절이 지나지 않아 강호의 고수들을 만날 수 있었습니다. 물론 그중에는 저희 개방의 방도들도 있었지요. 덕분에 일을 빨리 마치고 돌아올 수 있었습니다."

"그럼 지금쯤이면 강호의 동도들에게 신기루의 진실이 알려졌겠구려. "

천학 장사성 말에 연심환의 얼굴에 조금 무안한 빛이 떠올랐다.

"신기루와 구파일방의 관계에 대해서는 전하지 않았습니다."

그러자 사람들의 시선이 연심환에게로 향했다.

"두 가지 이유에서 전하지 않았습니다. 하나는 이러니저러니 해도 저 자신이 개방의 방도이기 때문입니다. 비록 그들과 일면식이 없다고는 해도 신기루의 뿌리가 구파일방이라는 소문을 강호에 전하기는 쉽지 않더군요."

"흥, 하지만 그것이 신기루의 비밀 중 가장 중요한 사실이 아니겠소?"

주마왕 풍석동이 못마땅한 표정으로 퉁명스럽게 말했다. 그러자 연심환이 순순히 고개를 끄덕였다.

"물론 그것이 백 년간 존재해 온 신기루 전설의 본질이라는 것을 부인할 생각은 없습니다. 하지만 제가 단지 구파일방의 사람이라서 신기루와 구파일방의 관계를 전하지 않은 것은 아닙니다. 거기에는 또 다른 이유가 있습니다."

"그래, 그 두 번째 이유란 것이 뭐요?"

여전히 퉁명스런 풍석동의 물음에 연심환이 씁쓸한 미소를 지으며 대답했다.

"지금 신기루의 일백사령들은 이 기회를 이용해 신기루를 어둠 속에서 밝은 곳으로 끌어내 그들 스스로 강호의 지배자가 되고자 일을 꾸미고 있습니다. 그것을 위해 그들은 백인탑을 하나의 커다란 함정으로 만들어놓았을 겁니다. 그리고 그들은 백 개의 천문시를 풀어 상춘에 몰려든 강호인들 스스로 상쟁을 벌이게 유도해 백인탑에 드는 무림인을 최소한으로 줄이려고 계획했지요."

"그 때문에라도 신기루의 진실을 무림인들에게 온전히 전했어야 하는 것 아니오?"

"그렇게 생각하실 수도 있지만 제 생각은 조금 달랐습니다."

"그래, 황룡의 생각은 뭐요?"

"전 상춘을 향해 오고 있는 구파일방의 고수들이 백인탑에서 함정을 파고 기다리고 있는 신기루의 사령들을 상대해 주기를 바랍니다. 그런데 만약 신기루가 구파일방의 백년군림을 이룩한 근원이라는 사실이 알려지면 과연 구파일방의 고수들이 어떤 결정을 내릴지 자신할 수가 없었던 것이지요. 비록 상춘으로 몰려드는 강호의 고수들이 수백에 이른다고 하더라도 구파일방의 고수를 배제하고 나머지 사람들만으로 백인탑 안의 신기루 사령들과 혈전을 벌이는 것은 그 결과를 예측하기 어려운 일이 아니겠습니까?"

그러자 풍석동의 표정이 살짝 변화를 일으켰다.

"그러니까 황룡의 생각은 구파의 고수들을 신기루와의 싸움에 끌어들이기 위해 일부러 신기루와 구파일방의 관계를 전하지 않았다는 것이구려."

"그렇습니다. 그것이 바로 두 번째 이유입니다."

그러자 풍석동이 고개를 갸웃거리다가 천학 장사성을 보며 물었다.

"천학께서는 황룡의 결정을 어떻게 생각하시오?"

"지금 상황에서는 적절한 판단인 것 같습니다. 더군다나 구파일방과 신기루의 관계가 모두에게 알려진다면 신기루의 사령들과 싸워보기도 전에 아마 구파일방의 고수들과 그동안 신기루에 의해 혈난을 겪은 강호의 고수들이 먼저 격돌할 가능성이 많지요."

"음. 듣고 보니 과연 그렇구려."

풍석동이 장사성의 말을 듣더니 고개를 끄덕였다. 그러자 이번에는 호교상이 말을 거들었다.

"그뿐만이 아니지요. 구파일방의 고수들이 신기루와 구파일방과의 관계를 알게 된다면 그들은 오히려 신기루를 보호하려 할 수도 있을 겁니다."

그러자 황룡이 인상을 구기며 말했다.

"그것은 지나친 비약이십니다. 아무리 팔이 안으로 굽는다고 할지라도 어찌 진실을 알고서야 구파일방이 신기루 쪽에 설 수 있겠습니까?"

그러자 호교상이 연심환을 빤히 바라보며 말했다.

"후후. 그것은 모르는 일이라오. 그동안 구파일방은 구름 속에 숨어 있는 신인들과 같은 지위를 누리고 있었소. 그런데 그 지위를 받쳐 주던 주춧돌이 흔들려 다시 지상으로 내려와 세속의 사람들과 이전투구를 벌이며 살아야 한다면 과연 구파일방이 이 상황을 순순히 받아들이겠소? 비록 강호가 정의를 앞세우는 곳이기는 하나 사실은 세상의 그 어느 곳보다도 실리에 충실한 곳이 아니오? 그것은 구파일방이라 하여 다르지 않을 것이오. 연 대협, 구파일방의 모든 고수가 연 대협과 같은 생각을 하고 있지는 않다는 말이외다. 그래서 바로 신기루가 탄생한 것 아니겠소?"

호교상의 말에 연심환이 달리 반박할 말을 찾지 못하고 그저 얼굴을 붉힐 뿐이었다. 그러자 천학 장사성이 나서서 두 사람 사이에 끼어들었다.

"자, 이제 그만들 하시지요. 어차피 구파일방의 고수들에게 신기루와 구파일방의 관계가 전해진 것은 아니니까요. 그건 그렇고, 이미 많은 무림인이 이 설산을 넘은 것 같군요."

장사성이 사람들의 주의를 다른 쪽으로 돌렸다.

"제가 죽 보고 있었는데 이미 계곡으로 들어간 사람이 족히 삼사백 명은 넘을 듯합니다. 아직도 계속 넘는 사람들이 보이고요."

무각이 즉시 장사성의 말을 받았다.

"음, 삼사백이라면… 우리도 서서히 움직일 때가 된 것 아니오, 송 소협?"

풍석동이 송문악을 보며 묻자 송문악이 천천히 고개를 끄덕였다.

"그럴 시간이 된 것 같습니다. 저기 구파의 고수들도 보이는군요."

송문악의 말에 사람들의 시선이 설산의 정상 쪽으로 향했다. 그러자 과연 그곳에 일단의 고수들이 모습을 드러냈는데 그 기세가 지금까지 설산을 넘어 상춘으로 들어선 무림인들과는 확연히 달라 보였다.

"저들은 구파의 추격대다."

연심환이 아직 기분이 풀리지 않은 음성으로 말했다.

"앞에 선 분은 대사형이시군요."

지금껏 조용히 사람들의 대화를 듣고 있던 백설아도 눈빛을 반짝이며 입을 열었다. 그녀로서는 오랜만에 보는 화산문도의 모습이 자못 반가운 모양이었다.

"아직 저들은 우리를 추격하고 있겠군."

장사성이 침착한 목소리로 말하자 송문악이 고개를 끄덕였다.

"그렇겠지요. 신기루와 구파일방의 관계를 알지 못한다면 우리가 왜 형산선검 검무위와 무극자 추백을 베었는지 모를 테니까 말입니다."

"음, 신기루의 사령들과 싸움이 시작되기 전에 저들과 부 딪치는 일이 있으면 안 되는데……."

"그게… 쉽지가 않을 것 같습니다."

송문악의 대답이 흘러나오는 와중에 설산의 정상을 넘은 구파일방의 추격대가 잠시 걸음을 멈추는 듯하더니 그들의 시선이 송문악 일행이 몸을 감추고 있는 건너편 설산의 중턱 으로 향했다. 그리고 추격대 중 몇 명이 추격대에서 벗어나 송문악 등이 숨어 있는 쪽으로 걸음을 옮기기 시작하는 것이 었다.

"설마 이곳으로 오고 있는 것은 아니겠지?"

호교상이 걱정스러운 음성으로 중얼거렸다.

"이곳으로 이동한 우리의 흔적을 모두 지우지 않았습니 까?"

호종위가 호교상의 말에 답을 하자 추격대가 나타난 순간 부터 추격대로부터 눈을 떼지 않고 있던 황룡 연심환의 입에 서 갑자기 작은 탄식이 흘러나왔다.

"아… 이건 좋지 않군요. 저들은 바로 본 개방의 십풍들입 니다."

"개방의 십풍이라면!"

순간 천학이 놀란 눈으로 연심환을 바라봤다. 그러자 연심 환의 고개가 천천히 끄덕여졌다.

"그렇습니다. 바로 강호제일의 추격자들이지요."

그러자 송문악 등 일행의 얼굴에 걱정스런 표정이 드리워졌다. 구파일방의 고수들은 강호에 그 행적이 잘 알려지지 않았지만, 개방의 십풍에 대한 소문은 전설처럼 강호를 떠돌았다. 개방의 십풍은 죽어 지옥에 들어가 있는 자라도 추적할 수 있다던가.

"그들이 우리를 발견할 것 같소?"

장사성이 황룡에게 물었다. 장사성 스스로는 자신이 펼친 진(陣) 지둔에 대해 상당한 자신감을 가지고 있었으나 개방 십풍의 명성은 그 자신감을 위협할 만한 것이었기 때문이다.

"저도 그 물음에는 답할 수 없군요. 십풍의 능력은 놀라운 것이지만 천학께서 치신 이 진 또한 제 평생 처음 보는 절진이니 말입니다."

"흠, 그럼 결국 기다려 보는 수밖에 없겠군. 그런데 일단 저들에게 발견이 되면 어쩔 생각이신가?"

풍석동이 송문악을 보며 물었다. 그러자 송문악이 담담한 음성으로 답했다.

"그렇게 된다면 그때는 제가 아니라 연 의숙께서 나서셔야 하겠지요. 물론 백 여협께서도 화산의 고수들을 설득해 주셔야 하고 말입니다."

"음. 그야 그렇겠지만 두 사람의 설득에도 저들이 우리를 제압하려 든다면 어쩌겠나?"

"만약 그렇게 된다면 정말 하기 힘든 일들을 해야겠지요."

대답을 하는 송문악의 눈빛은 담담했다. 그러나 그의 대답 속에 포함된 의미는 그리 단순한 것이 아니었다. 그가 말한 힘든 일이 무엇인지 장내에 있는 사람들 중 못 알아들은 사람은 없었다. 송문악의 대답이 끝나는 순간 저마다 자신의 병장기에 손을 가져간 것은 바로 그 때문이었으리라.

개방의 십풍은 맑은 날 조용히 이동하는 구름의 그림자처럼 설산의 능선을 타고 송문악 등이 있는 곳을 향해 움직이고 있었다. 그러다 어느 순간 그들의 신형이 잠시 멈칫하는가 싶더니 이내 길 중간에 있는 거대한 바위들을 타고 넘어 산 정상을 향해 치달아 오르기 시작했다.

"저곳은……?"

호교상이 눈빛을 반짝이며 중얼거렸다.

"맞습니다. 저들이 향하는 곳은 송 소협이 신기루의 사령수혼귀를 유인했던 방향이군요."

"음. 과연 놀라운 자들이군. 그 흔적조차 놓치지 않고 찾아내다니……."

호교상이 혀를 내두르며 감탄사를 내뱉었다.

"하지만 그로 인해 우리에겐 유리한 상황이 되었군요."

장사성의 말에 호교상이 장사성을 돌아보며 물었다.

"어떤 점이 말이외까?"

"저들은 아마도 문악과 수혼귀가 싸움을 벌인 곳에 도착해 아무도 없음을 확인한다면 아마도 누군가를 찾기 위한 긴장이 조금 흐트러질 수 있을 겁니다. 그렇다면 제가 펼친 이 지둔을 저들이 발견할 가능성은 그만큼 줄어드는 것이지요."

"저들은 강호제일의 추격자들인데 과연 그 정도 일로 긴장이 풀리겠소이까?"

그러자 장사성이 살짝 미소를 지었다.

"두고 보면 알겠지요."

산 위로 치달아 올랐던 개방 십풍의 모습은 곧 다시 드러났다. 그들은 송문악과 수혼귀가 일전을 벌인 곳에서 아무것도 발견할 수 없자, 처음 방향을 틀었던 곳으로 다시 돌아왔던 것이다. 그리곤 계속해서 송문악 일행이 숨어 있는 진 쪽으로 다가오기 시작했다.

그리고 잠시 후 드디어 개방 십풍이 장사성이 펼친 진이 있는 곳 십여 장 밖까지 도달했다. 자연스럽게 진 안에 있는 사람들은 호흡을 멈추고 진 밖 십풍의 움직임에 시선을 고정시켰다.

"이곳에서 흔적이 끊겼군."

개방 십풍 중 누군가의 목소리가 들려왔다. 그러자 개방 십풍이 그 자리에 서서 주변을 면밀히 살피기 시작했다. 그중 누군가는 송문악 등이 머물고 있는 진 바로 앞까지 다가오기도 했지만 그들은 결국 장사성의 절진 지둔을 발견하지 못했다.

"돌아간다."

다시 누군가의 말소리가 흘러나왔다. 동시에 주변을 살피던 개방 십풍이 몸을 돌려 구파일방의 추격대가 기다리고 있는 곳으로 되돌아가기 시작했다. 그리고 그제야 송문악 등의 입에서 참았던 숨이 흘러나왔다.

"휴… 다행히 그들이 우릴 발견하지 못했구려."

호교상이 안도의 한숨을 내쉬며 말하자 주마왕 풍석동이 호탕한 목소리로 말했다.

"껄껄껄! 강호십대괴객이 구파일방의 고수들을 이긴 것이군."

풍석동의 말에 일행들의 얼굴에 오랜만에 기분 좋은 미소가 번졌다.

"저들이 드디어 백인탑을 향해 이동하는군. 서서히 날이 저무니 우리도 이동할 준비를 해야지?"

장사성이 송문악을 보며 묻자 송문악이 고개를 끄덕이곤 입을 열었다.

"모두 떠날 준비를 하시지요."

그러자 풍석동이 두 팔을 들어 올리며 말했다.

"어허! 드디어 힘을 쓸 때가 되었군. 어디, 신기루의 종자들을 만나러 한번 가볼까."

산의 중턱을 내려오자 짙은 녹림이 일행을 맞이했다. 설산을 뚫고 온 일행에게 녹림은 자못 신선한 기운을 북돋아줄 수도 있으련만 어둠과 안개에 휩싸인 숲은 오히려 스산한 살기마저 뿜어내고 있었다.

송문악 등이 그 안개 숲을 뚫고 천천히 숲의 안쪽으로 진입해 들어가기 시작했다. 숲의 이곳저곳에 앞서 숲으로 들어선 강호인들의 흔적이 느껴졌지만 일행은 다른 곳으로 관심을 돌리지 않고 앞으로 전진해 나갔다.

그렇게 반 시진 정도의 시간이 흘렀을 때 일행 앞에 가파른 경사면을 가진 야산이 다가왔다. 그리고 그 야산의 앞쪽에서 수많은 고수들의 기운이 느껴졌다.

"다 온 모양이군."

말을 하는 호교상의 입에서 은은한 긴장이 느껴졌다.

"올라가 봅시다."

주마왕 풍석동도 역시 긴장한 목소리로 말하자 송문악이 일행을 이끌고 앞장서서 가파른 야산을 오르기 시작했다.

야산의 높이는 그리 높지 않았다. 절정의 고수들로 이루어진 일행은 순식간에 야산의 정상에 도착했다. 그리고 누구랄 것도 없이 그들의 입에서 경탄의 목소리가 흘러나왔다.

"오오!"

"음!"

그들이 지금 은밀히 움직여야 한다는 사실조차도 사람들의 입에서 흘러나오는 감탄사를 막지 못했다.

일대장관, 수림을 감싸고 있던 안개는 야산 너머에는 존재하지 않았다. 그 대신 수없이 많은 별들이 그들의 시야에 가득 들어왔다. 그리고 그 별빛에 비추이는 백 개의 웅장한 탑들… 바로 신기루의 전설이 탄생한 강호제일의 밀지 백인탑이 일행의 눈앞에 펼쳐져 있었다.

"그야말로 무릉도원이 따로 없구나. 상춘, 상춘 하더니 그 많던 습기가 어디로 다 달아났다는 말이냐?"

호교상의 입에서 감탄사가 흘러나왔다. 별들 아래 자리 잡은 백 개의 탑 주변은 그야말로 선계라 불러도 좋을 만큼 아름다운 경치를 자랑하고 있었다. 설산과 안개에 싸인 숲 안에 이런 별천지가 존재한다는 것 자체가 기적이랄 수 있었다.

하지만 이런 풍경을 앞에 두고도 냉정을 유지하는 사람이 있었다. 바로 천학 장사성이었다.

"아직 백인탑의 문이 열리지 않은 모양입니다."

장사성의 말에 사람들이 퍼뜩 현실로 돌아왔다. 그리고 그들의 시선이 자연스럽게 장사성의 눈길을 따라 이동했다. 그러자 그들이 올라온 야산의 반대쪽 백인탑이 신비롭게 들어서 있는 계곡의 입구에 수백 명의 사람들이 운집해 있는 것이 눈에 들어왔다.

"생각보다 많은 인원에 신기루의 종자들이 당황하고 있는지도 모르겠구려."

풍석동이 장사성을 보며 말했다.

"그럴 수도 있겠지요. 애초에 그들이 백 개의 천문시를 푼 것은 이 백인탑 앞에 도착하는 무림인의 숫자를 백 개의 천문시를 지닌 자들로 한정하려 한 것인데 신기루의 비밀이 알려지면서 그들의 예상을 벗어난 일이 일어나게 되었으니까 말입니다."

"자, 그놈들이 이 상황을 어떻게 대처하는지 한번 가보십시다."

풍석동이 호기롭게 말을 내뱉고는 자신이 먼저 강호의 뭇 고수들이 운집해 있는 백인탑의 입구를 향해 걸음을 옮기기 시작했다.

탑의 입구는 어두웠다. 야산 위에서 볼 때는 투명한 어둠을 뚫고 내리는 별빛 아래 아름다워 보였던 탑의 입구가 산을 내려와서 보자 폭 십여 장 넓이의 어둡고 음습한 계곡이었다. 그리고 그 계곡은 하나의 커다란 석문으로 가로막혀 있었다. 석문에는 사방에서 뻗어 나온 넝쿨들이 들러붙어 이 석문이 아주 오래전에 세워졌다는 것을 말해주고 있었다.

그 석문 앞, 어두컴컴한 대지에 수백 명의 무림고수들이 석문을 노려보고 서 있었다. 그리고 그 무리의 가장 앞쪽에 눈에 익은 사람들의 모습이 보였다.

"역시 구파일방이 앞에 나섰군."

호교상이 낮은 목소리로 중얼거렸다. 수백 명의 무림고수

앞에 나선 인물들, 그들은 바로 중원에서부터 송문악 일행을 추격해 온 구파일방의 추격대와 추격대에 속하지 않은 채 각자 신기루를 찾은 구파의 고수들이었다.

"추격대만 있는 것이 아니군요."

호종위가 추격대 주변에 늘어선 몇 무리의 고수들을 보며 말하자 호교상이 다시 입을 열었다.

"그야 당연한 일이 아닌가? 추격대의 임무야 우리를 추적하는 것이지만 일단 강호에 신기루가 나타난 이상 구파일방에서 문 내의 고수들을 파견하지 않을 수 없었겠지. 어쨌든 구파일방의 고수들이 앞장섰으니 이 싸움은 제법 볼만하겠어. 송 소협, 우리가 잎으로 나설 일은 없겠는데?"

"구파일방의 고수들이 앞으로 나선다면 처음부터 전면에 나설 수는 없지요. 하지만 이 백인탑은 신기루가 백 년간 머물렀던 곳입니다. 이 안으로 들어서는 순간 비록 구파일방의 고수들이라 하여도 큰 위험에 처하게 될 겁니다. 결국 우리도 한판의 혈전을 피할 수 없겠지요."

"흐흐, 그야 처음부터 각오한 일이 아니던가? 어차피 오늘 이곳에 모인 자들은 피의 바다에 빠져 허우적거려야 할 팔자라는 것은 자명한 사실이지. 그나저나 이놈들은 왜 모습을 보이지 않는 거지?"

말을 하는 풍석동의 눈에서 희미한 살기가 흘러나왔다. 그의 말처럼 강호의 고수들이 백인탑 앞에 몰려든 지가 오래되

었음에도 불구하고 백인탑 안 신기루 사령들은 모습을 드러
내고 있지 않았다.

"정말 생각보다 많은 인원이 몰려들자 당황한 모양이지
요."

호교상이 약간의 비웃음을 담은 말투로 말하는 순간, 그 말
에 대답이라도 하듯 백인탑의 입구를 막고 있는 거대한 석문
위에 홀연히 다섯 명의 인영이 나타나더니 그중 한 명이 석문
앞에 모여 있는 강호고수들을 향해 일갈을 터뜨렸다.

"본시 신기루는 천문시를 가진 자만이 들 수 있는 곳이다!
그런데 오늘은 왜 이리 많은 자들이 신기루를 찾은 것이냐?"

그러자 그 말을 받아 석문 앞에 서 있던 고수 중 한 명이 노
한 목소리로 소리쳤다.

"이놈들! 이미 너희들이 지난 백 년간 신기루를 이용해 강
호의 고수들을 희롱한 사실이 백일하에 드러났다! 또한 이번
에도 백 개의 천문시를 강호에 뿌려 무림의 형제들이 서로 상
잔하도록 수작을 꾸민 것을 모를 줄 아느냐? 이미 너희들의
음모는 만천하에 드러났으니 모두 무기를 버리고 강호 동도
들 앞에 무릎을 꿇도록 하여라!"

석문이 쩌렁쩌렁 울릴 정도의 진기가 내포된 꾸짖음에 석
문 위의 신기루 사령이 말을 한 강호고수를 물끄러미 내려다
보다 불쑥 입을 열었다.

"그대의 이름은 무엇인가?"

"난 개방의 장로 손사귀라 한다. 오늘 이곳에는 구파일방의 고수들을 포함해 강호의 내로라하는 고수들이 모였으니 네놈들 갈 곳은 그 어디에도 없다! 어서 무기를 내리고 무릎을 꿇라!"

추상같은 호령에 잠시 입을 닫았던 석문 위의 신기루 사령이 잠시 후 나직한, 하지만 장내의 모든 고수들에게 또렷하게 들리는 음성으로 입을 열었다.

"신기루의 잘못을 추궁하겠다고? 그야말로 가소로운 짓이다. 감히 누가 신기루의 신성함에 도전할 수 있단 말인가?"

"우리 구파일방이 그 추악한 뿌리를 파헤쳐 줄 것이다!"

다시 손사귀의 준엄한 목소리가 흘러나왔다.

그러자 석문 위의 신기루 사령이 물끄러미 손사귀를 내려다보다 고개를 끄덕이며 대답했다.

"사람이란 결국 결과를 보고 나서야 후회를 하는 족속들이지. 좋다, 오늘 이 백인탑에서 살아남는 자는 지난 백 년간 신기루가 행한 일들이 강호를 위해 얼마나 위대한 일이었나를 깨닫게 될 것이다. 그리고 그 순간이 되면 손사귀 그대는 똑똑히 알게 될 것이다, 구파일방에게 있어 신기루가 과연 어떤 존재였는지를. 용기있는 자 신기루에 들라! 그러나 목숨이 아까운 자는 지금 즉시 이 상춘을 벗어나도록 하라. 기회는 오직 지금뿐이다."

신기루 사령의 마지막 말이 울릴 때 그의 신형은 이미 석문 위에서 사라지고 없었다. 그 대신 육중한 마찰음을 내며 굳게 닫혀 있던 계곡의 서문이 좌우로 갈라지기 시작했다.

그그그긍!

괴기스런 소리를 내며 석문이 열리자 석문 밖의 을씨년스런 풍경과는 달리 어둠 속에서도 기화이초가 만발한 계곡이 눈에 들어왔다. 그리고 그 계곡의 양옆으로 일정한 간격을 두고 하늘을 향해 치솟아 있는 일백 개의 거대한 석탑이 강호의 고수들을 맞이했다.

백 개의 석탑은 삼백여 장에 달하는 면적에 늘어서 있었다. 그리고 그 탑들의 끝에 한밤중임에도 불구하고 대낮처럼 환하게 불을 밝힌 거대한 석조 건물 한 채가 화려하게 그 자태를 드러내고 있었다. 그리고 그때 다시 신기루 사령의 목소리가 들려왔다.

"오라, 강호의 전설 신기루의 중심으로. 그대들이 본 루에 대해 어떻게 생각하든 지금 이 신기루 안에는 지난 백 년간 천하의 무림인들이 꿈꾸었던 절세의 무공과 억만금의 보옥이 가득 차 있다. 오늘 이 백인탑에서 살아남을 자신이 있는 자라면 신기루의 전설에 도전하라. 살아남는다면 그대들은 천하의 보물을 손에 쥐게 될 것이다."

인간의 욕망은 기이하다. 분명 지난 백 년간 이어온 신기루의 전설이 누군가의 음모에 의해 일어난 일이라는 것을 알면서도, 또한 지금 화려한 백인탑 안에는 자신들의 목숨을 노리고 있는 절정고수들이 기다리고 있다는 사실을 알고 있으면서도 계곡 앞의 무림인들은 신기루의 보물에 진한 욕망을 드러냈다.

그리하여 일단 계곡의 문이 열리고 백인탑 안으로 들기를 요구하는 신기루 음모자들의 목소리가 들려오자, 석문 밖에 도열해 있던 강호의 고수들이 천천히 백인탑의 계곡으로 몰려들기 시작했다. 별천지처럼 아름다운 계곡은 무림인들이 몰려들자 이내 짙은 살기로 가득 찼다.

일단 계곡 안으로 들어서자 강호인들의 선두에 서 있던 구파일방의 고수들이 서서히 속도를 높여 백인탑 끝에 위치한 화려한 석조 건물을 향해 전진하기 시작했다.

'너무 빠르다.'

백인탑을 향해 쏟아져 들어가는 강호인들의 가장 뒤에서 움직이며 송문악은 생각했다. 선두에 선 구파일방의 고수 백여 명의 전진 속도가 너무 빨랐던 것이다. 그들은 마치 천하무림을 지배하는 자신들과 그들의 뒤를 따르는 여타의 강호인들이 전혀 다른 존재라는 것을 보여주려는 듯 자신들이 가지고 있는 능력을 유감없이 발휘해 속도를 높이고 있었다. 그러자 자연스럽게 선두에 나선 구파일방의 고수들과 그들의 뒤를 쫓는 수백의 무림인들 사이의 간격이 서서히 벌어지기 시작했다.

‘좋지 않다.’

송문악이 내심 걱정을 하는 와중에, 개중 몇몇의 무림인들은 멀리 갈 것도 없이 계곡의 양옆에 도열해 있는 백인탑 안으로 보물을 찾아 사라지기도 했다. 그리하여 구파일방의 고수들을 필두로 계곡 안으로 들어선 강호인들은 순식간에 그 대열이 흐트러지고 말았다. 그리고 기다렸다는 듯 그 빈틈을 노리고 신기루의 혈수가 무림인들을 찾아들었다.

“크악!”

첫 번째 비명은 대열에서 이탈해 보물을 찾아 백인탑 안으로 향한 자들로부터 흘러나왔다. 탑 안으로 들어갔던 몇몇의 고수들이 온몸이 피투성이가 된 채 탑 밖으로 튕겨져 나왔다. 그리고 그들의 뒤를 따라 탑 안에서 온몸을 검은 복면과 흑의로 감싼 일단의 인물들이 무서운 속도로 튀어나오며 도검을 휘두르기 시작했다.

“으악!”

도처에서 신기루 사령들의 공격에 죽어가는 무림인들의 비명 소리가 터져 나오기 시작했다. 그러자 일순 계곡 안에 든 무림인들의 움직임이 멈추더니 이내 삼삼오오 짝을 지어 무차별적으로 살검을 휘두르는 신기루 사령들을 상대하기 시작했다. 장내가 순식간에 일대 혈전장으로 변모했다.

비록 신기루 사령들의 무공이 강호에서 보기 드문 절정에 이른 것이라고는 해도 멀고 먼 중원에서 이곳 상춘의 신기루를 찾아 몰려온 강호무림인들의 무공 또한 무시할 수 있는 것이 아니었다. 더군다나 그 숫자에서는 도저히 신기루 사령들이 대적할 바가 아니었기에 싸움은 팽팽한 균형을 유지하기 시작했다.

그런데 그 와중에도 계곡에서 벌어지는 싸움과 관계없이 몸을 날리는 인물들이 있었다. 바로 강호인들의 가장 앞쪽에 서 있던 구파일방의 고수 일백여 명이 그들이었다. 그들은 자신들의 뒤에서 벌어지는 싸움에는 관심을 두지 않고 백인탑 가장 안쪽의 화려한 석조 건물을 향해 짓쳐들고 있었다.

그리하여 구파일방 고수들의 모습이 장내에서 거의 보이시 않을 정도로 멀어졌을 때 갑자기 앞신 구파일빙의 고수들과 혈전을 벌이고 있는 강호무림인들 사이로 짙은 안개가 흘러들기 시작했다.

"진이다!"

무림인들의 가장 뒤에서 혈전을 지켜보던 장사성의 입에서 경고음이 흘러나왔다.

"구파의 고수들과 무림인들을 떼어놓고 있군요."

송문악의 말에 장사성이 고개를 끄덕였다.

"이러니저러니 해도 이곳에 몰려온 무림인들 중 최고수들은 바로 저들 구파일방의 고수들이다. 그들을 다른 자들과 떼어놓고자 하는 것은 신기루로서는 당연한 일이겠지."

"어쩌면 좋겠소이까? 이곳에서 먼저 무림인들과 힘을 합쳐 신기루 사령들을 상대하는 것이 좋겠소? 아니면 저 안개를 뚫고 구파의 고수들을 뒤따르는 것이 좋겠소?"

주마왕 풍석동이 송문악과 장사성을 보며 물었다. 그러자 송문악이 입을 열었다.

"이곳의 싸움이 비록 치열하기는 하지만 크게 걱정할 싸움은 아닌 것 같습니다. 비록 신기루 사령들의 무공이 대단하다고는 해도 그 숫자에서 강호의 고수들을 이겨내기에는 턱없이 부족하니 말입니다."

"옳은 말이다. 아마도 지금 강호의 고수들을 공격하는 신기루 사령들은 곧 이곳에서 물러나게 될 것이다."

"그럼 구파일방 고수들의 뒤를 따라야겠구려."

호교상의 말에 송문악과 장사성이 고개를 끄덕였다.

"모든 일은 아마도 저기 밝게 빛나는 석조 건물에서 마무리 지어질 것입니다. 아마도 그곳에 가면 신기루 사령들의 수뇌부와 십방성인들을 볼 수 있을 겁니다."

"그럼 기다릴 것 없는 일 아니오. 모두들 가십시다."

주마왕 풍석동이 성큼 앞으로 걸음을 내디디며 말하자 송문악 등도 서로 눈빛을 한 번 교환하고는 이내 혈전장의 중앙을 뚫고 안개로 가로막힌 계곡의 중앙을 향해 전진하기 시작했다.

아수라장 같은 혈전장을 지나자 채 일 장 앞도 내다보이지 않는 안개가 일행을 가로막았다. 구파일방의 고수들과 혈전장을 격리시킨 진이었다.

"뚫고 갈 수 있겠소?"

주마왕 풍석동이 걱정스런 목소리로 장사성을 보며 물었다. 진이라면 장사성이 해결해야 할 문제였다. 장사성은 풍석동의 질문을 받고도 한동안 입을 열지 않았다. 그는 그저 골똘히 진에 의해 만들어진 안개의 벽을 바라보고 있을 뿐이었다. 그러다가 어느 순간 그의 입가에 희미한 미소가 드리워졌다.

"이건 정말… 하하하, 허허실실이라니."

장사성의 입에서 허탈한 웃음이 흘러나왔다.

"허허실실이라니, 그게 무슨 말이오?"

풍석동이 호기심이 가득한 눈으로 묻자 장사성이 한 손으로 눈앞의 안개를 움켜잡으며 대답했다.

"이 진은 그리 대단한 진이 아닙니다. 단지 안개를 일으켜 이쪽과 저쪽의 경계만을 만들어놓은 것이지요. 사람들은 이 짙은 안개 때문에 짐짓 이 진 안에 무슨 대단한 변화라도 숨어 있을까 봐 들어서기를 꺼리겠지만, 기실 이 진은 안개를 일으키는 거 이외에는 아무런 효용도 없습니다."

"설마 그들이 능력이 없어서 이런 진을 쳐놓았을 리는 없을 것이고……."

장사성의 말에 주마왕 풍석동이 고개를 갸웃거리며 반문했다.

“결국은 적당한 시기에 모든 사람들을 안쪽의 석조 건물로 불러들이겠다는 의미겠지요. 또한 이 안개의 진이 비록 큰 위험이 없기는 하나 일단 이렇게 펼쳐 놓으면 지레 겁을 먹고 누구도 쉽게 접근할 수 없을 테니 구파일방의 고수들을 고립시킨 채 상대할 수 있을 것입니다.”

“흠… 얼른 안으로 들어가 보고 싶군. 도대체 안쪽에서 신기루의 종자들이 무슨 일을 꾸미고 있는지 말이야.”

풍석동이 입맛을 다시며 안개의 진을 노려봤다.

“위험이 없다면 망설일 이유도 없지요.”

송문악이 성큼 진 안으로 들어서며 말했다. 그러자 다른 사람들도 이내 송문악의 뒤를 따라 안개 속으로 들어섰다.

과연 장사성의 말처럼 안개 속으로 들어섰지만 진은 어떤 변화를 일으키진 않았다. 송문악은 진 안으로 들어서면서부터 등 뒤에 매여져 있던 목함을 끌어내렸다. 그리고 시야를 가리는 안개를 뚫고 나가는 사이 목함을 열어 그 안에 있던 귀곡육보를 하나씩 꺼내 자신의 몸 곳곳에 잡아맸다. 그래서 그가 안개의 진을 완전히 벗어나 백인탑 안쪽의 화려한 석조 건물을 마주 보고 섰을 때 그의 몸은 귀곡의 여섯 개 보물, 귀곡육보로 완전히 무장되어 있었다.

‘이제 시작이다!’

이미 안개의 진을 통과는 사이 육양공의 공력은 온전히 끌어올려져 있었다. 비록 진에는 별다른 위험이 없었지만 진을 벗어나면 분명 신기루 사령들이 기다리고 있을 것이기 때문이다.

그리고 그 예상은 빗나가지 않았다. 송문악과 그의 일행들이 막 안개의 진을 벗어나자마자 갑자기 그들의 앞쪽에서 일단의 흑의인들이 일행을 향해 날아들었다.

"신기루에 든 자, 목숨으로 그 실력을 증명하라!"

신기루 사령들이 분명한 흑의인의 숫자는 모두 여섯. 하나같이 검을 든 그들의 눈에서는 차가운 살기가 줄기줄기 흘러나왔다. 웬만한 무림인이라면 그 살기에 질려 검도 뽑아보지 못하고 그 자리에 수저앉을 만큼 가공할 기세늘이었다. 그러나 송문악 일행 중 상대의 기세에 오금이 저려 얼어붙어 있을 만큼 배포가 작은 인물은 없었다.

"이쪽은 내가 맡지!"

제일 먼저 주마왕 풍석동이 오른쪽으로 치고 들어오는 신기루 사령을 맞아가며 소리쳤다. 그의 목소리에서는 오랜만에 하는 싸움에 대한 흥분조차 느껴졌다.

"그럼 이쪽은 내가 맡으리다!"

풍마왕이 상대를 향해 달려나가는 것을 본 호교상이 호기롭게 소리치며 왼쪽으로 파고드는 흑의인을 향해 몸을 날렸다.

차차창!

동시에 날카로운 충돌음이 장내에 울려 퍼졌다. 도를 꺼내는 풍석동과 검을 꺼내는 호교상에게 두 명의 흑의인이 가로막히는 사이 가운데에 위치해 있던 네 명의 흑의인은 속도를 줄이지 않고 송문악 등을 향해 짓쳐들었다.

그러자 황룡 연심환과 파랑검 호종위가 또다시 각기 한 명씩의 신기루 사령을 맞아 달려나갔다.

'나머지는 내 차지군.'

네 쌍의 싸움이 치열하게 벌어지는 것을 확인한 송문악이 살짝 입술을 깨물며 등 뒤에 걸쳐 멘 마창을 끄집어냈다. 그리곤 미처 두 부분으로 분리된 마창을 연결하기도 전에 나머지 두 명의 신기루 사령이 송문악을 향해 닥쳐들었다.

따당!

천둥치듯 울려 퍼지는 격돌음! 송문악이 양손에 하나씩 잡고 있던 마창으로 자신의 양쪽 옆구리를 향해 날아드는 신기루 사령 두 명의 검을 막아내며 일으킨 격돌음이었다.

그렇게 일합의 격돌을 한 세 사람의 신형이 허공에서 스치듯 지나쳤다. 그리고 그 순간 송문악이 양손에 잡고 있던 마창을 하나로 연결했다. 그리곤 앞으로 날아가던 신형을 급격히 비틀어 꺾으며 자신을 지나쳐 가는 두 신기루 사령의 등을 향해 마창을 뻗어냈다.

우우웅!

육양공의 공력을 흠뻑 머금은 송문악의 마창이 기이한 파공음을 내며 두 신기루 사령의 배후를 찔러갔다. 일초의 격돌

에서 상대의 심상찮은 무공을 깨달은 신기루 사령들은 자신
들의 뒤쪽에서 들려오는 파공을 무시하지 못하고 무리하게
진기를 움직여 앞으로 나아가던 신형을 다급히 되돌렸다. 하
지만 그 순간 그들은 이미 지신들의 심장을 향해 파고드는 한
자루의 묵빛 창을 도저히 막을 수 없다는 것을 깨달았다.

위잉!

송문악이 다시 한 번 마창의 끝을 휘두르자 기이한 파공음
이 일더니 이내 마창의 끝이 갑자기 두 개로 분리되며 순식간
에 두 신기루 사령의 몸을 꿰뚫고 지나갔다.

"크억!"

"쿡!"

동시에 두 마디 비명성이 마창에 일격을 허용한 두 신기루
사령에게서 흘러나오더니 그들의 신형이 마창의 힘에 밀려
이 장여 밖으로 날아가 처박혔다.

"과연 송 공자야! 신기루 사령놈들을 이렇게 쉽게 저승으
로 보내다니······."

한 자루 창을 들고 땅 위로 내려서는 송문악을 보며 무각의
입에서 감탄사가 흘러나왔다. 그 옆에서는 홀로 신기루 사령
두 명을 상대하는 송문악을 돕기 위해 검을 뽑아 들고 싸움에
뛰어들려던 백설아가 멍한 시선으로 송문악을 바라보고 있었
다. 그녀로서는 송문악의 무공이 뛰어나다는 것을 알고 있었
지만 그가 이렇게 빨리 두 명의 신기루 사령을 제압할 것이라

고는 미처 생각지 못했던 것이다.

'이 사람은 정말… 고수였구나. 연 대협도 이제야 승부를 내는데…….'

백설아의 시선이 땅 위로 내려선 송문악을 지나쳐 그 오른쪽에서 신기루 사령 한 명을 상대하고 있던 황룡 연심환에게로 향했다. 그리고 그 순간 황룡 연심환의 강력한 일장이 그가 상대하던 신기루 사령의 가슴을 강타하고 있었다.

"커억!"

황룡 연심환의 일장에 가슴을 가격당한 신기루 사령의 입에서 검은 피가 터져 나오며 주르륵 뒤로 밀려나가더니 이내 맥을 잃고 바닥에 쓰러졌다. 그리고 그를 기점으로 연이어 주위에서 싸움의 승패가 가려지기 시작했다.

주마왕 풍석동은 거도를 휘둘러 상대하던 신기루 사령의 허리를 베어내고 있었고, 호교상 또한 일검을 휘둘러 상대의 한 팔을 잘라내고 있었다.

그렇게 송문악 일행을 막아섰던 여섯 명의 신기루 사령 중 다섯 명이 패퇴하자 호종위와 격전을 벌이고 있던 신기루 사령이 한순간에 몸을 빼 달아나기 시작했다.

"쫓지 말거라!"

한껏 살기가 오른 호종위가 도주하는 적을 쫓으려 하자 그의 곁에 있던 호교상이 급히 호종위를 말렸다.

"이제 싸움은 시작에 지나지 않는다. 서두를 것 없다."

호교상의 만류가 있고 나서야 호종위는 가빴던 숨이 서서히 가라앉으며 충혈되었던 안광이 본래의 색깔로 되돌아왔다.

"역시 전 한참 부족하군요. 저만 상대를 살려보냈습니다."

"이런 때에 호승심은 좋지 않아."

호교상의 침착한 충고에 호종위가 고개를 끄덕였다.

"호승심이 아닙니다. 단지 그동안 자만했던 제 자신에 대해 부끄러운 것뿐이지요."

그때 두 사람의 대화를 듣고 있던 풍석동이 호탕한 웃음을 터뜨리며 입을 열었다.

"껄껄껄, 이번 일이 끝나면 해남검분에 보기 드문 일대섬호가 출현할지도 모르겠군. 파랑검 자네가 독기를 품고 전심으로 무공을 연마할 테니 말이야. 하지만 지금은 다른 일에 신경을 써야 할 때인 것 같군."

풍석동의 말에 호교상과 호종위가 고개를 끄덕이며 송문악 등이 서 있는 곳으로 재빨리 다가왔다.

"일단 한차례 인사는 끝난 것 같은데… 계속 들어가 봐야지 않겠나, 송 소협?"

풍석동이 송문악을 보며 말하자 송문악이 고개를 끄덕이며 대답했다.

"그래야지요. 제가 앞에 서겠습니다."

그러자 황룡 연심환이 입을 열었다.

"그리하거라. 이전이라면 말렸겠지만 조카의 무공을 직접 견식한 지금에 와서는 나도 문악, 너에게 앞을 양보할 수밖에 없구나."

그러면서 연심환이 곁에 다가온 호종위를 보며 말했다.

"호 대협, 이 황룡 연심환의 마음도 호 대협과 그리 다르지 않소이다. 구파일방의 권위 속에 파묻혀 있던 나의 자만이 오늘 여지없이 깨어져 버렸구려."

그러자 호종위가 굳었던 얼굴을 풀며 빙그레 미소를 지었다.

"송 소협의 무공이야 이미 오래전에 확인한 바이지요."

"그럼. 말이야 바른말이지, 사실 형산과 화산에서 신기루의 십방성인 두 명을 제거한 것은 모두 송 소협 덕분이라 할 수 있었지."

호교상이 호종위의 말을 거들었다.

그런데 막 호교상의 말이 끝날 때였다. 갑자기 계곡의 저쪽으로부터 냉기가 흘러나오기 시작했다. 그리고 그 냉기를 가장 먼저 느낀 사람은 살황에게서 살법을 전수받은 송문악이었다.

그 냉기는 너무도 차갑고 날카로워 호교상의 말에 의당 한마디 답이라도 해야 할 송문악이 입을 다물고 냉기가 흘러나오는 곳을 향해 급하게 시선을 돌렸다. 그러자 송문악의 행동에서 이상한 기운을 읽은 일행의 시선 또한 송문악의 시선이 향한 곳으로 돌려졌다.

그렇게 사람들의 시선이 향한 곳으로부터 두 명의 인물이 천천히 걸어나오고 있었다.

"보아하니 너희들이 바로 형산과 화산에 들러 한바탕 소란을 피운 아이들인 모양이구나?"

계곡의 안쪽에서 나타난 두 명은 미처 그 얼굴을 드러내기도 전에 일행을 향해 말을 걸었는데, 이십여 장의 거리가 떨어진 곳에서 한 그 말소리가 마치 일행의 바로 곁에서 건네는 듯 또렷하게 들리는 것이었다. 순간 송문악과 장사성의 눈에서 안광이 번쩍였다. 그리곤 천천히 송문악의 입이 열렸다.

"모두 각오를 해야 할 것 같습니다. 느니어 신기무의 쭈인들이 나타난 모양입니다."

혈하일화(血河一花)

두 명의 노인은 어두운 밤에 어울리지 않게 순백의 장삼을 걸치고 있었다. 더군다나 오늘 밤, 이 신기루의 백인탑은 수백 명의 피가 흘러넘치고 있는 혈하(血河)의 장(場), 그 속에서 순백의 고고한 자태를 드러낸 두 노인의 모습은 인간세를 초월한 자들의 모습과 같았다.

하지만 그들의 손에 들려 있는 것은 명백한 한 자루의 검. 송문악은 자칫 상대의 분위기에 나태해지려는 마음을 다잡으며 어느새 오 장 앞으로 다가온 두 노인을 응시했다.

"강호의 선배가 물으면 답을 해야 하는 것이 후배 된 도리니라."

선풍도골의 두 노인 중 한 명이 이제는 확연하게 드러난 얼굴에 엄한 빛을 내보이며 꾸짖듯 말했다. 그들의 시선은 장내에 모습을 드러내는 순간부터 송문악을 향해 있었는데, 이미 일행을 이끌고 있는 사람이 송문악이라는 것을 알아챈 눈치였다.

"도리를 언급하는 것은 그 도리를 지키며 사는 사람만이 할 수 있는 것이오."

송문악의 입에서 차가운 대답이 흘러나왔다.

"껄껄껄, 과연 그 배포가 대단하군. 하긴 그러니 감히 우리 십방성인을 향해 검을 뽑았겠지. 그나저나 너희들의 정체가 궁금하구나? 지금에 와서야 정체를 숨길 이유가 없겠지?"

그러자 송문악이 천천히 입을 열었다.

"귀곡의 송문악이라 하오."

"귀곡? 육절기인 무극산!"

"허허! 무극산이라……!"

두 노인의 입에서 동시에 탄성이 흘러나왔다. 그리곤 천천히 고개를 끄덕였다.

"육절기인 무극산의 진전을 이었다면 이곳까지 온 것이 놀랄 일은 아니지. 그렇게 신경을 썼건만 결국 무극산의 후예가 출현하는 것을 막지 못했군."

한 노인이 중얼거리자 그 옆의 노인이 송문악을 제외한 다른 사람들을 보며 물었다.

"이 아이는 그럴 만한 이유가 있어 이 자리에 선 것 같고… 그래, 다른 사람들은 어떤 사연을 가지고 있으신가?"

그러자 장사성이 앞으로 나서며 대답했다.

"나의 사부께서는 유사록이라 불리는 분이셨소."

"유사록! 그 또한 이곳에 있을 이유가 합당한 이름이다."

그러자 나머지 일행들이 저마다 자신의 이름을 밝히기 시작했다.

"우린 해남검문에서 온 사람들이오."

"도문오군자의 제자 무각이라 하오."

"흐흐흐, 강호의 술 귀신 풍석동이라 하오."

"개방의 황룡 연심환이라 하오."

"화산의 백설아예요."

그렇게 차례로 자신의 이름을 거론하자 두 명의 노인이 호탕한 웃음을 터뜨렸다.

"껄껄껄, 이거야말로 정말 희한한 무리가 아닌가? 어울릴 것 같지 않은 인물들이 한자리에 모여 있으니 말이야. 하지만 이해는 가는군. 결국 모두 본 루에 원한을 가진 자들이니까 말이야. 그런데… 너희 두 사람에게도 이들과 같은 이유가 있느냐?"

호탕하게 웃음을 흘려내던 노인 중 한 명이 서늘한 시선으로 한쪽에 서 있는 황룡 연심환과 백설아를 보며 물었다. 그러자 황룡 연심환이 굳은 눈빛으로 입을 열었다.

“강호의 정의가 우리가 이곳에 있는 이유요.”

“핫하하! 강호의 정의가 네 녀석들이 이곳에 있는 이유라고? 너희들이 지난 세월 강호의 절대자로 군림하며 누렸던 그 모든 영화가 누구의 덕인지 알고나 하는 말이냐?”

“물론 그 모든 사실을 알고 있기에 이곳에 온 것이오.”

그러자 두 노인 중 한 명이 혀를 찼다.

“저런저런, 저렇게 순진하다니까. 너희같이 순진한 녀석들 때문에 신기루가 필요했던 것이다. 구파일방의 군림은 정의나 운운하는 어린애들에게 맡겨서는 결코 이루어질 수 없는 일이었지. 그래서 신기루가 태어났고 너희들은 무림의 지배자로 떠받들어지고 있는 것이다. 그런데 감히 가소롭게도 강호 정의를 운운해?”

그러자 황룡 연심환이 차가운 눈빛을 발하며 노인의 말에 반박했다.

“음모와 귀계에 의해 쌓아 올려진 성은 결국 허무하게 무너지게 마련이외다. 난 구파일방이 겨우 음모나 귀계에 의존해야 할 정도로 나약한 존재가 아니라고 믿고 있소. 또한 이 황룡 연심환은 결코 음모나 귀계로 세워진 성 위에서 군림하고 싶은 생각이 없소. 그건 이 연심환에게 너무 자존심 상하는 일이란 말이외다.”

강호 대협의 웅풍이 연심환의 전신에서 가감없이 뿜어져 나오자 그를 추궁하던 신기루 두 고수의 얼굴에도 언뜻 감탄의 빛이 어렸다.

"개방에 걸물이 하나 나왔다더니 과연 소문대로군. 쯧쯧, 아까운 일이야. 이런 재목을 우리 손으로 제거해야 한다니 말이야."

연심환의 모습에 감탄을 하면서도 두 노인의 눈에서는 차가운 살기가 흘러나왔다.

"옳은 말이오. 만불통이 무척 애석해하겠어. 이런 소란 없이 조용히 성장했다면 아마도 추후 십방성인의 자리에 오를 인재였을 텐데 말이오. 나중에 만불통에게 위로주라도 한잔 사야겠구먼……."

두 노인은 마치 눈앞에 있는 송문악 일행과의 승패는 안중에도 없다는 듯한 여유를 보이고 있었다.

쿠쿵!

그때 갑자기 계곡의 안쪽 화려한 불빛들이 흘러나오는 석조 건물에서 거대한 파열음이 터져 나왔다.

"음, 무슨 일이지?"

순간 두 노인 중 한 명이 의혹 어린 눈으로 석조 건물을 보며 중얼거렸다.

"아마도 광장에 든 구파일방의 문도 중에 저기 저 황룡처럼 의협심이 넘치는 제자가 있는 모양이오."

"쯧쯧, 구파일방의 식솔들은 가급적 목숨을 보전해 주려고 일부러 다른 강호무림인들과 격리를 한 줄도 모르고 날뛰다니… 철없는 것들!"

무의식중에 흘러나온 노인의 말에 일행의 눈빛이 반짝였다. 그의 말에서 송문악 등은 신기루의 주재자들이 안개의 진을 이용해 강호의 일반 무림고수들과 구파일방의 고수들을 격리한 이유를 알아챘기 때문이다.

꽈과광!

다시 석조 건물에서 거친 굉음이 일어나더니 이내 소란스런 격전의 소리가 연이어 들려오기 시작했다. 그러자 여유롭던 두 노인의 얼굴이 순식간에 차갑게 굳어졌다. 그리고 그때 송문악의 입에서 담담한 목소리가 흘러나왔다.

"아마도 저 석조 건물 안에서의 일이 당신들이 생각하는 것처럼 진행되지 않는 모양이구려."

그러자 두 노인이 냉엄한 눈으로 송문악을 바라봤다.

"그게 무슨 말이냐?"

"말 그대로 모든 일이 당신들이 생각하는 대로 흘러가지는 않을 것이란 말이오. 보아하니 저 건물 안에서도 일대 혈전이 벌어지고 있는 모양이구려. 그렇다면 결국 구파일방의 고수들과 신기루 사령들이 충돌했다는 의미, 구파일방의 고수들을 보호하려던 당신들의 계획은 틀어졌다는 말이오."

그러자 두 노인의 눈에서 파란 안광이 토해졌다.

"너 따위가 감히 우리가 계획한 일의 성패를 논할 자격은 없다."

그러자 송문악의 입에서 호탕한 웃음소리가 흘러나왔다.

"하하하! 십방성인 중 둘을 베고 온 우리외다. 어찌 자격을 운운하시는 거요. 그리고 내 말이 틀리지 않았다는 것은 저 안에서 들려오는 소리가 증명하고 있지 않소이까?"

어느덧 석조 건물 안에서는 병장기 부딪치는 소리에 이어 간간이 죽어가는 자의 단말마 비명 소리도 들려오고 있었다. 송문악의 지적에 두 명의 신기루 십방성인이 딱히 답을 하지 못하자 재차 송문악의 입이 열렸다.

"알고 싶다면 일이 왜 당신들의 계획에서 벗어나 저 지경이 되었는지조차 말해줄 수도 있소이다만."

순간 두 노인의 안광이 번쩍였다.

"놈! 무슨 일을 꾸미고 있는 것이냐?"

아마도 석조 건물 안에서 벌어지는 불상사가 송문악에 의해 일어난 일이라고 생각한 모양이었다.

"일을 꾸민 것은 우리가 아니오. 바로 당신들 자신이오."

"무슨 궤변이냐?"

"궤변이 아니라, 지금 저 안에서는 아마도 당신들이 보호하고자 했던 구파일방의 고수들이 당신들의 수족인 신기루 사령들에 의해 도륙을 당하고 있을 것이란 말이오."

"도대체 무슨 말을 하고 있는 것이냐?"

아무리 무공이 등봉조극의 경지에 오르고 암중에서 천하를 주무를 만한 심계를 지니고 있다 하더라도 자신들의 의도

와 다르게 전개되는 상황 앞에서 당황하는 것은 여타의 무림
인과 다르지 않은지 신기루 십방성인은 송문악이 하는 말의
의미를 다그쳐 물었다.

"우리가 오늘날 이곳까지 천하의 무림인을 불러 모을 수
있었던 이유는 여러 사람의 도움이 있었기 때문이오. 그리고
그중에서 빼놓을 수 없는 도움을 준 사람이 바로 십방성인 중
일인인 형산선검 검무위라고 할 수 있소."

"설마 형산선검이 죽지 않고 우릴 배신했다는 말인가?"

"그렇지는 않소. 그는 분명이 나의 이 청명검에 죽임을 당
했소. 하지만 그는 죽으면서 이곳 상춘의 백인탑에 이르는 길
과 당신들 십방성인의 정체를 우리에게 알려주었소."

"그가 도대체 무슨 이유로 신기루의 가장 중요한 비밀인
그 두 가지를 너희에게 말했단 말이냐?"

"그것은 바로 내가 그에게 신기루 내부에서 일어나고 있는
중요한 일 한 가지를 전해주었기 때문이오."

"신기루 내부에서 일어나고 있는 일?"

"그렇소. 그리고 내가 형산선검에게 말했던 그 일이 바로
지금 저 안에서 일어나고 있는 소동의 원인일 거요."

"도대체 그게 무슨 일이기에 저 안의 소동이 그로 인해 일
어났다는 말이냐?"

두 노고수의 눈에 흠뻑 의혹의 빛이 서렸다. 그러자 송문악
이 살짝 입가에 미소를 지으며 그들의 의혹에 답해주었다.

"그것은 바로 신기루의 일백사령들이 더 이상 당신들 십방 성인의 그늘에 있기를 거부한다는 사실이오."

"뭐라고?"

"쉽게 말하자면 신기루 일백사령은 당신들 십방성인을 거부하고 그들만의 신기루를 만들기로 결심했다는 거요. 그들은 당신들로부터 벗어나고자 할 뿐만 아니라 신기루를 어둠속에서 끄집어내 밝은 곳으로 드러내기로 결정했소. 그리하여 그대들이 그토록 목을 매는 구파일방을 넘어 유일한 강호의 지배자로 군림하고자 하는 것이 바로 당신들이 키운 일백사령의 목표가 된 것이오. 그러니 어찌 그들이 구파일방의 고수라 하여 사정을 봐주겠소이까?"

송문악의 말에 두 명의 신기루 십방성인이 할 말을 잃은 채 소란스런 굉음이 들려오고 있는 석조 건물로 시선을 돌렸다. 그리고 얼마의 시간이 흘렀을까, 석조 건물에서의 비명성이 끊이지 않는 것을 확인한 두 사람이 천천히 입을 열었다.

"어쩐지 뭔가 이상하다고 생각했었지. 이보시오, 무위자. 어디서부터 잘못된 일인 것 같소?"

어느새 그들은 침착함을 회복하고 있었다. 당황은 한순간에 지나가는 바람에 지나지 않았다. 한 노인의 물음에 무위자라 불린 노인이 잠시 고개를 갸웃거리다가 이내 대답했다.

"글쎄올시다. 나라고 딱히 그 원인을 알 수야 없는 노릇이지요. 하지만 역시 그 광주에서의 일부터 무언가 이상하다고는 생각하고 있었소이다.”

“음. 맞는 말이오. 당시 광주에서는 해남검문을 도모하는 제법 큰일이 진행되었음에도 불구하고 우리 십방성인은 그저 멀리서 지켜만 보고 있었지요. 역시 일백사령들을 너무 자유롭게 놓아둔 것 같소이다.”

그러자 무위자가 고개를 끄덕였다.

“맞는 말이오. 우리가 잠시 나태했던 것 같구려. 음… 그건 그렇고, 종남검선(終南劍仙)께서는 어떻게 생각하시오. 어차피 일은 벌어진 것이고 수습을 해야지 않겠소?”

그러자 종남검선이라 불린 자가 고개를 끄덕였다.

“그래야겠지요. 어차피 신기루의 비밀은 더 이상 지켜지기 힘들게 되었으니 이곳에서 모든 것을 정리하고 새로운 계획을 세워보아야겠지요. 그러자면…….”

말꼬리를 흐리며 종남검선의 시선이 송문악 등을 향해 움직였다. 그리곤 문득 그의 동공에서 한줄기 살기가 흘러나왔다.

“여기 애송이들을 먼저 정리해야지 않겠소!”

두 눈에서 시작된 살기가 두 십방성인의 전신으로 퍼져 나가는 것은 순식간의 일이었다. 두 사람의 살기가 일어나자 순식간에 장내가 질식할 듯한 압박감에 휩싸였다.

“죽음을 찾아왔으니 우리를 원망치 말거라!”

동시에 한줄기 경고성이 울리더니 두 사람이 그 자리에 선

채로 송문악과 그의 여섯 동료를 향해 가볍게 손에 든 검을 휘둘렀다.

그러나 그 가벼운 한 번의 동작이 만들어내는 파장은 거대했다. 가을 낙엽이 잔잔한 호수에 내려앉으며 일으킨 듯 가볍던 공기의 흔들림이 일 장을 벗어나기 시작하면서 우레와 같은 파공음을 일으키더니 이내 천지를 개벽시킬 듯한 거친 소용돌이를 만들며 일행을 덮쳐 오기 시작했다.

구우웅!

듣는 이의 가슴을 진탕시키는 묵직한 검음(劍音). 각자 병기를 빼 들고 진기를 끌어올린 송문악 일행이 두 다리를 땅에 박아 넣으며 신기루 십방성인 두 명이 만들어낸 검파를 상대하기 시작했다.

"으음!"

"헛!"

작은 신음성이 이어지더니 누군가의 입에서 헛바람이 새어 나왔다. 가장 먼저 십방성인의 검파를 이겨내지 못하고 피를 토하며 뒤로 날아간 사람은 무각이었다. 무각은 일행 중 가장 무공이 약했으므로 그가 십방성인의 검파를 견디지 못한 것은 어쩌면 당연한 일이라고 할 수 있었다.

"제법들 버티는구나. 하지만 너희들이 이곳까지 온 것은 그야말로 운이 좋았기 때문이란 것을 깨닫게 될 것이다."

십방성인 두 사람이 다시금 허공에다 자신들의 검을 한차레 내리그었다. 그러자 두 사람의 검이 십여 개의 검기를 만들어내더니 그 검기들이 번개처럼 송문악 일행을 향해 날아들었다.

콰콰쾅!

뒤이어 천지를 진동시킬 듯한 파공음이 장내에 울려 퍼졌다.

"지독하군."

한차례 검기의 공격이 지나가자 호교상의 입에서 괴로운 듯한 한마디 음성이 흘러나왔다. 그의 입가에는 언뜻 작은 혈흔이 비치기까지 했다. 하지만 호교상만 낭패를 본 것은 아니었다. 그나마 성한 몸을 하고 있는 사람은 송문악과 주마왕 풍석동, 그리고 황룡 연심환이 고작이었다. 나머지 사람들은 입고 있던 옷들이 이리저리 찢겨져 날리고 그 틈 사이로 언뜻언뜻 검은 피가 배어 나오고 있었다.

'이렇게는 승산이 없다.'

송문악이 무위자와 종남검선을 응시하며 생각했다. 그리고 잠시 후 질끈 입술을 깨물었다.

'한쪽은 막고 한쪽은 공격한다.'

결심이 서자 송문악이 한 손에 흑도를 뽑아 들며 동료들에게 전음을 보냈다.

―주마왕께서는 저와 함께 종남검선이란 자를 상대해 주십시오. 다른 분들은 우리 두 사람이 종남검선을 상대하는 동

안 힘을 모아 무위자의 공격을 막아주십시오.

그러자 주마왕이 재빨리 송문악의 곁으로 다가서며 입을 열었다.

"좋아. 어디 누가 죽어나가나 한번 해보자고."

송문악과 주마왕 풍석동이 한차례 시선을 교환하고는 순식간에 몸을 날려 종남검선을 향해 닥쳐들었다. 그 모습을 물끄러미 보고 있던 종남검선의 입에 작은 미소가 드리워졌다.

"오호라, 패를 나누어 우릴 상대하겠다고? 그도 좋지. 이보시오, 무위자. 누가 먼저 이 싸움을 끝내나 우리 내기를 해봅시다."

"좋소이다. 보아하니 검선께서 상대해야 하는 저 두 사람이 이들 중 가장 고수인 듯한데 아마도 내가 유리할 것 같구려."

"하하하! 그거야 두고 봐야 아는 일이지요. 무위자께서 상대해야 하는 자들은 다섯 명이나 되지 않소이까? 내기에서 누가 이길지는 모르는 일이지요. 이크! 벌써 왔느냐?"

여유있게 말을 하던 종남검선이 훌쩍 신형을 날려 풍석동의 일도를 피해내며 짐짓 당황한 듯한 목소리를 흘려냈다. 하지만 그의 움직임은 물처럼 부드러웠고, 풍석동의 일도는 허무하게 허공을 갈랐다.

"그럼, 수고하시구려."

무위자가 종남검선을 향해 한마디 말을 남기고는 이내 몸을 날려 뒤에 남아 있던 나머지 일행을 향해 날아갔다.

"천망(天罔)!"

그리고 송문악이 풍석동의 도를 피해내는 종남검선을 향해 흑도를 내리그을 때 그의 뒤쪽에서 천망을 펼치는 장사성의 목소리가 들려왔다. 그렇게 두 패로 나뉜 싸움이 시작됐다.

두 개의 도와 하나의 검, 허공에서 엉켜들어 가기 시작한 세 개의 병기가 투명한 밤공기를 수십 갈래로 찢어놓았다. 여유를 가지고 싸움에 임하던 종남검선의 표정도 어느 순간부터 딱딱하게 굳어 있었다.

선기를 머금은 듯 고절한 자신의 검을 상대하는 두 고수의 무공 경지가 그가 예상했던 수준을 훨씬 능가하고 있었기 때문이다. 실체의 검을 넘어 심검의 경지에 접어든 종남검선의 검은 엄청난 위력을 지니고 있었지만, 송문악의 흑도와 주마왕의 대도 또한 그에 못지않게 강력했다.

쿠쿠쿵!

세 사람의 도검이 한 번씩 부딪칠 때마다 천지를 진동시키는 굉음이 터져 나왔다. 그때마다 그들의 곁에서 격전을 치르고 있는 다른 일행들의 몸이 움찔거렸다. 하지만 그들의 싸움도 송문악 등에게 고개를 돌리기 어려울 만큼 치열하기는 마찬가지였다. 오히려 송문악과 풍석동보다도 나머지 다섯 사람의 사정이 더 급박하다고 할 수 있을 지경. 그나마 장사성의 천망이 무위자의 움직임을 둔화시키고 있기에 버티고 있는 실정이었다.

뿌우우!

그렇게 두 패로 나뉘어진 싸움이 일각 이상 이어졌을 때 갑자기 안개의 진 바깥쪽에서 한줄기 뿔피리 소리가 들려왔다.

'빨리 끝내야 한다.'

송문악이 내심 생각했다. 뿔피리 소리는 무언가 진 밖 혈전에 변화를 가져오는 신호일 가능성이 컸다. 눈앞의 적을 빠른 시간 내에 제압하고 그 변화에 대응해야 할 시간이었다.

하지만 신기루 십방성인의 일인인 종남섬선은 서두른다고 해서 제압할 수 있는 인물이 아니었다. 무공으로 보자면 그는 강호에서 가장 높은 경지에 올라 있는 인물 중 하나인 것이다.

물론 송문악 역시 과거의 그가 아니다. 상춘으로의 긴 여행 동안 송문악의 무공 역시 장족의 발전을 했기 때문이다. 그가 지나쳤던 고산준령의 기슭에서 삶을 이어가는 사람들은 척박한 자연 속에서 인간의 삶이 아닌 신의 삶은 사는 사람들이었다. 극도의 육체적 고통을 이겨내면서도 충만한 정신적 세계를 가지고 있는 사람들의 땅, 그 땅을 지나치면서 송문악의 무공도 도검의 경지를 벗어나 정신적 깨달음에 도달하고 있었던 것이다.

그래서 지금 그와 풍석동 단 두 사람이 십방성인의 한 명을 상대하면서도 과거 형산선검 검무위나 무극자 추백을 상대할 때보다도 오히려 송문악의 움직임은 한결 자연스러웠다. 적을 베는 것은 몰라도 패할 걱정은 하지 않는 송문악이었다. 하지만 상황은 패하지 않는 것으로 만족할 수 없는 지경에 이르고 있었다.

뿔피리 소리를 신호로 그들의 뒤에 있던 안개가 서서히 걷히기 시작하고 있었다. 그에 따라 안개의 진에 가로막혀 있던 밖의 소음이 생생하게 들려오기 시작했다.

"놈들이 물러난다, 추격해라! 단 한 놈도 살려두지 마라!"

"혈귀들을 주살하라!"

흥분한 강호고수들의 살기 어린 외침들. 아마도 곧 안개의 진이 사라지면 혈전에서 살아남은 강호의 고수들이 계곡 안쪽으로 몰려올 터였다. 그리고 강호인들이 몰려들면 통제할 수 없는 혼란이 백인탑에 몰아칠 것이 분명했다.

그런데 지금의 이 변화에 조급증을 느낀 것은 송문악만이 아닌 모양이었다. 그가 상대하고 있던 종남검선의 얼굴에도 언뜻 난감한 표정이 드러났던 것이다. 송문악은 그런 종남검선의 표정을 놓치지 않았다.

'이 변화는 이들 십방성인이 예상하지 못한 일이란 뜻이군.'

송문악의 예상은 적중했다. 종남검선이 전개하는 초식이

한층 빠르고 강력해지기 시작했다. 싸움을 빨리 끝내려는 의지가 그의 초식 하나하나에서 느껴졌다. 그리고 그런 상대의 움직임은 송문악과 풍석동에게 위험과 함께 기회를 가져다주었다.

종남검선은 형산의 검무위나 화산의 추백처럼 검강이니 이기어검과 같은 절정의 검경을 선보이지는 않았다. 그는 단지 일정한 크기의 검기를 일으켜 송문악과 풍석동을 상대하고 있었다.

하지만 그렇다고 해서 그의 검이 검무위나 추백의 검보다 덜 위협적인 것은 아니었다. 그의 검은 그의 손에서 마치 살아 있는 생물처럼 자유롭게 움직였는데, 송문악과 풍석동의 움직임에 작은 빈틈이라도 생기면 검 스스로가 여지없이 그 빈틈을 찾아들었다.

상대로 하여금 단 한 호흡의 여유도 주지 않는 종남검선의 검, 그 검은 검무위나 추백의 검과는 또 다른 절정의 검경이었다.

그 빈틈없는 종남검선의 검이 뿔피리 소리가 들린 이후 힘이 보태지자 송문악과 풍석동 두 사람은 종남검선의 일 장 안으로는 감히 접근을 시도하기 힘든 상황이 전개되었다. 하지만 그럼에도 불구하고 송문악의 표정은 싸움의 초기보다 한결 여유가 생겨나고 있었다.

'초식에 힘이 들어간다는 것은 조급해졌다는 의미, 조급한

자에게는 빈틈이 생기게 마련이지.'

과거라면 신기루 십방성인의 무공에 어떤 빈틈이 존재한다는 것은 생각하기 어려운 일이었지만, 어느새 송문악의 무공은 절대의 경지에 올라 있는 신기루 성인들에게서 빈틈을 찾아낼 만큼의 경지에 도달해 있었다. 하물며 상대가 서두른다면 더더욱 그 빈틈을 찾아내기가 수월할 터였다. 더군다나 그에게는 주마왕 풍석동이라는 훌륭한 조력자까지 존재했다.

"이크!"

한순간 종남검선의 검이 자신의 허점을 파고들자 주마왕 풍석동이 다급한 음성을 토해내며 자세를 낮추고 뒤로 물러났다. 그의 머리가 있던 자리로 종남검선의 검기가 번개처럼 훑고 지나갔다. 하지만 주마왕 풍석동이 상대의 공격에 그냥 맥없이 뒤로 물러난 것은 아니었다.

위윙!

주마왕 풍석동의 무공은 같은 강호십대괴객의 반열에 올라 있는 사람 중 첫손가락에 꼽힐 정도로 강했다. 그러므로 비록 상대의 공격에 물러나면서 다급하게 휘두른 것이라고는 해도 그 초식에 내포된 위력은 범인이 상상할 수 없을 만큼 고강한 것이었다.

쩡!

풍석동의 도기를 무시하지 못한 종남검선이 가볍게 일검

을 휘둘러 상대의 도기를 막아냈다. 그러자 풍석동의 도기가
종남검선의 검기에 막혀 허공으로 방향을 틀었다. 그런데 두
사람의 도기와 검기가 맞부딪치는 그 찰나의 순간 몇 줄기 검
은색 강전이 도검이 격돌했다 떨어지는 그 공간을 뚫고 들어
갔다. 어느새 송문악이 흑도를 손에 든 채 철궁을 들어 올려
종남검선을 향해 시위를 당겼던 것이다.

"놈!"

순간 종남검선의 입에서 한줄기 노성이 터져 나왔다.

따다당!

동시에 검이 보이지 않을 정도로 빠른 종남검선의 초식이
자신의 가슴을 파고드는 세 내의 강진을 허공으로 팅거냈다.

"하앗!"

그러자 이번에는 그 빈틈을 타고 주마왕 풍석동이 대호처
럼 날아들며 종남검선을 향해 일도를 내리그었다.

쩌저정!

풍석동이 일으킨 도기가 공기를 파열시키면서 굉음을 만
들어냈다.

"가소롭다!"

풍석동의 무지막지한 공격을 받으면서도 종남검선의 입에
서는 한줄기 비웃음이 흘러나왔다. 동시에 송문악이 쏘아낸
강전을 막아냈던 그의 검이 기이한 곡선을 그리며 허공에서
한 바퀴 휘둘러졌다. 그러자 천지를 파괴시킬 듯한 기세로 닥

처들던 주마왕 풍석동의 도기가 순식간에 허공에서 그 힘을 잃더니 오히려 종남검선이 일으킨 검의 소용돌이로 주마왕 풍석동의 도가 끌려들어 가기 시작하는 것이었다.

"이런 제길!"

주마왕 풍석동의 입에서 낭패한 목소리가 흘러나왔다. 그대로 있다가는 속절없이 종남검선이 일으킨 검의 소용돌이로 빨려 들어갈 것 같은 상황이 전개된 것이다. 그리고 일단 그 검의 소용돌이로 빠져들어 가면 풍석동의 몸은 순식간에 상대의 검에 산산조각이 날 터였다. 그 검의 소용돌이로 빨려 들어가지 않으려면 도를 놓아야 했지만 그것은 또 주마왕 풍석동의 자존심이 허락지 않는 일이었다.

"이익!"

주마왕 풍석동의 입에서 한 가닥 격음이 흘러나오며 그의 얼굴이 붉게 달아올랐다. 무리하게 진기를 끌어올린 것이 분명했다. 그럴수록 그의 도를 끌어들이는 종남검선의 얼굴에는 차가운 미소가 번져 갔다. 이제 두 명의 적 중 한 명을 제압할 거의 완벽한 기회를 잡은 그였다. 일단 한 명의 적을 제거하면 나머지 한 명도 충분히 제압할 자신이 있었다.

"놈, 넌 빠져나갈 수 없는 그물에 걸린 것이다."

종남검선의 입에서 한마디 비웃음이 흘러나왔다. 그리고 그 순간 주마왕 풍석동은 더 이상 버틸 수 없다는 것을 깨달았다. 무리하게 진기를 끌어올린 탓에 온몸의 혈관들이 터질

듯이 부풀어 올랐다. 그리고 이제는 도를 놓고 뒤로 물러날 수도 없었다. 어느새 그의 몸까지도 상대가 일으킨 검의 소용돌이 안으로 들어서고 있었던 것이다.

'괜한 고집이 죽음을 부르는구나.'

애초에 도를 포기하지 않은 자신을 자책하며 주마왕 풍석동이 죽음을 각오했다. 그런데 바로 그 순간이었다. 무언가 희끗한 그림자가 자신의 머리를 날아 넘는다고 느낀 순간, 어느새 그의 등 뒤에서 송문악의 신형이 솟구쳐 올랐다. 송문악의 손에는 어느새 뽑아 든 청명검이 들려 있었다.

"그물에 걸린 것은 오히려 그대요."

송문악의 입에서 담담한 음성이 흘러나오더니 그의 검이 가볍게 흔들리며 앞으로 뻗어갔다. 그러자 청명검의 검끝에서 한줄기 부드러운 검기가 흘러나오더니 풍석동의 도를 잡아끌고 있는 종남검선의 검의 소용돌이 속으로 빨려 들어가기 시작했다.

"한꺼번에 두 마리 고기를 잡는 것도 괜찮지!"

오 장여 밖에서 철궁을 쏘아대던 송문악이 어느새 주마왕 풍석동의 등 뒤로 다가왔는지 놀랍기는 했지만, 송문악의 기습을 받은 종남검선의 표정에는 오히려 득의한 빛이 떠올라 있었다. 자신이 만든 검기의 소용돌이로 일단 송문악이 들어온다면 풍석동과 송문악 두 사람 모두를 일거에 제압할 자신이 있는 그였다.

　그런데 득의한 미소를 짓는 바로 그 순간, 종남검선은 무언가 한 가닥 가느다란 미풍이 자신의 가슴 언저리를 매만지고 지나가는 듯한 느낌을 받았다. 그것은 무척 부드러웠지만 또한 몹시 기분 나쁜 느낌을 주는 것이기도 했다. 그리고 그 찰나의 순간 한줄기 비릿한 혈향이 그의 후각을 자극했다.

　설명할 수 없는 불안감이 갑자기 종남검선의 마음속에 일어났다. 그리고 그 불유쾌한 불안감이 현실로 드러나는 것은 그리 오래 걸리지 않았다.

　언제부터인가 자신이 만든 검의 소용돌이 속으로 그의 가슴에서부터 한줄기 붉은 연무 같은 것이 빨려 들어가고 있었던 것이다.

　"이건!"

　순간 그의 입에서 경악성이 흘러나왔다. 그리곤 그의 시선이 자신의 가슴으로 향했다.

　"어느새……."

　그의 입에서 한마디 당혹성이 흘러나왔다. 도저히 믿기지 않는 현실. 어느새 그의 가슴에 송문악의 청명검이 깊은 상처를 만들어내고 있었던 것이다. 그리고 그 모든 상황에 대한 의문을 상대에게 묻기도 전에 십방성인 종남검선의 신형이 그 자리에서 무너져 내렸다.

　"이놈들!"

무위자 영고의 입에서 분노에 찬 고함 소리가 흘러나와 계곡을 뒤흔들었다. 장사성의 절진에 빠진 상태에서 다섯 명의 절정고수를 상대하면서도 잃지 않았던 여유가 종남검선 노송의 죽음을 목격하는 순간 분노로 바뀐 것이다.

쿠우웅!

분노한 영고의 검이 무서운 진기를 머금고 횡으로 그어지자 그를 향해 달려들던 호종위와 호교상이 다급하게 검을 들어 영고의 검을 막아갔다.

꽈광!

"우웃!"

호교상과 호종위가 전력을 살어올렸음에도 무위자 영고의 공세를 견디지 못하고 신음성을 토해내며 튕겨지듯 뒤로 날아갔다.

"모두 죽여주마!"

무위자가 호교상과 호종위를 패퇴시킨 기세 그대로 허공에 떠오르며 자신의 옆구리를 향해 일장을 내뻗는 황룡 연심환을 향해 검을 휘둘렀다. 그러자 순식간에 공수의 위치가 바뀌었다. 황룡 연심환이 얼른 몸을 틀어 무위자의 공세에서 벗어나려 했다.

"어림없다!"

일갈을 터뜨린 무위자 영고의 검이 살아 있는 생물처럼 자신에게서 벗어나려는 연심환을 따라붙었다. 대범한 황룡 연심환조차도 이 일초에는 당황하는 빛이 역력했다. 개방이 자랑하는 보법으로도 도저히 무위자의 일초를 피해낼 방법을 찾지 못했기 때문이다.

그렇게 무위자를 상대하던 다섯 명의 고수 중 첫 희생자가 발생하려는 순간, 풍검(風劍)을 전개해 종남검선을 제거한 송문악의 신형이 허공에서 번개처럼 회전했다. 그리고 어느새 손에 들린 철궁에 철시를 걸어 무위자를 향해 쏘아냈다.

쇄애액!

한 대의 철시가 무서운 파공음을 내며 무위자를 향해 날아갔다. 철시는 육양공의 진기를 그득 머금고 황룡 연심환의 몸에 최후의 일검을 꽂아 넣으려던 무위자의 신형을 그대로 꿰뚫어 버렸다.

퍼억!

그러나 다음 순간 요란한 소리와 함께 철시에 몸을 꿰뚫린 듯 보였던 무위자의 신형이 허공에서 한 바퀴 회전하며 방향을 틀었다. 송문악이 쏘아낸 철시는 그의 옷만을 뚫은 채 그를 지나쳐 버린 것이다.

"이놈!"

한 대의 철시를 가까스로 피해낸 무위자 영고의 입에서 분노에 찬 노성이 터져 나왔다. 동시에 자신에게 철시를 날린 송문악을 향해 일검을 전개하기 위해 흐트러진 진기를 모으려는 그 순간, 그의 입에서 한마디 다급성이 터져 나왔다.

“헛!”

동시에 이번에는 연이어 세 대의 강전이 그의 면전으로 짓쳐들었다.

땅!

다급하게 들어 올린 무위자의 검이 가장 앞서 날아오는 철시를 옆으로 쳐냈다. 동시에 그의 왼손이 허공을 휘젓더니 두 번째 철시의 중간 부위를 낚아챘다. 하지만 그러고도 아직 한 대의 철시가 더 남아 있었다.

“잇!”

양손에 검과 철시를 든 무위자가 세 번째 철시를 피해내기 위해 급히 몸을 틀었다.

파곽!

철시가 한차례 소음을 일으키며 무위자의 가슴 부위를 스치고 지나갔다. 철시가 스치고 지나간 무위자의 가슴에서 시뻘건 선혈이 솟구쳤다.

“이놈들!”

자신의 몸에서 흘러나오는 피를 본 무위자 영고가 상처 입은 호랑이처럼 으르렁거렸다. 그러나 아무리 그가 강호의 대호라 하더라도 일단 상처를 입은 이상 승패는 갈린 것이나 마찬가지였다.

“죽어라, 노괴!”

종남검선과의 싸움을 끝내고 한숨 돌린 주마왕 풍석동이

부상당한 무위자를 향해 일도를 날렸다. 그러자 무위자를 둘러싸고 있던 다섯 명의 고수가 각자 자신들의 최고 절초를 무위자를 향해 펼쳐 냈다.

"우욱!"

드디어 무위자의 입에서 한마디 신음성이 흘러나왔다. 호교상과 호종위의 검이 무위자의 양쪽 옆구리를 헤집고 지나갔고, 황룡 연심환의 강력한 일장이 무위자의 등에 적중했다. 그리고 다시 송문악의 청명검이 날아들었다.

"끄륵!"

선혈로 범벅이 된 무위자의 입에서 기괴한 신음성이 흘러나왔다. 이미 전신을 난자당한 그의 시선이 자신의 가슴에 청명검을 꽂아 넣은 송문악을 노려보고 있었다.

"네… 네놈들이 감히!"

신성한 영역을 침범당한 절대자의 분노가 그의 입에서 흘러나왔다. 그러자 송문악이 그런 무위자를 보며 차가운 목소리로 말했다.

"세상에 영원한 것이란 없소. 오늘로 신기루도 끝이오."

냉정한 송문악의 말을 들으며 무위자가 천천히 땅 위에 무너져 내렸다. 그리고 그 순간 그들의 뒤편에 자리 잡고 있던 안개의 진이 완전히 사라지며 계곡 앞쪽에서 신기루 사령들과 혈전을 벌였던 강호고수들이 계곡 안쪽으로 몰려들기 시작했다. 얼핏 보기에 강호고수들의 숫자는 삼분지 일 정도로 줄어 있었다.

"제길, 많이도 죽었군."

계곡의 입구 쪽에서 밀려드는 고수들을 바라보며 호교상이 중얼거렸다. 진이 사라지면서 진에 의해 가로막혀 있던 비릿한 혈향이 강호고수들과 한 덩어리가 되어 밀려들었다.

"저기다! 저 건물 안에 신기루의 음모자들이 숨어 있다!"

안으로 밀려들던 강호의 고수 중 누군가가 찬란한 불빛과 처절한 비명이 어울리지 않게 섞여 흘러나오고 있는 석조 건물을 가리키며 소리치자 누가 먼저랄 것도 없이 일백오십여 명의 강호고수들이 송문악 등을 지나쳐 석조 건물을 향해 몰려가기 시작했다.

"우리도 그만 가봐야지 않겠소, 송 소협?"

호종위가 송문악을 보며 말하자 송문악이 천천히 고개를 끄덕였다.

"그래야겠지요. 이제 그만 이 일을 끝낼 때가 된 것 같습니다."

애초엔 화려하기 그지없었을 화려한 대리석 광장이 지금은 온통 시뻘건 선혈로 물들어 있었다. 수십 장의 광장을 빙 둘러 거대한 횃불 일백 개가 광장을 밝히고 있었다.

그 광장으로 송문악 등이 들어섰을 때 광장은 의외로 침묵에 빠져 있었다. 그리고 그 침묵 속에 네 부류의 사람들이 서로를 노려보며 서 있었다.

광장의 북쪽에 십여 장 높이의 높다란 단상 위에는 흐릿한 어둠에 가려진 일단의 흑의복면인들이 광장을 내려다보고 서 있었고, 광장의 중앙에는 앞서 석조 건물로 뛰어든 구파일방의 고수 중 살아남은 자들 사십여 명이 온몸에 피칠을 한 채 서 있었다.

그리고 그들과 흑의복면인들 사이의 중간 돌계단에는 심각한 부상을 입은 듯한 선풍도골의 두 노인이 서 있었는데, 그들 주변에는 그들과 비슷한 모습을 한 네 명의 노인이, 누구는 등에 화살을 맞고 또 누구는 암기를 맞은 채 쓰러져 있었다.

광장의 입구 쪽에는 계곡 입구에서 벌어진 혈전에서 살아남아 이곳으로 몰려온 강호인 일백오십여 명이 예상치 못한 광경에 놀라 걸음을 멈춘 채 광장 안의 광경을 응시하고 있었다.

그리고 그 네 부류의 고수들이 서 있는 광장으로 다시 송문악과 그 일행이 들어선 것이다.

그그긍!

그런데 송문악 일행이 광장에 들어서자마자 그들이 들어온 문을 비롯해 석조 건물의 모든 출입구가 거대한 마찰음을 내며 동시에 닫혀 버렸다. 그러자 그 여운이 채 가시기도 전에 단상 위의 복면인들 중 여섯 명이 앞으로 나섰다. 그리고 그 중앙에 서 있던 자의 입이 열렸다.

"이제야 오늘 이 백인탑에 모여든 고수들 중 살아 있는 자가 모두 모인 것 같구려. 본 신기루의 백인탑을 찾아주신 점 늦게나마 감사드리오."

그러자 계단 위에 서 있던 선풍도골의 노인 두 명 중 한 명이 노성을 발했다.

"도대체 무슨 수작을 꾸미고 있는 것이냐, 일사령? 감히 우리 십방성인에게 살수를 쓰다니……."

그러자 처음 입을 열었던 흑의복면인, 그러니까 신기루 일사령이라 불린 자가 정중한 목소리로 대답했다.

"보시는 바와 같습니다, 어르신. 오늘부터 신기루의 주인은 십방성인이 아닌 우리 일백사령입니다. 하지만 역시 대단하시군요. 독과 암기를 이용해 기습을 하였음에도 불구하고 그 와중에 사사령과 팔사령, 그리고 구사령을 제거하시다니 말입니다. 역시 신기루의 십방성인답습니다. 하지만 어르신들의 능력도 오늘은 거기까지입니다. 지금부터 신기루는 우리들 바로 일백사령들의 것입니다."

"감히 반란을 일으키다니……!"

"하하하! 반란이라니요? 이것이 어째서 반란이란 말입니까? 애초에 신기루는 바로 우리들, 일백사령의 힘으로 움직여 왔습니다. 그동안 십방성인들께서 신기루를 위해 하신 일이 무엇입니까? 그저 모든 것을 우리 일백사령에게 맡겨놓고 강호의 지배자로 군림하신 것밖에 없지 않습니까? 그래서 우리 일백사령들은 결심했지요. 우리가 만든 신기루이니 우리가 가지겠다고 말입니다. 그리고 어둠에 묻혀 구파일방의 뒤치 다꺼리나 하는 일은 더 이상 하지 않겠다고 말입니다."

순간 광장에서 두 사람의 대화를 듣고 있던 구파일방의 고 수들과 강호의 뭇 고수들 사이에서 적지 않은 웅성거림이 일 어났다. 그리고 구파일방의 고수 중 한 명이 큰 목소리로 물 었다.

"신기루가 구파일방의 뒤치다꺼리를 했다니, 그게 도대체 무슨 말이냐?"

"호오? 그대는 바로 개방의 그 도도한 거지 손사귀로군."

그러자 손사귀의 얼굴이 일그러졌다. 강호에서 감히 자신 에게 이런 식의 하대를 할 사람이 누가 있단 말인가?

"묻는 말에나 대답해 보거라. 너희들이 우리 구파일방을 위해 도대체 무슨 일을 했다는 말이냐?"

그러자 신기루 일사령이 차가운 눈빛으로 손사귀를 내려 다보며 경멸하듯 입을 열었다.

"우리가 구파일방을 위해 무슨 일을 해주었냐고? 물론 손 사귀 당신은 알 수 없겠지. 지금 강호에서 그대를 포함해 구 파일방의 문도들이 누리고 있는 그 권력이 어디에서부터 왔 는지 말이야. 내가 말해주지. 지금 너희들이 누리는 권력은 바로 우리 신기루 사령들에 의해 얻어진 것이다. 지난 백 년간 강호에 출현한 신기루의 용도가 무엇인 줄 아는가? 그것은 바로 구파일방의 군림에 방해가 되는 무림의 강자들을 제거하기 위한 하나의 수단이었던 것이다. 그로 인해 구파일방의 문도들은 손에 피 하나 묻히지 않고 강호의 절대자들로 군림해 온 것이다. 자, 이젠 우리가 너희들을 위해 무엇을 해주었는지 똑똑히 알겠느냐? 어르신들, 바로 이 점 때문에 우리는 일을 벌이지 않을 수 없었습니다. 도대체 이런 자들을 위해 왜 우리가 어둠 속에 묻혀 살아가야 한단 말입니까?"

신기루 일사령이 손사귀의 질문에 대답하다 말고 십방성인 중 살아 있는 두 노인을 보며 울분을 토하듯 말했다.

"왜냐고? 그것은 바로 너희들의 뿌리가 바도 구파일방이기 때문이다!"

그러자 두 노인 중 한 명이 꾸짖듯 신기루 일사령을 향해 노성을 발했다. 그러자 신기루 일사령이 천천히 고개를 저었다.

"그렇지가 않습니다. 우리의 뿌리가 구파일방이란 말씀은 더 이상 하지 마십시오. 우리는 채 열다섯이 되기 전에 구파를 떠난 사람들입니다. 그리고 십방성인 당신들에 의해 구파의 개로 키워진 사람들이지요. 길들여진 개가 어찌 주인과 같은 지위에 올라설 수 있겠습니까? 그것보다는 오히려 주인을 무는 것이 더욱 개에게 어울리는 행동이지요."

"그래서 너희들을 키워준 우리에게까지 이토록 비열한 살수를 썼단 말이냐?”

노인이 그의 주변에 죽어 있는 네 명의 노인을 가리키며 묻자 신기루 일사령이 차가운 눈빛을 발하며 대답했다.

“물론 그래야 했지요. 당신들 십방성인이 있고 나서야 우리가 어찌 강호의 밝은 곳으로 나가 이름 석 자를 밝힐 수 있겠습니까?”

그러자 노인의 입에서 한탄이 흘러나왔다.

“아아, 너희들을 너무 자유롭게 해주는 것이 아니었는데… 형산과 화산에서 일이 벌어졌을 때 너희들을 한 번쯤 의심했어야 하는 것이었는데…….”

그러자 신기루 일사령이 고개를 저으며 말했다.

“물론 그러셔야 했을 겁니다. 하지만 당신들 십방성인은 너무 자만에 빠져 있었습니다. 그 누구도 당신들의 권위에 도전할 수 없다는 자만 말입니다. 하지만 성인께서 잘못 알고 있는 사실도 있습니다. 형산과 화산에서 두 분의 십방성인을 제거한 것은 우리가 한 일이 아닙니다.”

“뭐라고? 너희들이 한 일이 아니라고?”

“그렇습니다. 그 일들은 우리가 아닌 바로 저들이 한 일일 겁니다. 그렇지 않은가?”

신기루 일사령이 손을 들어 송문악 등을 가리켰다.

“그렇소. 그들을 제거한 것은 우리가 한 일이오.”

송문악의 신기루 일사령의 질문에 고개를 끄덕이며 대답

했다.

"그리고 이 상춘의 백인탑으로 강호의 고수들을 불러 모은 것도 역시 그대들의 계획이었겠지?"

"그렇소. 그 또한 우리가 계획한 일이오."

"하하하! 좋아, 좋아. 우린 그대들 덕에 힘들이지 않고 큰 이득을 보게 생겼으니 고맙다는 말을 해야겠군."

신기루 일사령이 짐짓 가볍게 고개를 숙여 보였다.

"그리 고마워할 것 없소이다. 오늘 이곳에서 신기루의 전설과 그 전설을 만들어낸 당신들 모두 사라지게 될 테니 말이오."

"과연 배포가 대단하군. 하지만 그대의 말은 틀렸어. 오늘 이곳은 신기루의 전설이 사라지는 곳이 아닌 새로운 신기루가 탄생하는 장소가 될 것이다."

말을 마침과 동시에 신기루 일사령이 한 손을 번쩍 들어 올렸다. 그러자 갑자기 사방에서 기이한 소음들이 일어나기 시작했다.

그그긍!

동시에 광장을 에워싸고 있던 석조 건물의 벽들이 천천히 움직이기 시작하더니 이내 사방의 벽으로부터 오십여 개의 작은 구멍들이 모습을 드러내는 것이었다.

"그대들이 이 백인탑으로 강호의 고수들을 끌어들여 우리를 제거하려 한 계획은 무척 탁월한 계획이었어. 하지만 그대들이 모르는 사실이 하나 있었지. 그것은 바로 이 광장이 하나의 거대하고 완벽한 함정이라는 사실이야. 사실 이 함정을 준비하는 데 우리 사령들은 무척 고생을 했지. 왜냐하면 이 함정을 만든 애초 목적은 그대들이 아니라 바로 십방성인이었기 때문이지.”

“으음, 과연 네놈들은 아주 오래전부터 우릴 배반할 궁리를 해왔구나!”

살아남은 십방성인들이 신기루 일사령을 노려보며 노성을 토해냈다. 그러자 신기루 사령이 천천히 고개를 끄덕였다.

“맞습니다. 우린 아주 오래전부터 이 일을 계획했지요. 당신들 십방성인이 있고선 우리가 그 어떤 일을 시도하더라도 결국 당신들에 의해 가로막혀 버릴 것이니 말입니다. 결국 당신들을 제거하지 않고는 우린 아무 일도 할 수 없었지요. 그래서 이곳에 함정을 준비했습니다. 그런데 그 함정이 완성되자 고맙게도 저들이 이 함정을 좀 더 유용하게 쓸 기회를 만들어주는 것이 아니겠습니까? 하하하! 이것이 바로 하늘의 뜻이 아니고 무엇이겠습니까? 바로 우리 신기루의 일백사령에게 강호를 맡긴다는 하늘의 뜻 말입니다!”

신기루 일사령의 웃음이 광장을 뒤흔들었다. 그 기세에 놀란 몇몇 무림인은 자신도 모르는 사이에 한 걸음씩 뒤로 물러났다. 그리고 그 순간 신기루 일사령의 손이 다시 한 번 허공으로 들려지더니 이내 아래로 떨어져 내렸다. 그러자 그를 신

호로 광장을 향해 뚫린 구멍으로부터 무서운 암기들이 쏟아
져 나오기 시작했다.

퍼퍼퍽!

"으아악!"

순식간에 조용하던 광장이 아비규환으로 변했다. 광장에
모인 사람들은 모두 강호의 내로라하는 고수들이었지만 어두
운 밤 치밀하게 준비된 함정으로부터 쏟아지는 암기를 막아
낼 수 있는 고수는 그리 흔치 않았다.

"그만!"

그렇게 한 바탕 암기를 쏟아 부은 신기루 일사령의 손이 다
시 들리며 명을 내리자 암기의 공격이 씻은 듯이 멈췄다. 하
지만 그 잠시간의 공격으로 일백오십여 명에 이르던 강호의
고수들 숫자가 일백으로 줄었고, 구파일방의 고수들도 십여
명 이상의 희생을 내고 있었다.

"자, 모두들 이제 알았을 것이오. 오늘 이곳에 준비된 함정
은 결코 사람의 힘으로 빠져나갈 수 없다는 것을 말이오. 당
신들이 살 수 있는 길은 오직 하나요. 모두 도검을 버리고 무
릎을 꿇는 것, 그리하여 우리와 손을 잡고 강호에 새로운 신
기루를 세우는 것이오. 백 년이 아니라 천 년 동안 이어질 신
기루를 말이오. 이 광장에서 비참하게 죽을지, 아니면 살아서
강호의 지배자가 될지 선택은 그대들의 몫이오. 우리의 뜻에
동조하는 사람은 도검을 버리고 이곳으로 올라오시오."

신기루 일사령의 말이 끝나자 광장이 침묵에 빠져들었다. 알 수 없는 긴장감이 장내에 감돌았다.

"선택의 시간은 많지 않소. 지금부터 백 번의 북을 치겠소. 그 안에 이곳으로 오르지 않는 자들은 결국 이곳에서 죽게 될 것이오. 북을 울려라!"

신기루 일사령의 입에서 명이 떨어지자 단상의 뒤쪽 어둠 속에서 거대한 북소리가 울려 나오기 시작했다.

쿵. 쿵. 쿵.

일정한 간격을 두고 울려 나오는 북소리. 북소리가 울리는 횟수가 길어질수록 사람들 사이의 긴장감도 덩달아 높아갔다. 그러던 어느 순간 북이 울리는 횟수가 오십 번을 넘어설 때 갑자기 무림고수들 사이에서 한 명의 인물이 뛰쳐나왔다.

"난 당신들과 뜻을 함께하겠소!"

그렇게 소리친 사내는 들고 있던 검을 광장의 바닥에 내동 댕이치고 몸을 날려 단상 위로 날아오르기 시작했다.

"어서 오시오. 시세를 아니 준걸이라 아니 할 수 없소. 잠시 쉬시구려."

그렇게 단상 위로 올라온 사내의 혈도를 짚으며 신기루 일사령이 부드러운 목소리로 말했다. 혈도가 짚인 사내는 이내 단상 위의 신기루 사령들에 이끌려 어둠 속으로 사라졌다.

"자, 현명한 선택으로 삶을 구한 첫 번째 사람이 나왔소. 망설이지 말고 소중한 목숨들을 건지시구려."

신기루 일사령의 재촉이 있자 망설이던 무림고수 중 몇몇이 다시 도검을 버리고 단상 위로 오르기 시작했다. 그것을 시작으로 이곳저곳에서 고수들이 뛰쳐나와 단상으로 오르기 시작했다.

"사제!"

"무슨 짓입니까, 사형!"

그리고 단상 위로 오르는 자 중에는 구파일방의 고수들도 있었다. 그들은 자신들의 사형제들이 부르는 소리를 외면한 채 단상 위로 날아올라 신기루 사령들에게 순순히 자신의 혈도를 내주는 것이었다.

둥둥둥둥!

그 와중에도 북은 계속 울려 어느새 백 번째 북소리가 울려나오고 있었다. 그리고 그 즈음에는 삶을 찾아 단상 위로 오른 자들과 자존심을 지켜 광장에 남은 사람들의 선택이 거의 끝나가고 있었다.

"자, 백 번째의 북이 울렸소. 더 이상 우리와 뜻을 함께할 사람이 없소?"

마지막 북소리가 끝나자 신기루 일사령이 광장에 남아 있는 강호인들을 내려다보며 소리쳤다. 하지만 더 이상 단상을 향해 움직이는 무림인은 없었다.

광장에 남아 있는 강호고수들은 대략 오십여 명. 절반에 가까운 강호고수들이 삶을 찾아 신기루 사령들을 찾아간 것이다. 구파일방 고수들도 마찬가지였다. 광장에 남은 사람은 이제 이십여 명. 십여 명의 구파일방 고수가 삶을 찾아 신기루의 사령들에게 스스로 무릎을 꿇은 것이다.

"좋아, 이제 그만 합시다. 명예를 위해 목숨을 버리는 것 또한 제법 가치있는 죽음이라 할 수 있지. 당신들의 선택을 존중하겠소. 하지만 그 선택의 대가는 죽음이오. 당신들이 선택한 일이니 죽어서라도 우릴 원망하지 마시구려."

신기루 일사령이 다시 자신의 손을 허공으로 들어 올렸다.

─오른쪽 사자상(獅子像) 근처로 동료들을 데리고 이동하거라!

전음이 들려온 것은 광장에 막 백 번째의 북이 울리던 순간이었다. 송문악의 눈빛이 순간 번쩍였다. 익숙한 목소리. 송문악은 단박에 전음의 주인을 알 수 있었다. 왜냐하면 그는 그 전음의 주인공과 삼 년을 함께 생활했기 때문이다. 살황고산앙이 가장 위태로운 순간에 송문악을 찾아온 것이다.

─모두 오른쪽 사자상(獅子像) 근처로 이동하십시오.

송문악이 지체없이 동료들에게 전음을 보내고는 자신이 먼저 영보를 펼쳐 사자상(獅子像) 근처로 움직였다. 그러자 그의 동료들도 의문 어린 표정을 지으면서도 순식간에 송문악의 뒤를 따르기 시작했다. 그리고 그때 하늘로 올려졌던 신기루 일사령의 손이 아래로 내려지고 있었다.

파파팍!

"큭!"

다시 광장이 살기로 뒤덮였다. 광장을 둘러싼 사방의 석벽으로부터 쏟아져 나오는 암기들은 광장에 있는 모든 생명체를 멸절시키려는 듯 무섭게 빗발쳤다.

따다당!

하지만 현재 광장에 살아 있는 고수들은 모두 절정의 무공을 지닌 사람들. 어두운 밤공기를 타고 드는 암기지만 쉽게 그 암기에 목숨을 내줄 사람들이 아니었다. 광장의 고수들은 일제히 병기를 꺼내 들고 사방에서 닥쳐드는 암기들을 막아내고 있었다.

그리고 그 와중에 광장의 석벽을 거슬러 올라 단상 위의 신기루 사령들을 향해 날아오르는 자들이 있었다. 바로 열 명의 십방성인 중 살아남은 두 명의 십방성인이 그들이었다.

"하하하! 어서 오십시오. 두 분은 본 신기루의 최고 어른들이시니 당연히 저희들의 손으로 보내 드려야겠지요."

단상으로 치달아 오르는 두 명의 신기루 십방성인을 향해 단상에 서 있던 여섯 명의 흑의복면인 중 네 명이 날아 내렸다.

쿠쿠쿵!

신기루의 과거와 현재를 대표하는 여섯 명의 고수가 광장과 단상의 중턱에서 격돌했다. 그리고 그들은 단 한 번의 격돌로 그들이 어떻게 지난 백 년간 강호를 지배해 왔는지를 증명해 보였다. 암기를 막기 위해 도검을 휘두르며 이리저리 몸을 날리고 있던 광장 안의 무림인들조차도 여섯 사람의 격돌에 놀라 잠시 움직임을 멈출 정도였다.

"어억!"

그리고 그 덕에 또 몇 명의 고수들이 암기에 맞아 죽음에 이르렀다.

"모두 이쪽 사자상 근처로 이동하시오!"

그때 황룡 연심환이 광장의 무림인들을 향해 소리쳤다. 진기를 그득 담은 그의 목소리가 광장에 울려 퍼지자 암기를 피해 정신없이 움직이던 고수들이 이내 송문악과 그의 동료들이 서 있는 광장의 오른쪽 사자상 근처로 이동하기 시작했다.

온 광장이 암기의 폭풍 속에 휘말려 있었지만 왠일인지 송문악 등이 서 있는 사자상 근처를 겨냥하고 있는 석벽의 암기 출구 다섯 곳에서는 암기가 발출되지 않고 있었다.

"이보시게, 송 소협. 이게 어찌 된 일인가? 왜 이곳은 암기가 날아오지 않는 것이지? 그리고 송 소협은 어떻게 이곳이 안전하다는 것을 안 것인가?"

주마왕 풍석동이 고개를 갸웃거리며 묻자 송문악이 입가에 살짝 미소를 지으며 대답했다.

"한 분의 고인께서 이 방향으로 쏘아지는 암기들의 기관을 막으신 듯합니다."

“도대체 그가 누구인가?”

풍석동이 궁금한 듯 물었으나 송문악은 대답을 않고 그저 작은 미소만을 지었다. 그러자 곁에 있던 장사성이 송문악을 보며 물었다.

“설마… 그가 온 것이냐?”

그러자 송문악이 고개를 끄덕였다.

“그렇습니다.”

“허허, 정말 아주 때를 잘 맞추어 나타나셨군.”

그러자 풍석동이 답답하다는 듯 다시 물었다.

“도대체 그가 누구란 말이오? 이거야 원 답답해서…….”

그러자 장사성이 웃는 얼굴로 대답했다.

“신기루 사령들이 준비한 이 함정은 거의 완벽하다고 할 수 있습니다. 강호의 그 누구도 그들의 감시를 뚫고 이 기관의 작동을 멈추게 할 수는 없을 겁니다. 하지만 오직 한 사람만은 그들의 이목을 피해 이 기관의 일부를 훼손할 수 있지요.”

“글쎄, 그가 도대체 누구냔 말이오?”

“사람들은 그를 살황이라 부르지요.”

순간 풍석동을 포함한 일행의 눈이 화들짝 커졌다. 그리곤 잠시 후 지금의 상황이 이해가 가는지 천천히 고개를 끄덕였다.

“살황이라면… 그라면 저들의 눈을 피해 기관에 접근할 수 있지. 암! 천하의 그 누가 살황의 움직임을 막을 것인가? 좋아. 덕분에 우린 저놈들을 상대할 기회를 얻었군. 살황이 기회를 만들어주었으니 당연히 우리가 마무리 지어야지 않겠소, 송 소협?"

풍석동이 송문악을 보며 묻자 송문악이 굳은 눈빛으로 고개를 끄덕였다. 그리곤 고개를 돌려 단상 위의 흑의복면인들을 바라봤다. 단상 위의 흑의인들은 상황이 자신들이 생각했던 것과 다른 방향으로 전개되자 무엇인가를 상의하는 듯 이야기를 나누고 있었다.

그리고 그 와중에 암기의 공격으로부터 살아남은 칠십여 명의 강호고수가 사자상 근처로 몰려들었다.

"이게 어찌 된 일이신가, 황룡! 그리고 사매는 또 어떻게 이곳에 있는 것이고?"

화산의 대제자 위표가 연심환과 백설아를 보자마자 질문을 쏟아냈다.

"이보게, 위 형! 지금은 지난 이야기를 할 시간이 없네. 이 기회에 저들을 제거하지 못하면 저들이 또 어떤 수작을 부릴지 모르니 모두 힘을 합쳐 저들을 제거해야 할 때네."

연심환이 위표의 질문에 대답을 하는 대신 손을 들어 단상 위의 흑의인들을 가리켰다. 그러자 위표가 고개를 끄덕였다.

"알겠네. 일단 이 지옥에서 살아남는 것이 중요하지. 그럼 망설일 게 뭐가 있나? 어서 올라가세."

위표가 자신의 검을 움켜쥐며 단상 위의 흑의인들을 노려보며 말했다. 연심환이 고개를 돌려 송문악을 바라봤다. 순간 송문악의 고개가 가볍게 끄덕여졌다. 그러자 연심환이 사자후를 터뜨리며 장내에 고수들에게 소리쳤다.

"지금이 기회요! 모두 힘을 합쳐 저들에게 오늘 죽어간 강호 동도들의 원한을 갚아주도록 합시다! 이 황룡 연심환이 앞장서리다!"

그렇게 한차례 장내 고수들을 향해 일갈을 터뜨린 연심환이 지체하지 않고 몸을 날려 단상 위 흑의인들을 향해 돌진하기 시작했다. 그러자 그 뒤를 따라 온몸에 피칠을 한 칠십여 명의 강호고수가 일제히 몸을 날리기 시작했다.

"하하하! 어차피 마지막은 우리 손으로 장식할 생각이었다! 신기루 사령들은 모두 앞으로 나서라. 그리고 강호에 본 신기루의 위대함을 증명하라!"

단상 위에서 자신들을 향해 날아오르는 수십 명의 강호고수들을 내려다보고 있던 신기루 일사령의 입에서 차가운 명령이 떨어지자 단상의 안쪽 어두운 곳으로부터 수십 명의 신기루 고수들이 나타나더니 한 치의 망설임도 없이 단상을 향해 치달아 오르는 강호고수들을 향해 마주 몸을 날렸다.

차차창!

순식간에 도검의 격돌음이 광장을 가득 메웠다. 드디어 오늘 밤 백인탑에서 일어난 싸움의 승자를 가릴 최후의 혈전이 시작된 것이다.

"우리도 움직여야 하지 않겠소? 비록 지금은 패기로 저들을 상대하고 있지만 강호의 고수들은 암기의 공격에 이미 많이 지쳐 있는 상태요. 시간을 끌면 끌수록 결국 신기루 사령들을 당해내지 못할 것이오, 송 소협!"

풍석동이 송문악을 보며 물었다.

"알겠습니다. 그럼 모두들 준비를 하시지요. 이제 신기루와의 싸움을 끝낼 때가 된 것 같습니다. 제가 앞에 서지요."

말을 마친 송문악이 지체하지 않고 몸을 날려 단상 위에서 오연한 자세로 광장의 싸움을 내려다보고 있는 신기루 일사령을 향해 무서운 속도로 날아오르기 시작했다.

"좋아. 난 네가 이 광장에 들어설 때부터 계속 널 주시하고 있었다. 널 죽임으로써 오늘 본 루가 강호의 지배자로 새롭게 태어나는 것을 기념하겠다!"

단상 위로 솟구쳐 오르는 송문악을 향해 신기루 일사령이 검을 뻗어내며 소리쳤다.

"그대를 제거하는 것으로 신기루 일백 년 전설을 종식시키겠소."

송문악이 청명검으로 벼락처럼 자신의 가슴을 향해 닥쳐드는 신기루 일사령의 검을 막아내며 차가운 목소리를 뱉어냈다.

투웅!

묵직한 진기의 격돌음이 두 사람 사이에 생겨났다. 그리고 그 순간 두 사람은 서로의 무공을 단번에 간파했다. 각자의 눈에 상대의 무공에 대한 감탄이 깃들었다.

"놀랍구나. 십방성인만이 나의 유일한 적수라 생각했거늘!"

신기루 일사령의 입에서 감탄사가 흘러나왔다.

"그대 또한 십방성인에 대항해 신기루의 변화를 꾀할 만한 무공이오. 그런 무공을 가지고도 이곳을 피의 강으로 만들다니, 안타까운 일이오."

"하하하! 애초에 신기루의 사령이 되는 순간부터 오늘의 일은 결정된 것이나 마찬가지였다. 지금 와서 과거를 따져 무엇 하겠느냐? 지금은 오로지 우리 두 사람의 승부가 중요하겠지. 일초의 승부로 생사를 결정짓는 것이 좋겠군. 둘 중 살아 남는 사람은 할 일이 많을 테니까."

신기루 일사령이 검을 들어 송문악을 가리키며 말했다.

"바라던 바요."

송문악도 눈빛을 굳히며 청명검을 들어 신기루 일사령을 가리켰다. 그리고 그렇게 서로를 응시하고 한동안 서 있던 두 사람이 어느 순간 가볍게 검끝을 흔들었다.

두 개의 검에서 빛이 흘러나왔다. 그 빛들은 허공의 한 지점에서 서로 마주친 채 잠시 머뭇거리더니 이내 서로를 교차하곤 서로 다른 검의 주인들을 향해 폭사했다. 검의 주인들은 자신을 향해 날아오는 빛을 두 눈으로 응시하면서도 아무런 움직임 없이 그 빛들이 자신들의 몸을 통과할 때까지 그대로 서 있었다.

그리고 싸움의 승패가 갈렸다.

終章
풍문(風聞)

강호에 하나의 풍문이 돌았다. 그 소식이 전해졌을 때 강호는 한동안 경악에 휩싸였다. 그 풍문의 여파가 가라앉고 강호가 다시 평온을 되찾을 때까지 일 년이 넘는 시간이 필요했다. 그 소문은 지난 백 년간 강호제일의 전설이었던 신기루의 탄생과 멸망에 대한 소문이었다.

그리고 그 풍문이 잠잠해질 즈음부터 강호에는 이유를 알 수 없는 생동감이 넘쳐흐르기 시작했다. 변한 것은 아무것도 없었다. 구파일방은 여전히 강호의 강자로 군림하고 있었고, 강호의 제 고수들은 숨겨진 절기와 영약들을 찾아 강호를 주유했다.

하지만 어쨌든 설명할 수 없는 변화가 강호에 찾아온 것은 분명했다. 그리고 그로부터 십오 년이 지난 후, 사람들은 그 변화의 결과를 처음으로 확인할 수 있었다.

멀리 남해의 명문대파 해남검문이 구파일방의 한 축으로 오랜 시간 중원 남쪽의 강호를 지배해 온 형산파를 누르고 남방무림의 최강자로 올라선 것이다.

그렇게 구파일방의 절대 아성은 사람들이 느끼지 못하는 사이에 서서히 흩어져 갔다. 물론 그 이후에도 구파일방은 여전히 강호의 강자였으나, 과거 신기루의 전설이 강호를 휩쓸던 시기와 같은 성세를 다시는 누릴 수 없었다.

*   *   *

피비린내가 물씬 풍기는 거대한 석조 광장에 서서히 아침이 밝아오기 시작했다. 송문악은 광장을 둘러싸고 있는 거대한 담장의 한쪽에 서서 서서히 백인탑의 계곡을 빠져나가고 있는 강호의 고수들을 바라보고 서 있었다.

그의 곁에는 지친 모습의 장사성, 풍석동, 호교상, 호종위, 그리고 무각 다섯 고수가 서 있었다.

"우리도 그만 떠나야지 않겠느냐?"

마지막 무림인의 모습이 계곡 입구에서 사라지자 장사성이 송문악을 보며 물었다.

"그래야겠지요."

송문악이 고개를 끄덕였다.

"이제 어디로 갈 것이냐?"

그러자 송문악이 고개를 저었다.

"글쎄요. 막상 떠나려고 하니 갈 곳이 없군요."

"갈 곳이 마땅치 않다면 우리 해남으로 가십시다, 송 소협!"

호종위가 얼른 송문악을 보며 해남행을 권했다. 그러자 주마왕 풍석동이 손을 저으며 입을 열었다.

"그보다 먼저 삼문협으로 갑시다. 내 비록 술을 끊었지만, 이번만은 거하게 한잔 내리다. 사실 삼문협의 내 숙소 주변에서는 땅만 파면 수십 년 묵은 미주(美酒)들이 쏟아져 나온다오. 그 술들을 모두 마시고 나서 천천히 해남으로 가보십시다."

그러자 호교상이 너털웃음을 터뜨렸다.

"하하하, 그것도 좋겠군요. 수십 년 묵은 미주라……."

"그것보다도 송 소협은 화산에 한번 들러봐야 하는 것 아니오?"

갑자기 호종위가 정색을 하며 물었다.

"화산엔 무슨 일로?"

그러자 호교상이 궁금한 표정으로 물었다.

"만약에 송 소협이 조만간 화산에 들르지 않으면 다시 백 소저가 강호로 나올 것 같아서 하는 말입니다.”

그러자 일행의 얼굴에 묘한 미소가 지어졌다.

“헛허! 파랑검의 말이 맞아. 송 소협이 가지 않으면 화산의 백 소저는 분명 머지않아 다시 화산을 뛰쳐나올 거야. 그러니 한번 들르기는 해야겠지. 그렇지 않다면 대화산파가 다시 송 소협을 쫓는 추격대를 내보낼지도 모르는 일이니까 말이야.”

“하하하! 정말 그렇구려.”

풍석동의 웃음을 시작으로 일행들이 한바탕 시원한 웃음을 터뜨렸다. 그리고 그 웃음이 서서히 잦아들자 송문악과 그 일행도 천천히 걸음을 옮기기 시작했다.

그들은 피에 전 석조 광장으로 지나 그들이 지난밤 들어왔던 광장의 입구를 통해 백인탑의 계곡으로 나왔다. 그리고 느린 걸음으로 백 년의 전설을 간직한 백인탑을 떠나기 시작했다.

“그런데 그 두 십방성인은 왜 스스로 목숨을 끊은 것일까? 자신들이 상대하던 자들을 모두 베고 난 후 충분히 몸을 뺄 수도 있었을 텐데…….”

“아마도 자신들이 세운 신기루와 함께 묻히고 싶었나 보지요.”

“음… 하긴, 죽을 나이들이 되긴 했어.”

“…….”

"그런데 송 소협, 살황은 어디로 간 건가?"
"글쎄요. 아마도 이미 이곳을 떠나셨을 겁니다. 아니면 어디에선가 우리를 지켜보고 계실지도……."

『신기루』大尾

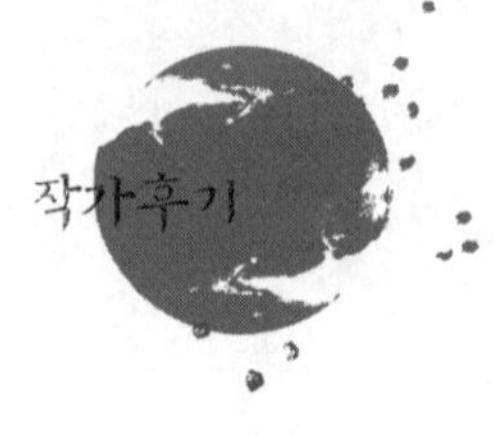

신기루를 처음 쓰기 시작했을 때의 목표는 강호라는 무대에서 펼쳐지는 인간들의 욕망을 진지하게 다뤄보고자 하는 것이었다. 비록 그것이 시류에 맞지 않는 주제라 하더라도 말이다. 하지만 신기루 마지막 권을 내는 지금 그러한 처음의 욕심이 얼마나 무모한 것이었는지를 뼈저리게 깨닫고 있다.

쓰고자 하는 것을 마음껏 펼쳐 보일 수 있는 능력이 필력(筆力)이라면 신기루를 쓰는 동안 나의 필력은 붓을 꺾어야 옳을 만큼 처참한 지경이라 할 수 있었다. 글을 쓰는 동안 많은 좋지 않은 일들이 일어났기 때문이라는 평계는 낯 뜨거운 변명에 지나지 않을 것이다.

신기루를 끝까지 읽어주신 독자 분이 계시다면 그 관심에 감사드리는 동시에 졸작을 생산한 죄, 고개 숙여 사과드린다.

지금으로서는 다시 글을 쓰는 것이 가능할까 싶지만 결국은 머지않은 시기에 또다시 하나의 이야기를 책으로 내게 될 것이라는

것을 알고 있다. 그때에도 여전히 부족한 글이겠지만 신기루보다
는 나아진 글을 선보이도록 노력할 것임을 신기루를 끝까지 읽어
주신 독자 분들께 사죄의 마음으로 약속드린다.

2007년5월 허담(許譚).

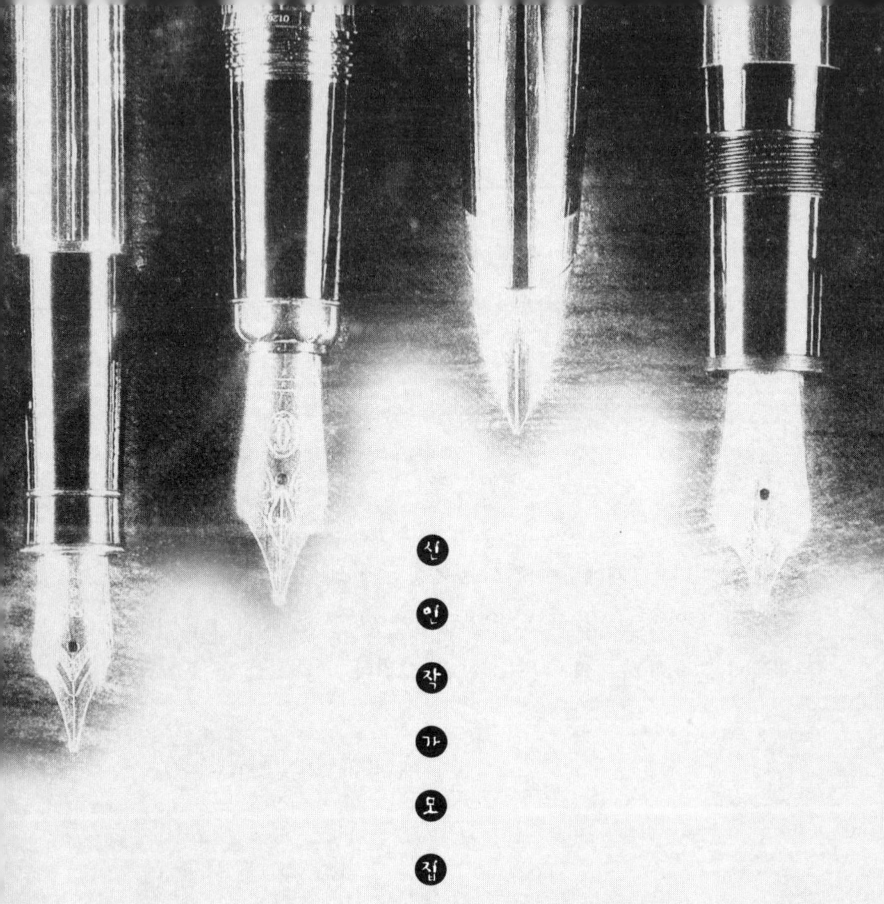
신
인
작
가
모
집

시작이 반이라고 했습니다.
작가의 길에 대한 보이지 않는 벽을 과감히 깨뜨리십시오!
청어람은 작가 지망생 여러분들의
멋진 방향타가 되어드리겠습니다.

저희 도서출판 청어람에서는
소설 신인 작가분들을 모집합니다.
판타지와 무협을 사랑하시는 분들의 많은 참여를 바랍니다.
소정의 원고(A4용지 150매)를 메일이나 우편으로 보내주시면
검토 후 출판 여부를 알려드리겠습니다.

주소:경기도 부천시 원미구 심곡1동 350-1 남성B/D 3F 우편번호420-011
TEL:032-656-4452 · FAX:032-656-4453
http://www.chungeoram.com
e-mail:chungeoram@chungeoram.com

BOOK Publishing CHUNGEORAM

EXCITING! BLUE! 블루부크(BLUE BOOK) 청어람의 또 다른 이름입니다.

BLUE BOOK

BLUE! STYLE! EXCITING! BLUE!

블루부크

과거와 현재에 머물러 있지 않고
새로움과 낯섦에 도전합니다.
BLUE STYLE!

젊음과 활기가 넘치는
무한 상상과 무한 내공의 힘으로 함께합니다.
EXCITING! BLUE!

無限 상상 無限 도전
블루부크(BLUE BOOK)
청어람의 또 다른 이름입니다.

유행이 아닌 자유추구 –
WWW. chungeoram.com   Book Publishing CHUNGEORAM

초등학생이 반드시 읽어야 할 좋은 책 49권

각 학년별로 초등학생이 반드시 읽어야할 좋은 책을 선정하여 통합논술의 기본이 되는 '올바른 독서법'을 일깨워 줍니다.

교과서와 함께하는 초등학교 통합논술

초등1학년 | 값 12,000원 / 초등2학년 | 값 9,500원 / 초등3학년 | 값 11,000원 / 초등4학년 | 값 9,500원 / 초등5학년 | 값 9,500원 / 초등6학년 | 값 11,000원

♣ 혼자 할 수 있어요.

엄마가 책 읽는 방법을 가르쳐 주어도 좋아요.
독서지도하는 선생님이 가르쳐 주어도 좋답니다.
"초등 교과서와 함께하는 **통합논술 시리즈**"는
아이 스스로 독서할 수 있도록 꾸며진 책이에요.
엄마와 선생님은 요령만 가르쳐 주시면 된답니다.

♣ 교과서의 중요한 내용이 총정리되어 있어요.

각 학년별로 중요한 교과 내용이 함께 수록되어 있어요.
초등학생은 교과서 내용을 충실하게 공부해야합니다.
아울러 그와 병행한 독서가 대단히 중요하지요.
"초등 교과서와 함께하는 **통합논술 시리즈**"는
두 가지 방법 모두 알려준답니다.

♣ 이 책은 훌륭하신 선생님들이 함께 쓰신 책이랍니다.

동화작가 선생님들이 쓰셨어요. 소설가 선생님도 쓰셨답니다.
국어 논술독서지도 선생님들도 함께 쓰셨지요.
"초등 교과서와 함께하는 **통합논술 시리즈**"는
엄마의 마음으로 모든 선생님들이 함께 꾸민 책이랍니다.

입소문을 통해 아는 분은 다 알고 계십니다!
올 한해 공인중개사 최고의 화제작!

1~2권 합본 | 이용훈 지음
3~4권 합본 | 이용훈 지음
5~6권 합본 | 이용훈 지음
용어해설 | 이용훈 지음

수험생 기본 필독서
만화 공인중개사

제목 : 만화공인중개사 쓰신 분에게 감사드립니다.

학원을 두 달 다녔어요. 근데 과연 그 숫자 외우기 그런 게 몇 문제나 나올까 생각을 했어요.
아니라는 생각이 드네요. 학원강의를 뒤로하고 서점을 갔어요. 내 머리에가장 이해될수 있는
책이 없나 하구요. 거기서 만화를 발견했어요. 무조건 세 번 봤어요. 3개월 걸렸어요. 문제집을 보라고
했는데 그건 시행을 못했어요. 근데 합격을 했네요.
어떻게 감사의 말을 해야 될지…….
도서관에서 만화책 들고 다니니까 사람들이 비웃더라구요. 만화책으로 공인중개사를 공부한다고
미친 사람처럼 보더라구요. 근데 그거 다 감수하고 했던 내가 자랑스럽습니다.
어떻게 감사의 말을 해야 할지… 정말 감사합니다.
부디 행복하세요. 제 나이 41살에 좋은 스승을 만난 것 같습니다.
엎드려 감사드립니다.

─ 본사 홈페이지에 독자분이 올린 메일 中 에서 발췌 ─

BOOK Publishing CHUNGEORAM

이명박
기도하는 리더십
이명박의 삶과 신앙 이야기

젊은이들에게 성공 신화의
주역으로 주목받고 있는

이명박!
과연 그 이유를 어디서 찾을 것인가.
그것은 기도하는 삶이었다!

이명박 기도하는 리더십 | 이채윤 지음 280쪽 | 9,900원

기도하는 삶이
지금의 이명박을 만들었다!

『이명박 기도하는 리더십』은 이명박의 탄생과 신앙, 그리고 그간의 업적을 한눈에 볼 수 있는 책이다.
한편으로는 신앙 간증서라고 말할 수도 있겠지만, 이명박의 삶은 신앙과 떨어뜨려 놓고는 생각할 수
없는 관계에 있다.
이 책, 『이명박 기도하는 리더십』은 대한민국 성장의 역사, 그 주역이었던 이의 삶을 통하여 이 시대의
젊은이들에게 부족한 정신들을 일깨워 줄 수 있을 것이며, 앞으로 더욱 큰 신화를 만들고 추진해 갈
이명박의 비전을 알고자 하는 이들에게 적합한 서적일 것이다.

BOOK Publishing CHUNGEORAM